suhrkamp taschenbuch 3639

2,-64
42

»Die Liebe ist eine Himmelsmacht« (Jürg Federspiel), aber nicht jede Ehe wird im Himmel geschlossen, und manche Beziehung ist auf Erden einer harten Prüfung ausgesetzt: »Neben dir will ich nicht begraben werden«, sagt die hundertdrei Jahre alte Rebeca Paz y Puente zu ihrem Mann, dem sie 13 Kinder geboren hat (Angeles Mastretta).

Dieser Band zeigt Spielarten der Liebe, versammelt Geschichten von Verliebtsein und erster Liebe, Hochzeitspaaren und Hochzeitsnächten, großer Liebe und kleinen Anfechtungen, Seitensprüngen und Einsichten, besorgten Eltern, traurigen und lustigen Witwen, alten Paaren wie Philemon und Baucis.

Mit Texten von Isabel Allende, Samuel Beckett, Julio Cortázar, Karen Duve, James Joyce, Anne Katharina Hahn, Marie Luise Kaschnitz, Thomas Meinecke, Cees Nooteboom und vielen anderen.

33
Liebesgeschichten
Ein Lesebuch

Herausgegeben von
Susanne Gretter

Suhrkamp

Umschlagabbildung:
Pablo Picasso. Die Badenden, 1918. © Succession
Picasso/VG Bild-Kunst, Bonn 2004

suhrkamp taschenbuch 3639
Erste Auflage 2004
© Suhrkamp Verlag Frankfurt am Main 2004
Quellennachweise am Schluß des Bandes
Suhrkamp Taschenbuch Verlag

Satz: Hümmer GmbH, Waldbüttelbrunn
Druck: Ebner & Spiegel, Ulm
Printed in Germany
Umschlag: Göllner, Michels, Zegarzewski
ISBN 3-518-45639-3

1 2 3 4 5 6 – 09 08 07 06 05 04

Inhalt

33
Liebesgeschichten

Erste Liebe

James Joyce
Arabia

North Richmond Street war, als Sackgasse, eine stille Straße, ausgenommen zu der Stunde, da die Christian-Brothers-
Schule die Jungen in die Freiheit entließ. Ein unbewohntes
zweistöckiges Haus stand an ihrem Ende, abgesondert von
seinen Nachbarn auf einem viereckigen Grundstück. Die
anderen Häuser der Straße, des ehrbaren Lebenswandels
in ihrem Innern bewußt, sahen einander mit braunen uner-
schütterlichen Gesichtern an.

Der vormalige Mieter unseres Hauses, ein Priester, war
in dem nach hinten gelegenen Salon gestorben. Luft, die
vom lange Eingeschlossensein muffig war, hing in allen
Zimmern, und die Rumpelkammer hinter der Küche war
mit altem wertlosem Papier übersät. Darunter fand ich ein
paar broschierte Bücher, deren Seiten wellig und feucht waren: *Der Abt* von Walter Scott, *Der gottesfürchtige Kom-
munikant* und die *Denkwürdigkeiten Vidocqs.* Das letzte
gefiel mir am besten, da seine Blätter gelb waren. Der ver-
wilderte Garten hinter dem Haus enthielt in der Mitte
einen Apfelbaum und ein paar wuchernde Büsche; unter
einem von ihnen fand ich die rostige Fahrradpumpe des
verstorbenen Mieters. Er war ein sehr mildherziger Priester gewesen; in seinem Testament hatte er Stiftungen sein
gesamtes Geld und seiner Schwester die Hauseinrichtung
vermacht.

Wenn die kurzen Wintertage kamen, wurde es dämme-
rig, ehe wir noch mit dem Abendessen fertig waren. Wenn
wir uns dann auf der Straße trafen, waren die Häuser dü-
ster geworden. Das Stück Himmel über uns war von einem

ständig sich ändernden Violett, und ihm reckten die Lampen der Straße ihre schwachen Laternen entgegen. Die Luft war beißend kalt, und wir spielten, bis unsere Körper glühten. Unsere Rufe hallten in der stillen Straße. Der Verlauf unseres Spiels führte uns durch die dunklen schlammigen Sträßchen hinter den Häusern, wo uns die wilden Stämme aus den Cottages Spießruten laufen ließen, zu den Hintertüren der dunklen tropfnassen Gärten, wo Gestank aus den Müllgruben aufstieg, zu den dunklen stinkenden Ställen, wo ein Kutscher das Pferd striegelte und kämmte oder Musik aus den Schnallen des Geschirrs schüttelte. Wenn wir auf die Straße zurückkehrten, füllte inzwischen Licht aus den Küchenfenstern die Unterhöfe. Sahen wir meinen Onkel um die Ecke kommen, so versteckten wir uns im Schatten, bis wir ihn sicher im Haus wußten. Oder trat Mangans Schwester hinaus auf die Türschwelle, um ihren Bruder zum Tee hereinzurufen, so beobachteten wir aus unserm Schatten, wie sie die Straße auf- und abspähte. Wir warteten, um zu sehen, ob sie bleiben oder hineingehen würde, und wenn sie blieb, kamen wir aus unserem Schatten hervor und gingen resigniert zu Mangans Treppe. Sie wartete auf uns, und das aus der halboffenen Tür fallende Licht umriß ihre Gestalt. Ihr Bruder neckte sie immer, ehe er gehorchte, und ich stand am Gitterzaun und sah sie an. Ihr Kleid schwang, wenn sie den Körper bewegte, und der weiche Strang ihres Haars wurde von einer Seite auf die andere geworfen.

Jeden Morgen lag ich auf dem Fußboden im vorderen Salon und beobachtete ihre Tür. Das Rouleau war bis auf weniger als einen Zoll auf den Fensterrahmen herabgezogen, so daß ich nicht gesehen werden konnte. Wenn sie auf die Türschwelle trat, hüpfte mein Herz. Ich rannte auf den Flur, griff meine Bücher und folgte ihr. Ich behielt ihre braune Gestalt unverwandt im Auge, und wenn wir uns der Stelle näherten, wo unsere Wege sich trennten, beschleunigte ich den Schritt und überholte sie. So geschah es Morgen für Morgen. Ich hatte nie mit ihr gesprochen, ein paar beiläufige Worte ausgenommen, und dennoch wirkte ihr Name wie ein Weckruf auf all mein törichtes Blut.

Ihr Bild begleitete mich selbst an Orte, die für Romanzen am allerungeeignetsten sind. Wenn an Samstagabenden meine Tante auf den Markt ging, mußte ich mitgehen, um einige der Pakete zu tragen. Wir gingen durch die flimmernden Straßen, angerempelt von betrunkenen Männern und feilschenden Frauen, umgeben von den Flüchen der Arbeiter, den schrillen Litaneien von Ladenschwengeln, die bei Fässern mit Schweinsfettbacken Wache hielten, den nasalen Melodien von Straßensängern, die einen *come-all-you* über O'Donovan Rossa oder eine Ballade über die Leiden unsres Heimatlands sangen. Diese Geräusche verschmolzen mir zu einem einzigen Lebensgefühl: ich stellte mir vor, ich trüge meinen Kelch sicher durch eine dichte Menge von Feinden. In seltsamen Gebeten und Lobpreisungen, die ich selber nicht verstand, drängte sich mir zuweilen ihr Name auf die Lippen. Meine Augen waren oft voller Tränen (ich wußte nicht, warum), und zuzeiten schien sich eine Flut aus meinem Herzen in meine Brust zu ergießen. Ich dachte kaum an die Zukunft. Ich wußte nicht, ob ich je mit ihr sprechen würde oder nicht oder wie ich, wenn ich mit ihr spräche, ihr meine verwirrte Anbetung zu verstehen geben sollte. Aber mein Körper war wie eine Harfe, und ihre Worte und Gebärden waren wie Finger, die über die Saiten strichen.

Eines Abends ging ich in den hinteren Salon, in dem der Priester gestorben war. Es war ein dunkler regnerischer Abend, und im Haus war kein Geräusch. Durch eine der zerbrochenen Scheiben hörte ich den Regen auf die Erde schlagen, die feinen Wassernadeln spielten unaufhörlich auf den durchweichten Beeten. Irgendeine ferne Lampe oder ein erleuchtetes Fenster schimmerte unter mir. Ich war dankbar dafür, daß ich so wenig sehen konnte. Alle meine Sinne schienen sich verschleiern zu wollen, und da ich fühlte, daß ich ihnen gleich entschlüpfen würde, preßte ich die Handflächen zusammen, bis sie zitterten, und murmelte viele Male O *Geliebte!* O *Geliebte!*

Schließlich sprach sie mich an. Als sie die ersten Worte an mich richtete, war ich dermaßen verwirrt, daß ich nicht wußte, was ich antworten sollte. Sie fragte mich, ob ich zum *Araby* ginge. Ich habe vergessen, ob ich ja oder nein antwortete. Es wäre ein himmlischer Basar, sagte sie; sie ginge liebend gern hin.

– Und warum kannst du nicht? fragte ich.

Beim Sprechen drehte sie einen silbernen Armreifen immer wieder um ihr Handgelenk. Sie könne nicht gehen, sagte sie, weil sie diese Woche in ihrem Kloster Exerzitien hätten. Ihr Bruder und zwei andere Jungen balgten sich um ihre Mützen, und ich stand allein am Gitterzaun. Sie hatte eine der Eisenspitzen gefaßt und beugte ihren Kopf zu mir herüber. Der Schein der Lampe gegenüber unserer Haustür erfaßte die weiße Wölbung ihres Halses, erhellte das dort anliegende Haar, fiel dann abwärts und erhellte die Hand auf dem Gitter. Er fiel über eine Seite ihres Kleides und erfaßte den weißen Saum eines Unterrocks, der ein wenig hervorsah, während sie so ungezwungen dastand.

– Aber du kannst ja, sagte sie.

– Wenn ich gehe, sagte ich, bring ich dir etwas mit.

Welche unzähligen Torheiten verheerten von diesem Abend an meine Gedanken im Wachen wie im Schlafen! Gerne hätte ich die dazwischenliegenden öden Tage ausgelöscht. Ich sträubte mich gegen die Arbeit in der Schule. Bei Nacht in meinem Schlafzimmer und bei Tage im Klassenzimmer trat ihr Bild zwischen mich und die Seite, die ich mich zu lesen mühte. Die Silben des Wortes *Araby* wurden mir zugerufen durch die Stille, in der meine Seele schwelgte, und breiteten einen morgenländischen Zauber über mich. Ich bat um die Erlaubnis, am Samstagabend zum Basar gehen zu können. Meine Tante war überrascht und hoffte, es handele sich nicht um irgendeine freimaurerische Sache. In der Schule beantwortete ich wenig Fragen. Ich beobachtete, wie das Gesicht meines Lehrers von Freundlichkeit zu Strenge überging; er hoffte, ich finge nicht an zu faulenzen. Ich vermochte meine streunenden Gedanken nicht zusammenzuhalten. Ich hatte kaum Geduld mit der ernsten Arbeit des Lebens, die mir jetzt, da sie zwischen mir und meinem Begehren stand, wie eine Kinderei vorkam, eine widerwärtige eintönige Kinderei.

Am Samstagmorgen erinnerte ich meinen Onkel, daß ich abends zum Basar gehen wollte. Er machte sich an der Flurgarderobe zu schaffen, suchte die Hutbürste und antwortete mir kurz angebunden:

– Ja, Junge, ich weiß.

Da er im Flur war, konnte ich nicht in den vorderen Salon gehen und mich ans Fenster legen. Ich verließ schlechter Laune das Haus und ging langsam zur Schule. Die Luft war mitleidlos rauh, und schon jetzt schwante mir nichts Gutes.

Als ich zum Abendessen nach Hause kam, war mein Onkel noch nicht da. Aber es war noch früh. Ich saß und starrte eine Zeitlang die Uhr an, und als ihr Ticken mir auf die Nerven zu gehen begann, verließ ich das Zimmer. Ich stieg die Treppe hinauf in den oberen Teil des Hauses. Die hohen kalten leeren düsteren Räume befreiten mich, und singend ging ich von Zimmer zu Zimmer. Aus dem Vorderfenster sah ich meine Kameraden unten auf der Straße spielen. Ihre Rufe erreichten mich gedämpft und undeutlich, und ich lehnte meine Stirn an das kühle Glas und blickte hinüber zu dem dunklen Haus, wo sie wohnte. Vielleicht eine Stunde lang stand ich so und sah nichts als die braungekleidete Gestalt, die mir meine Phantasie vorspielte, zart vom Lampenlicht berührt an der Wölbung des Halses, an der Hand auf dem Gitterzaun und am Saum unter dem Kleid.

Als ich wieder nach unten kam, fand ich Mrs. Mercer am Feuer sitzen. Sie war eine alte schwatzhafte Frau, die Witwe eines Pfandleihers, die für irgendeinen frommen Zweck alte Briefmarken sammelte. Ich mußte den Teetischklatsch über mich ergehen lassen. Die Mahlzeit zog sich über eine Stunde hin, und noch immer kam mein Onkel nicht. Mrs. Mercer stand auf, um zu gehen: es tue ihr leid, daß sie nicht länger warten könne, aber es sei acht durch, und sie sei so spät nicht mehr gerne draußen, da die Nachtluft ihr nicht guttue. Als sie weg war, begann ich mit geballten Fäusten im Zimmer auf und ab zu gehen. Meine Tante sagte:

– Ich fürchte, diesen Abend unseres Herrn wird es nichts mehr mit deinem Basar.

Um neun Uhr hörte ich den Hausschlüssel meines Onkels in der Flurtür. Ich hörte, wie er mit sich selber sprach, und hörte, wie der Garderobenständer schwankte, als er die Last seines Mantels aufgenommen hatte. Ich wußte mir diese Zeichen zu deuten. Als er mit seinem Abendessen halb fertig war, bat ich ihn, mir das Geld zu geben, um zum Basar zu gehen. Er hatte es vergessen.

– Die Leute sind im Bett und schlafen längst, sagte er.

Ich lächelte nicht. Meine Tante fuhr ihn energisch an:

– Kannst du ihm nicht das Geld geben und ihn gehen lassen? Du hast ihn sowieso lange genug warten lassen.

Mein Onkel sagte, es tue ihm sehr leid, daß er es vergessen habe. Er sagte, er glaube an das alte Sprichwort: *Immer Arbeit, nie ein Spiel, wird dem Knaben Hans zuviel.* Er fragte, wo ich hinwolle, und als ich es ihm zum zweiten Mal gesagt hatte, fragte er, ob ich *Des Arabers Abschied von seinem Ross* kenne. Als ich die Küche verließ, schickte er sich gerade an, meiner Tante die Anfangszeilen des Gedichts zu deklamieren.

Ich hielt ein Zweishillingstück fest in der Hand, als ich

die Buckingham Street zum Bahnhof hinunter marschierte.
Der Anblick der von Käufern wimmelnden und vom Gas-
licht hell leuchtenden Straßen rief mir den Zweck meiner
Reise wieder ins Gedächtnis. Ich nahm im Dritter-Klasse-
Wagen eines verlassenen Zuges Platz. Nach unerträglich
langem Warten rollte der Zug langsam aus dem Bahnhof.
Er kroch vorbei an verfallenden Häusern und über den glit-
zernden Fluß. Auf dem Bahnhof Westland Row drängte
eine Menge Menschen an die Wagentüren; aber die Ge-
päckträger drückten sie zurück, denn es war, wie sie sagten, ein Sonderzug für den Basar. Ich blieb allein in dem
kahlen Wagen. Ein paar Minuten später hielt der Zug an
einem provisorischen Holzbahnsteig. Ich ging hinaus auf
die Straße und sah an dem erleuchteten Zifferblatt einer
Uhr, daß es zehn Minuten vor zehn war. Vor mir befand
sich ein großes Gebäude, auf dem der magische Name
prangte.

Ich konnte keinen Sixpenny-Eingang finden, und da ich
fürchtete, daß der Basar geschlossen würde, ging ich
schnell durch ein Drehkreuz und reichte einem müde ausse-
henden Mann einen Shilling. Ich fand mich in einer weiten
Halle, um die sich in halber Höhe eine Galerie zog. Fast alle
Stände waren geschlossen, und der größere Teil der Halle
lag im Dunkel. Mir fiel eine Stille auf, die der Stille in einer
Kirche nach dem Gottesdienst glich. Schüchtern ging ich in
die Mitte des Basars. Ein paar Leute hatten sich um die
Stände gesammelt, die noch offen waren. Vor einem Vorhang, auf dem bunte Lampen die Wörter *Café Chantant*
bildeten, zählten zwei Männer Geld auf einem Tablett. Ich
horchte auf das Klimpern der fallenden Münzen.

Mich nur mühsam erinnernd, warum ich gekommen
war, ging ich zu einem der Stände hinüber und sah mir prü-
fend Porzellanvasen und geblümte Teegeschirre an. An der
Tür des Standes unterhielt sich eine junge Dame lachend
mit zwei jungen Herren. Ich bemerkte ihren englischen

Akzent und hörte ihre Unterhaltung unkonzentriert mit
an.

– O so was hab ich aber nie gesagt!

– O doch!

– O nein!

– Hat sie das nicht gesagt?

– Doch. Ich hab es gehört.

– O so ein ... Schwindelmeier!

Als die junge Dame mich bemerkte, kam sie herüber und
fragte, ob ich etwas kaufen wolle. Ihre Stimme klang nicht
ermutigend; sie schien nur aus Pflichtgefühl mit mir gesprochen zu haben. Ich sah demütig auf die großen Krüge, die
wie morgenländische Wachen zu beiden Seiten des dunklen Eingangs zu dem Stand postiert waren, und murmelte:

– Nein, danke sehr.

Die junge Dame rückte an einer der Vasen und ging zu
den beiden jungen Männern zurück. Sie unterhielten sich
weiter über das gleiche Thema. Ein- oder zweimal warf mir
die junge Dame über die Schulter einen kurzen Blick zu.

Ich blieb noch etwas vor ihrem Stand stehen, obwohl ich
wußte, daß mein Verweilen keinen Zweck hatte, um mein
Interesse an ihren Waren etwas glaubwürdiger erscheinen
zu lassen. Dann wandte ich mich langsam ab und ging die
Mitte des Basars entlang. Ich ließ die beiden Pennies gegen
das Sixpence-Stück in meiner Tasche klimpern. Ich hörte
eine Stimme von einem Ende der Galerie her rufen, daß das
Licht aus sei. Der obere Teil der Halle war jetzt vollkommen dunkel.

In die Dunkelheit hinauf spähend, sah ich mich selber als
ein Wesen, von Eitelkeit getrieben und lächerlich gemacht;
und meine Augen brannten vor Qual und vor Zorn.

Hermann Hesse
Von den zwei Küssen

Piero erzählte:

Wir haben diesen Abend mehrmals über das Küssen gesprochen und darüber gestritten, welche Art des Kusses die
beglückendste sei. Es ist die Sache der Jugend, das zu beantworten; wir alten Leute sind über das Versuchen und Er-
proben hinaus und können über dergleichen wichtige Dinge nur noch unsere trübgewordene Erinnerung befragen.
Aus meiner bescheidenen Erinnerung will ich euch also die
Geschichte zweier Küsse erzählen, von welchen mir jeder
zugleich als der süßeste und bitterste in meinem Leben erschienen ist.

Als ich zwischen sechzehn und siebzehn alt war, besaß
mein Vater noch ein Landhaus auf der Bologneser Seite des
Apennin, in dem ich den größten Teil meiner Knabenjahre
verlebt habe, vor allem jene Zeit zwischen Knabentum und
Jünglingtum, die mir heute – möget ihr es verstehen oder
nicht – als die schönste im ganzen Leben erscheint. Längst
hätte ich jenes Haus einmal wieder aufgesucht oder es als
Ruhesitz für mich erworben, wäre es nicht durch eine uner-
freuliche Erbschaft an einen meiner Vettern gefallen, mit
dem ich beinah schon von Kind auf mich schlecht vertrug
und der übrigens eine Hauptrolle in meiner Geschichte
spielt.

Es war ein schöner, nicht allzu heißer Sommer, und mein
Vater bewohnte mit mir und mit ebenjenem Vetter, den er
zu Gast geladen hatte, das kleine Landhaus. Meine Mutter
lebte damals schon lange nicht mehr. Der Vater war noch
in guten Jahren, ein wohlbeschaffener Edelmann, der uns
Jungen im Reiten und Jagen, Fechten und Spielen, in *arti-
bus vivendi et amandi* zum Vorbild diente. Er bewegte sich
noch immer leicht und fast jugendlich, war schön und kräf-

tig gewachsen und hat bald nach jener Zeit zum zweiten-
mal geheiratet.

Der Vetter, der Alvise hieß, war damals dreiundzwanzig-
jährig und, wie ich gestehen muß, ein schöner junger Mann.
Nicht nur war er schlank und gut gebaut, trug schöne lange
Locken und hatte ein frisches, rotwangiges Gesicht, sondern er bewegte sich auch mit Eleganz und Anmut, war ein
brauchbarer Plauderer und Sänger, tanzte recht gut und genoß schon damals den Ruf eines der beneidetsten Frauen-
günstlinge unserer Gegend. Daß wir einander durchaus
nicht leiden mochten, hatte seine guten Ursachen. Er behandelte mich hochmütig oder mit einem unleidlich ironi-
schen Wohlwollen, und da mein Verstand über meine Jahre
entwickelt war, beleidigte mich diese geringschätzige Art,
mit mir umzugehen, fortwährend aufs bitterste. Auch hatte
ich als ein guter Beobachter manche seiner Intrigen und
Heimlichkeiten entdeckt, was natürlich wiederum ihm
recht unlieb war. Einigemal versuchte er mich durch ein ge-
heuchelt freundschaftliches Benehmen zu gewinnen, doch
ging ich nicht darauf ein. Wäre ich ein klein wenig älter und
klüger gewesen, so hätte ich ihn durch verdoppelte Artigkeit eingefangen und bei guter Gelegenheit zu Fall gebracht – erfolgreiche und verwöhnte Leute sind ja so leicht
zu täuschen! So aber war ich zwar erwachsen genug, um
ihn zu hassen, aber noch zu sehr Kind, um andere Waffen
als Sprödigkeit und Trotz zu kennen, und statt ihm seine
Pfeile zierlich vergiftet wieder zuzuwerfen, trieb ich sie mir
durch meine machtlose Entrüstung nur selber noch tiefer
ins Fleisch. Mein Vater, dem unsere gegenseitige Abnei-
gung natürlich nicht verborgen geblieben war, lachte dazu
und neckte uns damit. Er hatte den schönen und eleganten
Alvise gern und ließ sich durch mein feindliches Verhalten
nicht daran hindern, ihn häufig einzuladen.

So lebten wir auch jenen Sommer zusammen. Unser
Landhaus lag schön am Hügel und blickte über Weinberge

hinweg gegen die entfernte Ebene. Erbaut wurde es, soviel ich weiß, von einem unter der Herrschaft der Albizzi verbannten Florentiner. Ein hübscher Garten lag darum her; mein Vater hatte rund um ihn eine neue Mauer errichten lassen, und sein Wappen war auf dem Portal in Stein ausgehauen, während über der Tür des Hauses noch immer das Wappen des ersten Besitzers hing, das aus einem brüchigen Stein gearbeitet und kaum mehr kenntlich war. Weiter gegen das Gebirge hinein gab es eine sehr gute Jagd; dort ging oder ritt ich fast alle Tage umher, sei es allein oder mit meinem Vater, der mich damals in der Falkenbeize unterrichtete.

Wie gesagt, ich war beinah noch ein Knabe. Aber doch war ich keiner mehr, sondern stand mitten in jener kurzen, sonderbaren Zeit, da zwischen der verlorenen Kindesheiterkeit und der noch unerfüllten Mannbarkeit die jungen Leute wie zwischen zwei verschlossenen Gärten auf einer heißen Straße wandeln, lüstern ohne Grund, traurig ohne Grund. Natürlich schrieb ich eine Menge Terzinen und dergleichen, war aber noch nie in etwas anderes als in poetische Traumbilder verliebt gewesen, obwohl ich vor Sehnsucht nach einer wirklichen Liebe zu sterben meinte. So lief ich in einem beständigen Fieber herum, liebte die Einsamkeit und kam mir unsäglich unglücklich vor. Es verdoppelte meine Leiden der Umstand, daß ich sie sorgfältig verborgen halten mußte. Denn weder mein Vater noch der verhaßte Alvise hätten mich, wie ich genau wußte, mit ihrem Spott verschont. Auch meine schönen Gedichte verbarg ich vorsorglicher als ein Geizhals seine Dukaten, und wenn mir die Truhe nicht mehr sicher genug erscheinen wollte, trug ich die Kapsel mit den Papieren in den Wald und vergrub sie dort, schaute aber jeden Tag nach, ob sie noch da sei.

Bei einem solchen Schatzgräbergang sah ich einst zufällig meinen Vetter am Rande des Waldes stehen. Ich schlug

sogleich eine andere Richtung ein, da er mich noch nicht gesehen hatte, behielt ihn aber im Auge; denn ich hatte mir
ebensosehr aus Neugierde wie aus Feindschaft angewöhnt,
ihn beständig zu beobachten. Nach einiger Zeit sah ich aus
den Feldern eine junge Magd, die zu unserm Haushalt gehörte, hervorkommen und sich dem wartenden Alvise nähern. Er schlang den Arm um ihre Hüfte, drückte sie an sich
und verschwand so mit ihr im Walde.

Da erfaßte mich ein gewisses Fieber und zugleich ein
glühender Neid gegen den älteren Vetter, den ich Früchte
pflücken sah, die für mich noch zu hoch hingen. Bei der
Abendmahlzeit faßte ich ihn scharf ins Auge, denn ich
glaubte, man müsse es irgendwie seinen Augen oder seinen
Lippen ansehen, daß er geküßt und Liebe genossen hatte.
Er sah jedoch aus wie sonst und war auch ebenso heiter und
gesprächig. Von da an konnte ich weder jene Magd noch
Alvise ansehen, ohne einen lüsternen Schauder zu spüren,
der mir ebenso wohl wie wehe tat.

Um diese Zeit – es ging gegen den Hochsommer – brachte eines Tages mein Vetter die Nachricht, wir hätten Nachbarn bekommen. Ein reicher Herr aus Bologna mit seiner
schönen jungen Frau, die Alvise beide schon seit längerer
Zeit kannte, hatten ihr Landhaus bezogen, das keine halbe
Stunde von unserm entfernt und etwas tiefer am Berge lag.

Dieser Herr war auch mit meinem Vater bekannt, und
ich glaube, er war sogar ein entfernter Verwandter meiner verstorbenen Mutter, die aus dem Hause der Pepoli
stammte; doch weiß ich dies nicht gewiß. Sein Haus in Bologna stand nahe beim Collegio di Spagna. Das Landhaus
aber war ein Besitztum seiner Frau. Sie und er und auch
schon ihre drei Kinder, von denen damals noch keines geboren war, sind nun alle gestorben, wie denn außer mir von
allen den damals Versammelten nur noch mein Vetter Alvise am Leben ist, und auch er und ich sind jetzt Greise,
ohne daß wir uns freilich deshalb lieber geworden wären.

Schon am folgenden Tage begegneten wir auf einem Aus-
ritt jenem Bolognesen. Wir begrüßten ihn, und mein Vater
forderte ihn auf, er möge ihn, samt seiner Frau, in Bälde besuchen. Der Herr schien mir nicht älter als mein Vater zu
sein; doch ging es nicht an, diese beiden Männer miteinander zu vergleichen, denn mein Vater war groß und von edel-
stem Wuchse, jener aber klein und unschön. Er erwies meinem Vater alle Artigkeit, sagte auch zu mir einige Worte
und versprach, er wolle uns am nächsten Tage besuchen,
worauf mein Vater ihn sogleich aufs freundlichste zu Tische lud. Der Nachbar dankte, und wir schieden mit vielen
Komplimenten und in der größten Zufriedenheit voneinander.

Tags darauf ließ mein Vater ein gutes Mahl bestellen und
auch, der fremden Dame zu Ehren, einen Blumenkranz auf
den Tisch legen. Wir erwarteten unsere Gäste in großer
Freude und Spannung, und als sie ankamen, ging mein Vater ihnen bis unter das Tor entgegen und hob die Dame selber vom Pferde. Wir setzten uns darauf alle fröhlich zu
Tisch, und ich bewunderte während der Mahlzeit Alvise
noch mehr als meinen Vater. Er wußte den Fremden, zumal
der Dame, so viele drollige schmeichelhafte und ergötz-
liche Dinge zu sagen, daß alle vergnügt wurden und das Gespräch und Gelächter keinen Augenblick stockte. Bei diesem Anlaß nahm ich mir vor, diese wertvolle Kunst auch
zu lernen.

Am meisten aber beschäftigte mich der Anblick der jungen Edeldame. Sie war ausnehmend schön, groß und
schlank, prächtig gekleidet, und ihre Bewegungen waren
natürlich und reizend. Genau erinnere ich mich, daß sie
an ihrer mir zugewendeten linken Hand drei Goldringe mit
großen Steinen und am Halse ein dreifaches goldenes Kett-
chen mit Platten von florentinischer Arbeit trug. Als das
Mahl sich zu Ende neigte und ich sie genugsam betrachtet
hatte, war auch ich schon zum Sterben in sie verliebt und

empfand zum erstenmal diese süße und verderbliche Leidenschaft, von der ich schon viel geträumt und gedichtet
hatte, in aller Wirklichkeit.

Nach aufgehobener Tafel ruhten wir alle eine Weile aus.
Alsdann begaben wir uns in den Garten, saßen daselbst im
Schatten und ergötzten uns an mancherlei Gesprächen, wobei ich eine lateinische Ode hersagte und ein wenig Lob
erntete. Am Abend speisten wir in der Loggia, und als es anfing dunkler zu werden, machten sich die Gäste auf den
Heimweg. Ich erbot mich sogleich, sie zu begleiten; aber
Alvise hatte schon sein Pferd vorführen lassen. Man verab-
schiedete sich, die drei Pferde setzten sich in Schritt, und
ich hatte das Nachsehen.

An jenem Abend und in jener Nacht hatte ich denn zum erstenmal Gelegenheit, etwas vom Wesen der Liebe zu erfahren. So hochbeglückt ich den ganzen Tag beim Anblick der
Dame gewesen war, so elend und untröstlich wurde ich
von der Stunde an, da sie unser Haus wieder verlassen
hatte. Mit Schmerz und Neid hörte ich nach einer Stunde
den Vetter heimkehren, die Pforte verschließen und sein
Schlafzimmer aufsuchen. Dann lag ich die ganze Nacht,
ohne schlafen zu können, seufzend und unruhig in meinem
Bette. Ich suchte mich des Aussehens der Dame genau zu erinnern, ihrer Augen, Haare und Lippen, ihrer Hände und
Finger und jedes Wortes, das sie gesprochen hatte. Ich flüsterte ihren Namen Isabella mehr als hundertmal zärtlich
und traurig vor mich hin, und es war ein Wunder, daß niemand am folgenden Tage mein verstörtes Aussehen bemerkte. Den ganzen Tag wußte ich nichts anderes zu tun,
als mich auf Listen und Mittel zu besinnen, um die Dame
wiederzusehen und womöglich irgendeine Freundlichkeit
von ihr zu erlangen. Natürlich quälte ich mich vergeblich,
ich hatte keine Erfahrung, und in der Liebe beginnt jeder,
auch der Glücklichste, notwendig mit einer Niederlage.

Einen Tag später wagte ich es, zu jenem Landhause hin-
überzugehen, was ich sehr leicht heimlich tun konnte, denn
es lag nahe am Walde. Am Rande des Waldes verbarg ich
mich behutsam und spähte mehrere Stunden lang hinüber,
ohne etwas anderes zu Gesicht zu bekommen als einen
trägen, feisten Pfau, eine singende Magd und einen Flug
weißer Tauben. Und nun lief ich jeden lieben Tag dorthin,
hatte auch zwei- oder dreimal das Vergnügen, Donna Isabella im Garten lustwandeln oder an einem Fenster stehen
zu sehen.

Allmählich wurde ich kühner und drang mehrmals bis in
den Garten vor, dessen Tor fast immer geöffnet und durch
hohe Gebüsche geschützt war. Unter diesen versteckte ich
mich so, daß ich mehrere Wege überschauen konnte, mich
auch ganz nahe bei einem kleinen Lusthäuschen befand,
worin Isabella sich am Vormittag gerne aufhielt. Dort
stand ich halbe Tage, ohne Hunger oder Ermattung zu fühlen, und zitterte jedesmal vor Wonne und Angst, sobald ich
die schöne Frau zu sehen bekam.

Eines Tages war mir im Walde der Bolognese begegnet,
und ich lief mit doppelter Freude an meinen Posten, da ich
ihn nicht zu Hause wußte. Aus demselben Grunde wagte
ich mich diesmal auch weiter als sonst in den Garten und
verbarg mich dicht neben jenem Pavillon in einem dunklen Lorbeergebüsch. Da ich im Innern Geräusch vernahm,
wußte ich, daß Isabella zugegen war. Einmal glaubte ich
auch ihre Stimme zu hören, jedoch so leise, daß ich dessen
nicht sicher war. Geduldig wartete ich in meinem mühseli-
gen Hinterhalt, bis ich sie zu Gesicht bekäme, und war zugleich beständig in Furcht, ihr Gatte möchte heimkehren
und mich zufällig entdecken. Das mir zugewendete Fenster
des Lusthäuschens war zu meinem großen Bedauern und
Ärger mit einem blauen Vorhang aus Seide verhangen, so
daß ich nicht hineinsehen konnte. Dagegen beruhigte es
mich ein wenig, daß ich an dieser Stelle von der Villa her
nicht gesehen werden konnte.

Nachdem ich länger als eine Stunde gewartet hatte, schien es mir, als finge der blaue Vorhang an, sich zu bewegen, wie wenn jemand dahinter stände und durch die Ritze in den Garten hinauszuspähen versuchte. Ich hielt mich gut verborgen und wartete in größter Erregung, was nun geschehen würde, denn ich war keine drei Schritt von jenem Fenster entfernt. Der Schweiß lief mir über die Stirn, und mein Herz pochte so stark, daß ich fürchtete, man könne es hören.

Was sich nun begab, traf mich schlimmer als ein Pfeilschuß in mein unerfahrenes Herz. Der Vorhang flog mit einem heftigen Ruck beiseite, und blitzschnell, aber ganz leise, sprang ein Mann aus dem Fenster. Kaum hatte ich mich von meiner namenlosen Bestürzung erholt, so fiel ich schon in eine neue; denn im nächsten Augenblick erkannte ich in dem kühnen Manne meinen Feind und Vetter. Wie ein Wetterleuchten kam plötzlich das Verständnis über mich. Ich zitterte vor Wut und Eifersucht und war nahe daran, aufzuspringen und mich auf ihn zu stürzen.

Alvise hatte sich vom Boden aufgerichtet, lächelte und schaute vorsichtig um sich her. Gleich darauf trat Isabella, die den Pavillon vorn durch die Tür verlassen hatte, um die Ecke und auf ihn zu, lachte ihn an und flüsterte leise und zärtlich: »Geh nun, Alvise, geh! Addio!«

Zugleich bog sie sich ihm entgegen, er umfaßte sie und drückte seinen Mund auf den ihren. Sie küßten sich nur ein einziges Mal, aber so lang und begierig und glühend, daß mein Herz in dieser Minute wohl tausend Schläge tat. Nie hatte ich die Leidenschaft, die ich bis dahin eigentlich nur aus Versen und Erzählungen kannte, aus solcher Nähe gesehen, und der Anblick meiner Donna, deren rote Lippen dürstend und gierig am Munde meines Vetters hingen, brachte mich nahezu um den Verstand.

Dieser Kuß, meine Herrschaften, war zugleich für mich süßer und bitterer als irgendeiner, den ich selber je gegeben oder empfangen habe – einen einzigen vielleicht ausgenommen, von dem ihr sogleich auch hören sollt.

Noch am selben Tage, während meine Seele noch wie ein verwundeter Vogel zitterte, wurden wir eingeladen, morgen bei dem Bolognesen zu Gaste zu sein. Ich wollte nicht mitgehen, aber mein Vater befahl es mir. So lag ich wieder eine Nacht schlaflos und in Qualen. Dann bestiegen wir die Pferde und ritten gemächlich hinüber, durch das Tor und den Garten, den ich so oft heimlich betreten hatte. Während aber mir höchst bang und elend zumute war, betrachtete Alvise das Gartenhäuschen und die Lorbeergebüsche mit einem Lächeln, das mich toll machte.

Zwar hingen bei Tisch auch diesmal meine Augen ohne Unterlaß an Donna Isabella, aber jeder Blick bereitete mir Höllenpein, denn ihr gegenüber saß der verhaßte Alvise am Tisch, und ich konnte die schöne Dame nicht mehr ansehen, ohne mir aufs deutlichste die Szene von gestern vorzustellen. Dennoch sah ich fortwährend auf ihre reizenden Lippen. Die Tafel war mit Speisen und Weinen vortrefflich besetzt, das Gespräch lief heiter und lebhaft dahin; aber mir schmeckte kein Bissen, und ich wagte an den Unterhaltungen nicht mit einem Wörtchen teilzunehmen. Der Nachmittag kam mir, während alle andern so fröhlich waren, so lang und schlimm wie eine Bußwoche vor.

Während der Abendmahlzeit meldete der Diener, es stehe ein Bote im Hof, der den Hausherrn sprechen wolle. Also entschuldigte sich dieser, versprach, bald zurückzukehren, und ging. Mein Vetter führte wieder hauptsächlich die Unterhaltung. Aber mein Vater hatte, wie ich glaube, ihn und Isabella durchschaut und machte sich das Vergnügen, sie ein wenig durch Anspielungen und sonderbare Fragen zu necken. Unter anderm fragte er die Dame scherzend: »Saget doch, Donna, welchem von uns dreien würdet Ihr am liebsten einen Kuß geben?«

Da lachte die schöne Frau laut auf und sagte ganz eifrig: »Am liebsten diesem hübschen Knaben dort!« Sie war auch schon von ihrem Sessel aufgestanden, hatte mich an sich gezogen und gab mir einen Kuß – aber er war nicht wie jener gestrige lang und brennend, sondern leicht und kühl.

Und ich glaube, dies war der Kuß, der für mich mehr Lust und Leid als jemals irgendein anderer enthielt, den ich von einer geliebten Frau empfing.

Lisa St Aubin de Terán
Garter

Für alle, die auf dem unebenen Streifen Grau fuhren, der Straße zwischen der Südlondoner Frauenklinik und dem Uhrturm, sah das Parkgelände Clapham Common mit den Strecken nackten Bodens und im Wind treibender Bonbonpapiere unfreundlich und öde aus. Bestenfalls war es ein Ort zum Kastaniensammeln, schlimmstenfalls eine Abkürzung, die man rennend hinter sich brachte, ein Ort der Gefahr, von dessen Rändern ein ganz eigener Schrecken ausging.

Einmal im Jahr kam ein Zirkus, mit Zelten, Wohnwagen, Kamelen und Zuckerwatte; dann der Jahrmarkt mit jungen Männern in schwarzem Leder, die silberglänzende Ketten trugen und deren Haare in schwarzen Stacheln in die falsche Richtung zu wachsen schienen und die Fanta-Dosen in den Bootsteich schmissen. Wir durften nie in den Zirkus gehen, aber wir beobachteten die Vorbereitungen vom Rand des Common aus. Wir waren auch ermahnt worden, die jungen Männer in schwarzem Leder nicht einmal anzusehen, taten es aber doch.

Nachdem die Jahrmärkte und der Zirkus fort waren, suchten meine Schwester und ich den Boden ab, wo sie gestanden hatten, und fanden Spuren der Aufregung des großen Zirkuszeltes in den großen Kothaufen und leeren Patronenhülsen. Einmal hatten wir sogar Eintrittskarten für das Zirkusgelände gekauft, auch wenn wir kein Geld für eine der Schaubuden oder gar das Hauptzelt hatten. Eine der Budenattraktionen war eine bärtige Frau, aber so eine hatten wir schon im 118er Bus gesehen, der in Old Town hielt. Eine andere Attraktion war eine dicke Frau, aber die fanden wir überhaupt nicht ungewöhnlich, am meisten bedauerten wir, die siamesischen Zwillinge, ›heute geboren‹, verpaßt zu haben.

Garter traf ich das erste Mal, nachdem einer dieser Jahrmärkte abgereist war. Ich hatte ihn ein- oder zweimal auf meinem Schulweg bemerkt, als er am Pestteich fegte, in der Mitte des unteren Abschnitts des Common. Ich hatte generell vor Straßenkehrern Angst, es war eine Mischung aus gesellschaftlicher Verlegenheit und Abscheu. Nachdem er mir das erste Mal aufgefallen war, hielt ich also von meinem begehrten Sitz in der ersten Reihe oben im 118er Bus Ausschau, mit einem Gefühl der Faszination. Er war immer da mit seinem schweren Straßenbesen und seiner Brille, deren Gläser so dick wie Glasbausteine waren und die mit Draht und Schnur zusammengehalten wurde. Er trug immer den gleichen abgeschabten grauen Anzug. Er bewegte sich eigentlich nicht wie andere Menschen, er war sehr langsam.

Ich hatte einmal meine Mutter auf ihn hingewiesen, als wir unten im Bus saßen. Sie konnte oben den Rauch und das, was sie als Halbstarke bezeichnete, nicht leiden, und wenn wir zusammen waren, tat ich, als könnte ich sie auch nicht leiden, was aber nicht stimmte. Sie sah meinen Straßenkehrer an, fast durch die Nasenlöcher, sie hatte so eine Art, und sagte, *dem* würde sie nicht gern im Dunkeln begegnen. Dies verlieh ihm eine weitere Aura des Geheimnisvollen, und an den Winterabenden, wenn er mit dem Keh-

ren einmal die Runde gemacht hatte und wieder am Pestteich angekommen war, zwischen den Straßenlaternen
eine Silhouette vor der Weide auf der Insel, spürte ich ein
Bedürfnis, mit meinem Straßenkehrer zu sprechen, und einmal, als ich am Gang saß und er mich nicht sehen konnte,
habe ich gewunken.

Später bat ich meine Mutter, mir zu erklären, was sie mit
ihm und dem Dunkeln gemeint habe, aber ich bekam
nichts aus ihr heraus, außer, daß »er nicht zu den Männern
gehört, denen man Pelztierchen anvertrauen sollte«. So jemanden hatte ich noch nie gekannt, und als er mich an-
sprach, aus seiner Allee modriger Blätter neben dem müll-
übersäten Kirmesgelände, antwortete ich bereitwillig. Von
da an sprachen wir regelmäßig miteinander, und ich begann, zweimal täglich am Rand des Common entlangzugehen. Er bemerkte, wenn ich einen Tag nicht kam, und sein
Interesse am wechselhaften Befinden meiner tuberkulösen
Drüsen war ebenso groß wie das meiner Ärzte. Er sagte,
sein Name sei Garter, und wenn ich ihn nach seiner Arbeit
oder nach ihm selber fragte, sagte er immer: »Mir geht es
gut«, dann wartete er unbehaglich lange und fügte schließlich hinzu: »Aber ich möchte, daß es dir besser geht.«

Ich war immer sehr gerührt davon, wie dieser Mann sich
sorgte, daß ich nicht wie er die Straße würde kehren müssen. Er sorgte sich wegen meiner Drüsenkrankheit, und ich
sorgte mich wegen seines Stotterns sowie darüber, wie er
beim Sprechen sabberte.

Zu Weihnachten schenkte ich ihm eine Ein-Pfund-Note,
aber er gab sie mir zurück und sagte: »Ich w-will kein Geld,
ich w-will L-Liebe.«

Ich war sehr verletzt, ging nach Hause und gab das Geld
meiner Schwester. Ich wußte nicht, wie jemand Garter lieben sollte, in seinem grauen Anzug, hinten ganz durchge-
sessen und vorn gestärkt von vielen Jahren Ketchup und
Ei, mit seinen langen, fettigen Haaren, an den Kopf ge-

klatscht mit den Schuppen, die mir auf eine Kopfhautent-
zündung hinzudeuten schienen.

An den Tagen, wenn mein Fieber stieg, blieb ich zu
Hause und sah ihn daher nicht, aber ich dachte an ihn, an
seine Zurückweisung meines Geldes und an seine Forde-
rung nach Liebe, die mir in Anbetracht seines Aussehens
unvernünftig erschien. Ich versuchte, ihn mir als eines jener Pelztierchen vorzustellen, die man ihm nach Meinung
meiner Mutter nicht anvertrauen sollte. Wenn ich im Bett
lag (wenn ich krank war, durfte ich immer im Doppelbett
meiner Mutter liegen, tagsüber Radio hören und mir alle
Kissen meiner Schwester borgen), schloß ich zwischen den
Krämpfen in der Seite die Augen und versuchte mir Garter
als eine Art alternden Maulwurf mit verfilztem grauem
Pelz vorzustellen, kahl werdend, an manchen Stellen so ver-
krustet wie sein Anzug, die winzigen Äuglein gleichsam
vor Schmerz von Sonnenlicht und Lampen abgewandt, die
Fingernägel voller Erde und festgebackenem Schmutz – es
schien gerade eben möglich. Ich dachte, jemand könne ihn
lieben, doch obwohl er mich rührte, mehr vielleicht als
sonst jemand zur damaligen Zeit, konnte nicht ich es sein.
Ich fragte mich, ob er eine Mutter hatte. Selbst Garter
mußte eine Mutter haben, also machte ich mich eines Morgens auf, ihm dies zu sagen, und schwänzte zu diesem
Zweck mein Krankenlager.

Er hatte sich über Platten und Rinnsteine bis zu dem kleinen See vorgearbeitet, nicht viel größer als ein großes Be-
tonbecken, wo sich Männer in mittleren Jahren und Kinder
an Wochenenden einfanden und Modellboot-Rennen ver-
anstalteten. Mir war vom Gehen schwindlig, und als ich
Garter fand, streckte er die Hand aus, um meinen Arm zu
stützen. Ich schrak vor seiner Berührung zurück, dann war
es mir peinlich. In jenen Tagen schrak ich vor jedermanns
Berührung zurück, ich hatte eine Art Neurodermitis, aber
das konnte er nicht wissen.

»Du mußt doch eine Mutter haben, Garter«, sagte ich zu ihm.

»Türlich, Missus«, antwortete er. Er nannte mich immer Missus, wenn ich mit ihm allein war.

»Nun«, sagte ich, »sie liebt dich doch sicher.«

Aber Garter überraschte mich mit seiner sachlichen Antwort.

»Nein, sie hat mich nie geliebt, Missus, meinte, ich sei weich.«

Ich bedauerte, ein derart unglückseliges Thema aufgebracht zu haben, und versuchte, es wiedergutzumachen.

»Sie hat dich bestimmt ein klein bißchen geliebt«, sagte ich.

»Nein, Missus«, sagte er und machte eine Pause, wie er es oft tat, abschließend, aber irgendwie immer mitten im Satz. Dann, nach mehreren Minuten, in denen wir beide unbehaglich mit den Füßen auf dem Bürgersteig scharrten, hellte sich Garters Gesicht auf, und er sagte: »Aber sie hat mir Kuchen gemacht.«

Dies war der einzige völlig entspannte Augenblick unserer Freundschaft. Ich liebte diesen eigenartigen langsamen Mann auch nicht, aber Kuchen konnte auch ich ihm machen.

An jenem Abend machte ich ein Blech Schokoladentörtchen aus *Fanny Farmer's Boston Cookbook*. Es war das Rezept, das wir immer nahmen, und die Seite war so mit den Zutaten verklebt, daß man auf einen Blick sah, was alles hineingehörte. Am nächsten Morgen brachte ich Garter die Kuchen. Ich hatte beschlossen, die Schule zu schwänzen, und nahm den langen Weg über den Common.

Dieser Weg begann an der ›SS-Mörder‹-Ecke, gegenüber dem ersten Eingang zu dem alten Kriegsbunker, der sich wie ein gestrandeter Wal aus dem Gras erhob, flankiert von zwei öffentlichen Toiletten, die wir, wie so vieles in dieser öden Gegend, nicht benutzen durften. Dann, weiter am

Rand entlang in Richtung Wandsworth, wohin wir nie gingen, folgte ich der Allee sich schälender Platanen, vorüber
an dem zerfurchten Platz, wo sich einmal im Jahr der Zirkus niederließ. Dann bog der Weg ab zum verkrüppelten
Weißdorn und dem Pfad zu den Schaukeln, dann, am anderen Ende, zum Musikpavillon, wo Jungen auf Rollschuhen immer versuchten, einen umzuschubsen. Als ich mich
den Schaukeln näherte, bog ich erneut ab, denn wir hatten Streit mit der Dame, die das Trinkwasser austeilte und
Streitigkeiten schlichtete. Ich hatte den provisorischen
Fußballplatz nicht einmal zur Hälfte überquert, als ich Garter auf der anderen Seite des Sees sah, wo er zeitlupenhaft
fegte, wie immer.

Rückblickend glaube ich, daß unsere Freundschaft mit
dem Tag der Kuchen anders wurde. Garter begann, sich
mir, mit einer, wie ich jetzt fand, alarmierenden Beharrlich-
keit anzuvertrauen. Die Pausen zwischen einem Wort und
dem nächsten konnten so lang sein, daß jeder Sinn verlo-
renging, aber langsam verstand ich, worauf es hinauslief.
Ich war gespalten zwischen meiner Angst vor seiner Lang-
samkeit und meiner Angst, seine Gefühle zu verletzen, indem ich unsere Freundschaft beendete.

Einmal, das weiß ich noch, sagte er, ich solle die Hand in
seine Tasche stecken. Er lächelte ein eigenartig lechzendes
Lächeln, wie er es in meiner Phantasie hatte, wenn er zu
dem pelzigen Maulwurf wurde, der bessere Zeiten gesehen hatte. Ich zögerte damals, mindestens so lange wie er
selbst. Ich erwog alles. Ich erwog fortzulaufen, um Hilfe
zu rufen, sogar, mich in dem runden Teich zu ertränken,
in dessen Schlamm bereits so viele uralte Leichen steckten.
Schließlich sagte ich: »Nein.«

Aber darauf war Garter vorbereitet, und er versperrte
mir mit seinem langen Besenstiel den Bürgersteig.

»Los, Missus«, sagte er.

Wieder wartete ich, dann steckte ich meine behand-
schuhte Hand mit solchem Ekel in seine Tasche, daß mir
übel wurde. Ich weiß nicht, was ich erwartet hatte, einen toten Molch, ein Scheibchen Rattenleber, einen Hirschkäfer.
Doch das letzte, womit ich in meinem Entsetzen gerechnet
hatte, war eine Tüte Schokoladentaler.

»Sie sind für dich«, stotterte Garter. »Ich habe sie dir
kauft.«

Trotz meiner Erleichterung sah ich Garter über eine Woche lang nicht wieder. Es war meine bislang längste Ab-
wesenheit. Ich hatte die Schokoladentaler und die Handschuhe oben im Bus liegengelassen, absichtlich, aber die
Handschuhe wurden in der Schule abgegeben, und die Na-
mensschildchen brachten sie zu mir zurück. Wenigstens
waren die Bonbons weg. Ich warf die Handschuhe auf die
Bahngleise, die unter der Brücke zwischen den Gärten und
den Sportplätzen verliefen, und es gefiel mir, daß sie auf
einen vorüberfahrenden Zug fielen.

Schließlich gab ich nach und ging wieder zu unserem
Rendezvous, aber Garter war fort. Es war ein neuer Straßenkehrer da, und ich war überrascht, daß er, zumindest
im Vergleich, ganz normal wirkte. Nach einer weiteren Woche fragte ich ihn, wo Garter sei.

»Sie haben ihn wieder versetzt«, sagte er brüsk und
wandte sich wieder seiner Arbeit zu.

»Oh«, sagte ich, und wandte mich ebenfalls zum Gehen.
»Ihm ist also nichts zugestoßen oder so etwas?«

»Noch nicht«, erzählte mir sein Nachfolger und hatte
dabei etwas vage Unangenehmes in der Stimme. »Aber
man weiß ja nie, wann so ein Weichkeks wie der zum Lust-
molch wird.«

»Was meinen Sie damit?« fragte ich.

»Kleine Mädchen«, lachte er. »Kleine Mädchen wie
dich.«

Ich konnte die Frage »Was macht er mit ihnen?« nicht unterdrücken. Aber ich sah, daß meine Anwesenheit Garters Nachfolger verärgerte.

»Wie zum Teufel soll ich das wissen, jedenfalls gab es eine Beschwerde. Und jetzt verzieh dich, ja?«

Garter hatte einmal gesagt, daß er den ganzen Tag mit niemand anderem spreche als mit mir, und der Gedanke entsetzte mich, daß er seine Stelle am Pestteich meinetwegen verloren haben könnte. Ich begann die Zeitung meiner Mutter zu lesen, wenn sie damit fertig war, durchsuchte die Spalten nach Informationen über Lustmolche und stellte Fragen, konnte aber nichts Genaueres darüber herausfinden, auch wenn ich wußte, daß es nichts mit Molchen, ja, gar nichts mit Tieren zu tun hatte, obwohl Garter hin und wieder ein bißchen wie ein Maulwurf ausgesehen hatte. Es war immer das gleiche, ich wollte wissen, was sie taten. Ich wußte, was ein Mörder war, wir sprachen auf dem Spielplatz über sie, aber dieser neue Typus, der sogenannte Kinderlustmolch, schien in der gesprochenen Welt um mich nicht zu existieren. Wenn es ein Verbrechen war, mich zu berühren, dann sollten alle, die mein Gesicht gestreichelt, mich auf den Kopf geküßt, mir die Haare zerzaust hatten und die mich ausnahmslos alle hatten zusammenzucken lassen, gewiß als erste ›versetzt werden‹. Aber an Garter war etwas, das mich krank machte. Ich kam zu dem Ergebnis, daß keineswegs ich sein Opfer sei, sondern er meins. In der Zeit, als ich ihn nicht sah, mischte sich der Geruch von tausend verkleckerten Mittagessen, der ihn umgab, sogar in den üppigen Blattgeruch des Common.

Unmittelbar nach meinem zwölften Geburtstag fand ich ihn wieder. Ich war erneut Patientin in der Poliklinik der Südlondoner Klinik, von der man auf den Bunker und die öffentlichen Toiletten am Rand des Common blickte. Ich ging jeden Tag vor der Schule dorthin, um eine Spritze zu bekommen. Eines Tages stand Garter, das Stoppelkinn auf seinen Besenstiel gestützt, vor den Geländern der Ambulanz-Einfahrt. Ich konnte mich nicht entscheiden, sollte ich umkehren oder das Krankenhaus durch einen anderen Ausgang verlassen, sollte ich ihn übersehen oder sollte ich ihn begrüßen. Aber er hatte mich zuerst gesehen, ein Wunder angesichts seiner trüben Brillengläser. Er war kaum eine Meile von dort entfernt, wo er früher gewesen war. Er erzählte mir, er sei fast gestorben, damals, als sie ihn nach Tooting versetzten, an den dortigen Rand des Common. Garter schien ganz überwältigt, ich brachte ihn dazu, die Straße entlangzugehen, in der Hoffnung, daß niemand die Tränenbäche bemerkte, die unter seiner Brille hervorquollen. Nach einiger Zeit sagte ich: »Ich muß jetzt gehen, Garter, wir sehen uns bald wieder.«

Er wirkte plötzlich aufgeschreckt, als erinnerte er sich an etwas Schmerzliches.

»Weißt du, sie haben mich wegen dir versetzt, Missus«, sagte er traurig, dann machte er eine Pause. Zwei 118er Busse kamen um die Ecke von Cavendish Road und fuhren bis zum Ende des Common, während ich wartete, daß Garter weitersprach. Er sah aus, als müßte er gleich platzen, so sehr mühte er sich, diese Phase seines stummen Stotterns zu überwinden, plötzlich sagte er: »Ich brauche dich, du bist der einzige Freund, den ich je hatte. Du lachst mich nie aus, und du hast mir Plätzchen geschenkt, und ich hab dir Schokoladentaler kauft.«

Dies war die längste Rede, die er mir je gehalten hatte, ich drückte seinen Arm aus freien Stücken, wünschte, ich hätte diese Süßigkeiten gegessen und lief fort, um meinen Bus zu erreichen, voller Schuldgefühle.

Danach sprach ich auf dem Weg ins Krankenhaus und zurück jeden Tag mit ihm. Ich sah es als meine Aufgabe an, unsere Treffen sehr kurz zu halten und ihn nicht nach Einbruch der Dunkelheit zu treffen. Jeden Morgen, wenn ich ihn sah, sammelten sich Tränen am Rand seiner Brille und rollten herab, und er sagte so regelmäßig, wie er früher Guten Morgen gesagt hatte: »Ich hab gedacht, du tust nicht kommen.«

Ich sah ihn weitere sechs Monate lang jeden Tag. Manchmal hielten mich Tage in Mutters Bett fern. Manchmal war es schwierig, ihn weinend auf der Straße stehenzulassen, wenn ich gesagt hatte, ich müsse meinen Bus erreichen. Aber langsam schien er sich an seinen neuen Rhythmus zu gewöhnen, Blätter fortzufegen, Salz auf Schneematsch zu streuen, die endlosen Bonbonpapiere und Zigarettenkippen aufzusammeln. Es schien, als hätten Garter und ich einen Weg gefunden, miteinander zu leben.

Im Mai wurde ich zu Garter verhört. Ich hatte im vorangegangenen Dezember gefürchtet, daß etwas Derartiges passieren könnte, als wir wiedervereint wurden und Garter immer weinend neben mir herging, aber im Mai hat er damit aufgehört. Er war lediglich ein ruhiger älterer Mann mit abgetragenem grauem Anzug und ungewaschenen Haaren. Ein harmloser, mutterloser Mann, der seine Tage damit zubrachte, in Zeitlupentempo zu fegen, damit es zum Zeitlupentempo seines Gehirns paßte. Doch der Beamte, der mich befragte, dachte anders. Er fragte mich zweimal: »Hat er dich berührt?« Ich log ihn an: »Nein.« Dann sagte er: »Aber er redet mit dir. Wir haben ihn gesehen.«

Ich nickte.

»Was sagt er?« fragte er, jetzt freundlicher.

»Nichts«, sagte ich. »Er sagt nichts.«

»Nun, irgend etwas muß er doch sagen«, lächelte er.

»Er sagt nur, daß er mich braucht«, sagte ich. »Sonst nichts.«

»Nun, das ist jetzt in Ordnung, nicht wahr«, sagte der Beamte, und ich ging nach Hause.

Am nächsten Morgen war Garter fort. Ich suchte ihn am

Rand des Common, am runden Teich und auch am Bunker, ich fuhr sogar mit dem Fahrrad bis Tooting und radelte
den ganzen Tag die baumbestandenen Straßen an. Aber ich
habe ihn nie wieder gesehen. Das ganze Jahr lang ging
ich über den Common, sah, wie sich die Blätter der Roß-
kastanien entrollten und fielen, aber die Kastanien, der
Jahrmarkt, die Schaukeln, sogar der Musikpavillon konnten mich nicht mehr fesseln. Selbst das Herbstlaub wirkte
stumpf, und es schien immer Herbst zu sein. Im November kehrte das Fieber zurück, und ich verbrachte ein weiteres Jahr von meinen tuberkulösen Drüsen in Anspruch genommen. Sie ermöglichten mir, nicht mehr nach Garter zu
suchen mit seinem grauen Anzug, seinem Stottern und seiner Brille, die mit Draht und Schnur zusammengehalten
war, Garter, der sagte, der stolzeste Moment seines Lebens
sei gewesen, als er mir »die Schokoladentaler kauft hat«.

Frühlings Erwachen

Isabel Allende
Verdorbenes Kind

Mit elf Jahren war Elena Mejías noch ein unterernährtes Würmchen mit der glanzlosen Haut der einsamen Kinder, mit ein paar verspäteten Milchzahnlücken im Mund, mausfarbenem Haar und überall hervortretenden Knochen, die zu groß für sie schienen und besonders an Knien und Ellbogen herauszuwachsen drohten. Nichts in ihrem Äußeren verriet ihre hitzigen Träume, nichts kündete die Frau an, die sie später sein würde. Unbeachtet ging sie zwischen den billigen Möbeln und den ausgeblichenen Vorhängen in der Pension ihrer Mutter umher. Sie war nur ein trübsinniges kleines Etwas, das zwischen den staubigen Geranien und den großen Farnen im Patio spielte oder mit den Platten für das Abendessen zwischen Küchenherd und Speisezimmer hin- und herlief. Selten bemerkte sie ein Gast, und wenn er es tat, dann nur, um ihr aufzutragen, sie solle die Kakerlakennester mit Insektengift besprühen oder den Tank im Bad füllen, wenn das kreischende Pumpengerippe sich weigerte, das Wasser bis in den zweiten Stock hinaufzubefördern. Ihre Mutter, erschöpft von der Hitze und der Hausarbeit, hatte weder Sinn für Zärtlichkeiten noch die Zeit, ihre Tochter zu beobachten, und so merkte sie gar nicht, wann Elena anfing, sich in ein anderes Geschöpf zu verwandeln. In den ersten Jahren ihres Lebens war sie ein stilles, schüchternes Kind gewesen, das sich mit geheimnisvollen Spielen unterhielt, in den Zimmerecken mit sich selber sprach und am Daumen lutschte. Sie verließ das Haus nur, um in die Schule oder auf den Markt zu gehen, sie schien gleichgültig gegen die Kinder ihres Alters, die in lärmenden Rudeln auf der Straße spielten.

Elenas Verwandlung begann mit der Ankunft von Juan
José Bernal, dem Meister des Belcanto, wie er sich selber
nannte und wie ein Plakat ihn ankündigte, das er an die
Wand seines Zimmers heftete. Die Pensionsgäste waren
in der Mehrheit Studenten oder kleine Verwaltungsange-
stellte. Damen und Herren von Stand, wie ihre Mutter
sagte, die sich rühmte, nicht all und jeden unter ihrem Dach
aufzunehmen, sondern nur anständige Leute, von denen
man wußte, wo sie beschäftigt waren, die gute Manieren
hatten, zahlungsfähig genug waren, um ihre Miete einen
Monat im voraus auf den Tisch zu legen, und die bereit waren, sich an die Regeln der Pension zu halten, die eher denen eines Priesterseminars glichen als denen einer Beher-
bergungseinrichtung. Eine Witwe muß auf ihren guten Ruf
achten und sich Respekt zu verschaffen wissen, ich möchte
nicht, daß aus meiner Pension ein Schlupfwinkel für Vaga-
bunden und verkommene Elemente wird, wiederholte die
Mutter oft, damit niemand – und schon gar nicht Elena –
es vergäße. Eine der Aufgaben des Kindes war es, die Gäste
zu beobachten und der Mutter jede verdächtige Kleinigkeit zu berichten. Diese Spitzelei hatte das Unkörperliche
des Mädchens noch verstärkt, sie tauchte ein in das Dunkel der Zimmer, war still vorhanden und erschien plötzlich, als kehrte sie soeben aus einer unsichtbaren Dimen-
sion zurück. Mutter und Tochter versahen gemeinsam die
zahlreichen Arbeiten in der Pension, jede schweigend in
ihre gewohnten Pflichten vertieft, ohne die Notwendigkeit, sich einander mitzuteilen. Sie sprachen überhaupt
wenig, allenfalls in der freien Stunde der Siesta, und dann
sprachen sie über die Gäste. Bisweilen versuchte Elena, das
graue Leben dieser vorüberziehenden Frauen und Männer
auszuschmücken, die kamen und gingen, ohne eine Erinnerung zu hinterlassen, sie schrieb ihnen außergewöhnliche
Erlebnisse zu, gab ihnen Farbe, indem sie sie mit einer heimlichen Liebe oder einer Tragödie bedachte, aber ihre Mut-

ter hatte einen sicheren Instinkt, ihren Phantastereien auf die Spur zu kommen. Ebenso wie sie es erriet, wenn ihre Tochter ihr eine Information vorenthielt. Sie hatte einen durch nichts zu erschütternden praktischen Sinn und eine ganz klare Vorstellung, was unter ihrem Dach vor sich ging, sie wußte genau, was jeder zu jeder Stunde des Tages oder der Nacht tat, wieviel Zucker noch in der Speisekammer war, für wen das Telefon läutete oder wo die Schere hingekommen war. Sie war einmal eine fröhliche, hübsche Frau gewesen, ihre plumpen Kleider konnten kaum die Ungeduld eines noch jungen Körpers bändigen, aber sie hatte sich so viele Jahre mit schäbigen Kleinigkeiten abgeben müssen, daß die Frische ihres Geistes und ihre Lust am Leben vertrocknet waren.

Als jedoch Juan José Bernal kam und nach einem Zimmer fragte, veränderte sich für sie alles, und auch für Elena. Die Mutter, bezaubert von der anmaßenden klangvollen Stimme des Meisters des Belcanto und der Andeutung von Berühmtheit, die aus dem Plakat sprach, handelte gegen ihre eigenen Regeln und nahm ihn in die Pension auf, obwohl er in nichts ihrem Idealbild eines Gastes entsprach. Bernal sagte, er singe des Nachts und müsse deshalb am Tage schlafen, er habe im Augenblick kein Engagement und könne also nicht einen Monat im voraus bezahlen, und er sei peinlich genau in seinen Eßgewohnheiten und seiner Hygiene, er sei Vegetarier, und er brauche zwei Duschen am Tag. Entgeistert sah Elena, wie ihre Mutter den neuen Gast ohne weiteres ins Buch eintrug und ihn zu seinem Zimmer führte, wobei sie sich damit abplagte, seinen schweren Koffer zu schleppen, während er den Gitarrenkasten und die Papprolle trug, in der sein kostbares Plakat steckte. Unauffällig gegen die Wand gedrückt, folgte ihnen das Kind treppauf und bemerkte den gespannten Ausdruck im Gesicht des neuen Gastes, mit dem er die schweißfeuchten Pobacken ihrer Mutter anstarrte, die sich unter der dar-

an klebenden Baumwollschürze abzeichneten. Als sie das
Zimmer betraten, schaltete Elena den Ventilator an, und
die großen Flügel begannen sich mit dem Knirschen rosti-
gen Eisens zu drehen.

Von diesem Tag an änderte sich einiges in den Gewohnheiten des Hauses. Es gab mehr Arbeit, denn Bernal schlief
in den Stunden, in denen die übrigen Gäste außer Haus waren, er hielt das Bad stundenlang besetzt, verschlang eine
überwältigende Menge Grünfutter, das sie getrennt zube-
reiten mußten, benutzte fortwährend das Telefon und
holte sich das Bügeleisen, um seine modischen Hemden
zu bügeln, ohne daß die Wirtin der Pension ihm die Sonder-
leistungen aufgerechnet hätte. Elena kam in der Siesta-
sonne aus der Schule, wenn der Tag unter einem schreck-
lichen weißen Licht dahinwelkte, aber zu dieser Stunde lag
er noch in seinem ersten Schlaf. Auf Anweisung ihrer Mutter zog sie die Schuhe aus, um die künstliche Ruhe nicht zu
verletzen, in der das Haus gefangen schien. Inzwischen war
es ihr aufgefallen, daß die Mutter sich von Tag zu Tag veränderte. Im Grunde hatte sie die Zeichen von Anfang an bemerkt, sehr viel eher, als die Gäste der Pension hinter dem
Rücken der Wirtin zu tuscheln anfingen. Das erste war der
Geruch, ein beständiger Blumenduft, der von der Frau ausging und hinter ihr in den Zimmern hängenblieb. Elena
kannte jeden Winkel des Hauses, und dank ihrer Gewohnheit, alles auszuspionieren, fand sie das Parfümfläschchen
hinter den Reispaketen und den Konservengläsern in der
Speisekammer. Dann entdeckte sie den dunklen Lidstrich,
den Tupfer Rot auf den Lippen, die neue Unterwäsche, das
plötzliche Lächeln, wenn Bernal gegen Abend endlich herunterkam, frisch gebadet, mit noch feuchtem Haar, und
sich in der Küche an den Tisch setzte, um seine sonderbaren Fakirgerichte herunterzuschlingen. Die Mutter setzte
sich ihm gegenüber, und er erzählte Episoden aus seinem
Künstlerleben und begeisterte sich an seinen eigenen Hel-

denstückchen mit einem Lachen, das ganz tief aus dem Bauch kam.

In den ersten Wochen haßte Elena diesen Mann, der das ganze Haus und die ganze Aufmerksamkeit ihrer Mutter für sich beanspruchte. Alles an ihm stieß sie ab, sein mit Brillantine geöltes Haar, seine lackierten Fingernägel, seinen Tick, mit einem Hölzchen in den Zähnen zu stochern, seine Pedanterie und die Unverschämtheit, mit der er sich bedienen ließ. Sie fragte sich, was ihre Mutter in ihm sehen mochte, er war doch nur ein blöder Angeber, ein Sänger in elenden Vergnügungslokalen, von dem niemand je gehört hatte, oder vielleicht war er auch nur ein Gauner, wie Señorita Sofía, eine der ältesten Pensionsgäste, flüsternd vermutet hatte. Aber dann, an einem heißen Sonntagabend, als es nichts mehr zu tun gab und die Stunden zwischen den Wänden festzukleben schienen, kam Juan José Bernal mit seiner Gitarre in den Patio, setzte sich auf die Bank unter dem Feigenbaum und begann die Saiten anzuschlagen. Der Klang zog die Gäste an, die einer nach dem andern auftauchten, zuerst ein wenig schüchtern, ohne recht zu begreifen, was da vor sich ging, die aber dann begeistert die Stühle aus dem Speisezimmer heranschleppten und es sich rund um den Meister des Belcanto bequem machten. Bernal hatte eine recht gewöhnliche Stimme, aber er war in Geberlaune und sang mit viel Witz. Er kannte all die alten Boleros und Rancheras der mexikanischen Volksmusik und auch ein paar mit Derbheiten und Flüchen gemischte Guerrillerolieder, bei denen die Frauen erröteten. Zum erstenmal, soweit das Kind zurückdenken konnte, gab es im Haus eine Festlichkeit. Als es dunkelte, zündeten sie zwei Paraffinlampen an und hängten sie in die Bäume, und die Mutter brachte Bier und die Flasche Rum, die für Erkältungen reserviert war. Elena reichte zitternd die Gläser herum, sie spürte die zornigen Worte dieser Lieder und das Klagen der Gitarre in jeder Faser ihres Körpers wie ein Fieber. Ihre Mutter schlug mit dem Fuß den Takt. Plötzlich sprang sie auf, ergriff Elena bei den Händen, und beide begannen zu tanzen, und sofort taten die andern es ihnen nach, selbst Señorita Sofía, die sich schrecklich zierte und immerfort erregt lachen mußte. Eine lange Zeit folgte Elena dem Rhythmus, den Bernals Stimme angab, sie drückte sich an den Körper ihrer Mutter, sog den neuen Blumenduft ein und war vollkommen glücklich. Dann jedoch merkte sie, daß die Mutter sie sanft von sich schob, sich von ihr löste, um allein weiterzutanzen. Mit geschlossenen Augen und zurückgeworfenem Kopf wiegte sich die Frau wie ein Leintuch, das im leichten Wind trocknet. Elena ging auf ihren Platz, und auch die andern nahmen nach und nach ihre Stühle wieder ein und ließen die Wirtin der Pension allein in der Mitte des Patios, in ihren Tanz versunken.

Seit diesem Abend betrachtete das Kind Bernal mit neuen Augen. Sie vergaß, daß sie seine Brillantine, seine Zahnstocher und seine Anmaßung verabscheute, und wenn sie ihn vorübergehen sah oder ihn sprechen hörte, dachte sie wieder an die Lieder jenes überraschenden Festes und spürte wieder das Glühen auf der Haut und die Verwirrung im Herzen, ein Fieber, das sie nicht in Worte zu fassen wußte. Sie beobachtete ihn verstohlen von fern, und so entdeckte sie, was sie vorher nicht wahrzunehmen verstanden hatte, seine breiten Schultern, seinen starken Nacken, den sinnlichen Bogen seiner kräftigen Lippen, die Anmut seiner langen, schmalen Hände. Ein unerträgliches Verlangen durchdrang sie, sich ihm zu nähern und das Gesicht an seine braune Brust zu pressen, auf das Schwingen des Atems in seinen Lungen und auf den Schlag seines Herzens zu hören, seinen Geruch einzusaugen, einen Geruch, von dem sie wußte, daß er herb und durchdringend war wie gegerbtes Leder oder Tabak. Sie stellte sich vor, wie sie in seinen Haaren spielte, über die Muskeln des Rückens und der Beine strich, die Form seiner Füße erkundete, wie sie sich in

Rauch verwandelte, um durch den Mund in ihn einzuzie-
hen und ihn ganz und gar auszufüllen. Aber wenn er den
Blick hob und dem ihren begegnete, rannte Elena davon
und versteckte sich im dichtesten Gebüsch des Patios. Bernal hatte sich all ihrer Gedanken bemächtigt, das Kind
konnte es kaum ertragen, wie unbeweglich die Zeit ver-
harrte, wenn sie fern von ihm war. In der Schule bewegte
sie sich wie im Traum, blind und taub gegen alles außer den
Bildern in ihrem Innern, wo sie nur ihn sah. Was tat er wohl
in diesem Augenblick? Vielleicht schlief er, bäuchlings auf
dem Bett bei geschlossenen Rolläden, das Zimmer im Dämmerlicht, die heiße Luft von den Flügeln des Ventilators bewegt, ein Schweißrinnsal zieht sich seine Wirbelsäule entlang, das Gesicht ist im Kopfkissen vergraben. Beim ersten
Ton der Schulglocke rannte sie nach Hause, betend, er möge noch nicht aufgestanden sein und sie die Zeit haben,
sich zu waschen, ein sauberes Kleid anzuziehen und sich
in die Küche zu setzen, um auf ihn zu warten, wobei sie
so tun würde, als machte sie ihre Aufgaben, damit die Mutter sie nicht gleich mit Hausarbeiten überhäufte. Und wenn
sie ihn dann pfeifend aus dem Bad kommen hörte, war sie
halb tot vor Ungeduld und Furcht und ganz sicher, daß sie
vor Wonne sterben würde, wenn er sie berühren oder auch
nur ansprechen sollte, und sie sehnte sich danach, daß das
geschehen möge, war aber gleichzeitig vorbereitet, sich
zwischen den Möbeln unsichtbar zu machen, denn sie
konnte ohne ihn nicht leben, konnte jedoch ebensowenig
seiner verbrennenden Gegenwart standhalten. Verstohlen
folgte sie ihm im Haus überallhin, bediente ihn mit jeder
Kleinigkeit, erriet seine Wünsche und brachte ihm, was er
brauchte, ehe er darum bat, aber sie bewegte sich immer
in ihrem Schattenbereich, um ihre Anwesenheit nicht zu
verraten.

In den Nächten konnte Elena nicht schlafen, weil er
nicht im Hause war. Sie stieg aus ihrer Hängematte und

strich wie ein Gespenst durch das erste Stockwerk, bis sie allen Mut zusammennahm und endlich Bernals Zimmer betrat. Sie schloß die Tür hinter sich und schob den Rolladen ein wenig hoch, damit von draußen Licht hereindrang und das Ritual beleuchtete, das sie erfunden hatte, um sich dessen zu bemächtigen, was als Teil der Seele dieses Mannes seiner Habe eingeprägt war. In der schwarzen Scheibe des Spiegels, die schimmerte wie eine Schlammlache, betrachtete sie sich lange, denn hier hatte er hineingeblickt, und die Spuren der beiden Bilder konnten zu einer Umarmung verschmelzen. Sie näherte sich dem Glas mit weit offenen Augen, sah sich selbst mit seinen Augen, küßte ihre eigenen Lippen mit einem harten, kalten Kuß, den sie sich heiß vorstellte wie von einem Männermund. Sie spürte die Oberfläche des Spiegels an ihrer Brust, und die winzigen Erdbeeren ihrer Brustwarzen stellten sich auf und lösten einen dumpfen Schmerz aus, der durch sie hinlief und an einem Punkt genau zwischen ihren Beinen innehielt. Sie suchte diesen Schmerz wieder und wieder. Aus dem Schrank nahm sie ein Hemd und Bernals Schuhe und zog sie sich an. Sie tat ein paar Schritte durch das Zimmer, sehr vorsichtig, um kein Geräusch zu machen. So gekleidet, stöberte sie in seinen Schubfächern, kämmte sich mit seinem Kamm, lutschte an seiner Zahnbürste, leckte an seiner Rasiercreme, streichelte seine schmutzige Wäsche. Dann, ohne zu wissen, warum sie es tat, zog sie sein Hemd, die Schuhe und ihr Nachthemd aus und legte sich nackt auf Bernals Bett, atmete gierig seinen Geruch und rief seine Wärme herbei, um sich darin einzuhüllen. Sie berührte sich am ganzen Körper, beginnend mit der Form ihres Schädels, den durchsichtigen Knorpeln der Ohren, den zarten Wölbungen der Augen, der Höhle des Mundes, und so immer weiter hinab zeichnete sie die Knochen nach, die Falten, die eckigen und die gebogenen Linien dieses unbedeutenden Ganzen, das sie selber war, und wünschte, sie wäre riesig, schwer und massig wie ein Wal. Sie stellte sich vor, sie gösse eine Flüssigkeit in sich hinein, zäh und süß wie Honig, sie schwölle an und wüchse zur Größe einer gigantischen Puppe, bis sie mit ihrem strotzenden Körper das ganze Bett, das ganze Zimmer, das ganze Haus ausfüllte. Erschöpft und weinend schlief sie dann für ein paar Minuten ein.

Eines Samstagmorgens sah Elena durch das Fenster, wie Bernal von hinten an die Mutter herantrat, die sich über den Bottich beugte und Wäsche schrubbte. Der Mann legte ihr die Hand um die Taille, und die Frau bewegte sich nicht, als wäre das Gewicht dieser Hand ein Teil ihres Körpers. Selbst auf die Entfernung erkannte Elena das Besitzergreifende seiner Geste, die hingebungsvolle Haltung ihrer Mutter, die Vertrautheit der beiden, diesen Strom, der sie in einem ungeheuerlichen Geheimnis einte. Das Mädchen war plötzlich über und über in Schweiß gebadet, sie konnte kaum atmen, ihr Herz war ein verschreckter Vogel in ihrer Brust, Hände und Füße kribbelten, das Blut schoß ihr in die Fingerspitzen, als wollte es sie sprengen. Von diesem Tag an spionierte sie ihrer Mutter nach.

Einen nach dem andern entdeckte sie die gesuchten Beweise, anfangs waren es nur Blicke, eine allzu lange Begrüßung, ein verschwörerisches Lächeln, der Verdacht, daß sich unter dem Tisch ihre Beine trafen und daß sie Vorwände erfanden, um miteinander allein zu sein. Endlich in einer Nacht, als Elena aus Bernals Zimmer zurückkehrte, wo sie ihr verliebtes Ritual abgehalten hatte, hörte sie ein Geräusch wie unterirdisch murmelndes Wasser, das aus dem Zimmer ihrer Mutter kam, und da begriff sie, daß in der ganzen Zeit, da sie glaubte, Bernal verdiene sich mit nächtlichem Singen seinen Lebensunterhalt, er auf der anderen Seite des Flurs gewesen war, und während sie sein heraufbeschworenes Bild im Spiegel küßte und die Spur seines Schlafes aus den Laken einsog, war er bei ihrer Mutter gewesen. Mit der in vielen Jahren gelernten Geschicklichkeit, sich unsichtbar zu machen, durchschritt sie die geschlossene Tür und erblickte die beiden in ihrer Lust. Der Lampenschirm mit dem Fransenrand gab einen warmen Schein, der die Liebenden auf dem Bett beleuchtete. Die Mutter hatte sich in ein rundes, rosenfarbenes, stöhnendes, üppiges Geschöpf verwandelt, eine wogende Seeanemone, ganz Fangarme und Saugnäpfe, ganz Mund und Hände und Beine und Öffnungen, und wand und wand sich, mit Bernals großem Leib verhaftet, der dagegen starr erschien, schwerfällig, sich wie im Krampf bewegte, ein Holzkloben, von unerklärlichen Stößen geschüttelt. Das Mädchen hatte bisher noch nie einen nackten Mann gesehen, und die großen Unterschiede bestürzten sie. Der männliche Körper kam ihr brutal vor, und sie brauchte einige Zeit, um den Schock zu überwinden und sich zum Zuschauen zu zwingen. Bald jedoch wurde sie von dem Zauber der Szene gepackt, und nun konnte sie aufmerksam beobachten, um von ihrer Mutter die Gesten zu lernen, die es vermocht hatten, Bernal zu entflammen, mächtigere Gesten als die ihrer eigenen Verliebtheit, als all ihre Gebete, ihre Träume und schweigenden Rufe, als all ihr Zauberritual, mit dem sie ihn an ihre Seite ziehen wollte. Sie war sicher, daß in diesen Liebkosungen und diesem Flüstern der Schlüssel des Geheimnisses lag, und wenn es ihr gelänge, sich diesen anzueignen, würde Juan José Bernal mit ihr in ihrer Hängematte schlafen, die jede Nacht im Schrankzimmer an zwei Haken aufgehängt wurde.

Elena verbrachte die folgenden Tage in einem Dämmerzustand. Sie verlor jedes Interesse an ihrer Umgebung, selbst an Bernal, der in ihren Gefühlen vorübergehend in einem Sonderfach aufgespart wurde, und versenkte sich in eine phantastische Welt, die völlig an die Stelle der lebendigen Wirklichkeit rückte. Aus reiner Gewohnheit erledigte sie ihre täglichen Aufgaben, aber ihre Seele war abwe-

send bei allem, was sie tat. Als die Mutter ihre Appetitlosig-
keit bemerkte, schrieb sie sie der nahenden Pubertät zu, obwohl doch Elena ganz offensichtlich noch zu jung dafür
war, und nahm sich die Zeit, sich zu ihr zu setzen und sie
über den mißlichen Umstand, als Frau geboren zu sein, auf-
zuklären. Das Kind lauschte in störrischem Schweigen der
langweiligen Rede über leibliche Verdammnis und Monats-
blutungen und war überzeugt, daß ihr so etwas nie zusto-
ßen würde.

Nach fast einer Woche, an einem Mittwoch, fühlte sich
Elena zum erstenmal wieder hungrig. Sie ging mit einem
Büchsenöffner und einem Löffel in die Speisekammer und
verschlang den Inhalt von drei Erbsendosen, worauf sie
einem holländischen Käse das rote Wachskleid abzog und
ihn aß wie einen Apfel. Dann lief sie in den Patio und er-
brach einen grünen Mischmasch über die Geranien. Die
Leibschmerzen und der bittere Geschmack im Mund riefen
sie in die Wirklichkeit zurück. In dieser Nacht schlief sie ruhig, in ihrer Hängematte zusammengerollt, und lutschte
am Daumen wie einst im Kinderbett. Am Donnerstag erwachte sie fröhlich, half ihrer Mutter, den Kaffee für die
Gäste zu brühen, und frühstückte mit ihr in der Küche, bevor sie in die Schule ging. Während des Unterrichts jedoch
klagte sie über Magenkrämpfe und krümmte sich so aus-
drucksvoll und bat so oft, auf die Toilette zu dürfen, daß die
Lehrerin ihr schließlich erlaubte, nach Hause zu gehen.

Elena machte einen langen Umweg, um die Straßen ihres
Viertels zu meiden, und näherte sich dem Haus von der
Rückseite. Sie schaffte es, über die Mauer zu klettern und
in den Patio zu springen, es ging leichter, als sie erwartet
hatte. Sie hatte sich ausgerechnet, daß ihre Mutter um diese
Zeit auf dem Markt war, und da es am Donnerstag frischen
Fisch gab, würde sie nicht so bald zurückkehren. Im Haus
waren nur Juan José Bernal und Señorita Sofía, die schon
eine Woche nicht zur Arbeit ging, weil ihre Arthritis sie
plagte.

Elena versteckte die Bücher und die Schuhe unter einem Stapel Decken und schlich sich ins Haus. An die Wand gepreßt stieg sie die Treppe hinauf und hielt den Atem an, bis sie das Radio aus dem Zimmer von Señorita Sofía hörte und sich sicherer fühlte. Bernals Tür gab sofort nach. Innen war es dunkel, und einen Augenblick konnte sie nichts sehen, weil sie aus dem grellen Sonnenlicht draußen kam, aber sie kannte das Zimmer ja aus dem Gedächtnis, sie war so oft darin umhergegangen, daß sie wußte, wo jeder Gegenstand war, an welcher Stelle der Fußboden knarrte und wieviel Schritte von der Tür entfernt das Bett stand. Dennoch wartete sie, bis ihre Augen sich an das Halbdunkel gewöhnt hatten und die Umrisse der Möbel hervortraten. Nach kurzer Zeit konnte sie auch den Mann auf dem Bett erkennen. Er lag nicht auf dem Bauch, wie sie ihn sich so oft vorgestellt hatte, sondern auf dem Rücken, nicht zugedeckt, nur mit einer Unterhose bekleidet, einen Arm ausgestreckt, den andern über der Brust, eine Haarsträhne über den Augen. Elena spürte, wie plötzlich alle Angst und Ungeduld, die sich in den letzten Tagen in ihr angesammelt hatten, von ihr abfielen, wie sie frei und rein zurückblieb mit der Ruhe eines Menschen, der weiß, was er zu tun hat. Ihr war, als hätte sie diesen Augenblick schon viele Male erlebt; sie sagte sich, sie habe nichts zu fürchten, es gehe um ein Ritual, das nur etwas anders sei als die früheren. Langsam zog sie ihre Schuluniform aus, aber sie traute sich nicht, auch ihren Baumwollschlüpfer abzustreifen. Sie näherte sich dem Bett. Nun konnte sie Bernal besser sehen. Sie setzte sich auf den Rand, ganz nahe bei der Hand des Mannes, und achtete darauf, daß ihr Gewicht nicht einmal eine Delle in das Laken drückte, sie beugte sich sacht vor, bis ihr Gesicht nur wenige Zentimeter über dem seinen schwebte und sie seinen warmen Atem und den süßlichen Geruch seines Körpers spürte, und mit unendlicher Vorsicht streckte sie sich neben ihm aus und zog behutsam jedes Bein einzeln nach, um ihn nicht zu wecken. Sie wartete, auf die Stille lauschend, bis sie sich entschloß, ihm mit einem fast unmerklichen Streicheln die Hand auf den Bauch zu legen. Diese Berührung jagte eine Sturzsee durch ihren Körper, die sie zu ersticken drohte, sie glaubte, das Klopfen ihres Herzens müßte durch das ganze Haus hallen und den Mann wecken. Sie brauchte mehrere Minuten, um sich zu fassen, und erst als sie sah, daß er sich nicht rührte, lockerte sich die Spannung, und sie legte ihm die Hand mit dem ganzen Gewicht des Armes auf, der doch so leicht war, daß er Bernals Ruhe nicht störte. Sie erinnerte sich an die Gesten, die sie bei ihrer Mutter gesehen hatte, und während sie die Finger unter seinen Hosengummi schob, suchte sie den Mund des Mannes und küßte ihn, wie sie es so oft vor dem Spiegel getan hatte. Bernal stöhnte im Schlaf und legte einen Arm um das Kind, seine andere Hand fing die ihre ein, um sie zu führen, und sein Mund öffnete sich, um den Kuß zu erwidern, wobei er den Namen der Geliebten murmelte. Elena verstand, wen er meinte, aber statt zurückzuweichen, preßte sie sich noch fester an ihn. Bernal faßte sie um die Mitte, hob sie auf sich herauf und setzte sie auf seinem Körper zurecht, während er schon die ersten Liebesbewegungen machte. Plötzlich jedoch, als er die ungewöhnliche Zerbrechlichkeit dieses Vogelgerippleins auf seiner Brust fühlte, durchfuhr ein Funken Bewußtsein den wolligen Nebel des Schlafes, und er öffnete die Augen. Elena spürte, wie sein Körper sich spannte, sie fand sich bei den Hüften gepackt und mit solcher Gewalt zurückgestoßen, daß sie auf dem Fußboden landete, aber sie stand auf und warf sich wieder über ihn, um ihn erneut zu umarmen. Bernal schlug ihr ins Gesicht und sprang aus dem Bett, geängstigt von Gott weiß welchen ehemaligen Verboten und Angstträumen.

»Verdorbenes Kind! Verdorbenes Kind!« schrie er.

Die Tür ging auf, und im Rahmen erschien Señorita Sofía.

Elena verbrachte die folgenden drei Jahre auf dem Internat einer Klosterschule, drei weitere auf der Universität in der Hauptstadt, und danach arbeitete sie in einer Bank. Inzwischen hatte die Mutter ihren Liebhaber geheiratet und mit ihm die Pension weitergeführt, bis sie genügend erspart hatten, um sich in ein kleines Landhaus zurückzuziehen, wo sie Nelken und Chrysanthemen anbauten, die sie in der Stadt verkauften. Der Meister des Belcanto spannte sein Plakat in einen vergoldeten Rahmen, aber er sang nicht mehr auf nächtlichen Veranstaltungen, und keiner vermißte ihn. Niemals begleitete er seine Frau, wenn sie die Tochter besuchte, er fragte auch nicht nach ihr, um die Zweifel in seinem eigenen Gemüt nicht aufzurühren, aber er dachte oft an sie. Das Bild des Kindes war für ihn unversehrt, die Jahre hatten ihm nichts anhaben können, es war noch immer das Bild des lüsternen, von der Liebe übermannten kleinen Geschöpfes, das er zurückgestoßen hatte. Je mehr Jahre vergingen, um so zwingender wurde die Erinnerung an diese leichte Gestalt, diese kindliche Hand auf seinem Leib, diese Babyzunge in seinem Mund, bis sie zur Besessenheit wurde. Wenn er den schweren Körper seiner Frau umarmte, mußte er seine Sinne auf diese erinnerten Empfindungen sammeln, um den immer träger werdenden Trieb zur Lust zu wecken. Als er älter wurde, ging er in die Läden mit Kinderwäsche und kaufte Baumwollschlüpfer, um sie und sich selbst wieder und wieder begehrlich zu streicheln. Später schämte er sich jedesmal dieser ungezügelten Gefühle und verbrannte die Schlüpfer oder vergrub sie im Patio in dem nutzlosen Versuch, sie zu vergessen. Er gewöhnte sich an, um die Schulen und durch die Parks zu streichen und von weitem die kleinen Mädchen zu beobachten, die ihm für ein paar kurze Augenblicke das ungeheuerliche Erlebnis dieses unvergeßlichen Donnerstags zurückbrachten.

Elena war siebenundzwanzig, als sie zum erstenmal ihre Mutter besuchte. Sie wollte ihren Verlobten vorstellen, einen Armeeoffizier, der jahrelang geduldig um ihre Hand angehalten hatte. Die jungen Leute kamen an einem Novembernachmittag an, er in Zivil, um nicht in Militärgala zu protzen, und sie mit Geschenken beladen. Bernal hatte diesem Besuch mit der Beklommenheit eines Jungen entgegengesehen. Er hatte sich immer wieder im Spiegel betrachtet, hatte forschend sein eigenes Bild gemustert und sich gefragt, ob Elena die Veränderungen sehen werde oder ob in ihrer Vorstellung der Meister des Belcanto dem Verschleiß durch die Zeit widerstanden hatte. Er hatte sich auf die Begegnung vorbereitet, indem er jedes Wort sorgfältig überlegte und sich alle nur denkbaren Antworten ausmalte. Nur eines wäre ihm niemals eingefallen: daß statt des feurigen kleinen Geschöpfes, dessentwegen er jahrelang Qualen ausgestanden hatte, eine fade, schüchterne Frau vor ihm stehen würde. Bernal fühlte sich betrogen.

Am Abend, als die Hochstimmung der Ankunft sich gelegt und Mutter und Tochter sich die letzten Neuigkeiten erzählt hatten, stellten sie Stühle in den Patio, um die Kühle zu genießen. Der Duft der Nelken hing schwer in der Luft. Bernal regte an, einen Schluck Wein zu trinken, und Elena folgte ihm ins Haus, um die Gläser zu holen. Ein paar Minuten waren sie allein in der engen Küche. Und da hielt der Mann, der so lange auf diese Gelegenheit gewartet hatte, die Frau am Arm zurück und fing an zu reden. Er sagte ihr, alles sei ein schrecklicher Irrtum gewesen, an jenem Morgen habe er geschlafen und nicht gewußt, was er tat, niemals habe er sie zu Boden werfen oder so beschimpfen wollen, sie solle doch Mitleid haben und ihm verzeihen, vielleicht werde es ihm dann gelingen, seinen Verstand zurückzugewinnen, denn in all diesen Jahren habe das brennende Verlangen nach ihr ihn unaufhörlich verfolgt, ihm das Blut verbrannt und den Geist verfinstert.

Elena betrachtete ihn verstört und wußte nicht, was sie antworten sollte. Von welchem verdorbenen Kind sprach

er? Für sie lag die Kindheit weit zurück, und das Leid dieser
ersten, abgewiesenen Liebe war in einem versiegelten Fach
in ihrem Gedächtnis eingesperrt. Sie hatte keinerlei Erinnerung an jenen fernen Donnerstag.

Marie Luise Kaschnitz
Lange Schatten

Langweilig, alles langweilig, die Hotelhalle, der Speise-
saal, der Strand, wo die Eltern in der Sonne liegen, einschla-
fen, den Mund offenstehen lassen, aufwachen, gähnen, ins
Wasser gehen, eine Viertelstunde vormittags, eine Viertelstunde nachmittags, immer zusammen. Man sieht sie von
hinten, Vater hat zu dünne Beine, Mutter zu dicke, mit
Krampfadern, im Wasser werden sie dann munter und
spritzen kindisch herum. Rosie geht niemals zusammen
mit den Eltern schwimmen, sie muß währenddessen auf die
Schwestern achtgeben, die noch klein sind, aber nicht mehr
süß, sondern alberne Gänse, die einem das Buch voll Sand
schütten oder eine Qualle auf den nackten Rücken legen.
Eine Familie zu haben ist entsetzlich, auch andere Leute leiden unter ihren Familien, Rosie sieht das ganz deutlich,
zum Beispiel der braune Mann mit dem Goldkettchen, den
sie den Schah nennt, statt bei den Seinen unterm Sonnen-
schirm hockt er an der Bar oder fährt mit dem Motorboot,
wilde Schwünge, rasend schnell und immer allein. Eine Familie ist eine Plage, warum kann man nicht erwachsen auf
die Welt kommen und gleich seiner Wege gehen. Ich gehe
meiner Wege, sagt Rosie eines Tages nach dem Mittagessen und setzt vorsichtshalber hinzu, in den Ort, Postkarten
kaufen, Ansichtskarten, die an die Schulfreundinnen geschrieben werden sollen, als ob sie daran dächte, diesen
dummen Gören aus ihrer Klasse Kärtchen zu schicken,

Gruß vom blauen Mittelmeer, wie geht es dir, mir geht es gut. Wir kommen mit, schreien die kleinen Schwestern, aber gottlob nein, sie dürfen nicht, sie müssen zum Nachmittagsschlafen ins Bett. Also nur die Fahrstraße hinauf bis zum Marktplatz und gleich wieder zurück, sagt der Vater, und mit niemandem sprechen, und geht der Mutter und den kleinen Schwestern nach mit seinem armen, krummen Bürorücken, er war heute mit dem Boot auf dem Wasser, aber ein Seefahrer wird er nie. Nur die Fahrstraße hinauf, oben sieht man, mit Mauern und Türmen an den Berg geklebt, den Ort liegen, aber die Eltern waren noch nie dort, der Weg war ihnen zu lang, zu heiß, was er auch ist, kein Schatten weit und breit. Rosie braucht keinen Schatten, wozu auch, ihr ist überall wohl, wohl in ihrer sonnenölglänzenden Haut, vorausgesetzt, daß niemand an ihr herumerzieht und niemand sie etwas fragt. Wenn man allein ist, wird alles groß und merkwürdig und beginnt einem allein zu gehören, meine Straße, meine schwarze räudige Katze, mein toter Vogel, eklig, von Ameisen zerfressen, aber unbedingt in die Hand zu nehmen, mein. Meine langen Beine in verschossenen Leinenhosen, meine weißen Sandalen, ein Fuß vor den andern, niemand ist auf der Straße, die Sonne brennt. Dort, wo die Straße den Hügel erreicht, fängt sie an, eine Schlangenlinie zu beschreiben, blaue Schlange im goldenen Reblaub, und in den Feldern zirpen die Grillen wie toll. Rosie benützt den Abkürzungsweg durch die Gärten, eine alte Frau kommt ihr entgegen, eine Mumie, um Gottes willen, was da noch so herumläuft und gehört doch längst ins Grab. Ein junger Mann überholt Rosie und bleibt stehen, und Rosie macht ein strenges Gesicht. Die jungen Männer hier sind zudringliche Taugenichtse, dazu braucht man keine Eltern, um das zu wissen, wozu überhaupt braucht man Eltern, der Teufel, den sie an die Wand malen, hat schon längst ein ganz anderes Gesicht. Nein, danke, sagt Rosie höflich, ich brauche keine Begleitung, und geht an dem jungen Mann vorbei, wie sie es den Mädchen hier abgeguckt hat, steiles Rückgrat, Wirbel über Wirbel, das Kinn angezogen, die Augen finster niedergeschlagen, und er murmelt nur noch einiges Schmeichelhafte, das in Rosies Ohren grenzenlos albern klingt. Weingärten, Kaskaden von rosa Geranienblüten, Nußbäume, Akazien, Gemüsebeete, weiße Häuser, rosa Häuser, Schweiß in den Handflächen, Schweiß auf dem Gesicht. Endlich ist die Höhe erreicht, die Stadt auch, das Schiff Rosie bekommt Wind unter die Leinwand und segelt glücklich durch Schattenstraßen, an Obstständen und flachen Blechkästen voll farbiger, glitzernder, rundäugiger Fische hin. Mein Markt, meine Stadt, mein Laden mit Herden von Gummitieren und einem Firmament von Strohhüten, auch mit Ständern voll Ansichtskarten, von denen Rosie, der Form halber, drei schreiendblaue Meeresausblicke wählt. Weiter auf den Platz, keine Ah- und Oh- Gedanken angesichts des Kastells und der Kirchenfassaden, aber interessierte Blicke auf die bescheidenen Auslagen, auch in die Schlafzimmer zu ebener Erde, wo über gußeisernen, vielfach verschnörkelten Ehebettstellen süßliche Madonnenbilder hängen. Auf der Straße ist zu dieser frühen Nachmittagsstunde fast niemand mehr, ein struppiger, kleiner Hund von unbestimmbarer Rasse kläfft zu einem Fenster hinauf, wo ein Junge steht und ihm Grimassen schneidet. Rosie findet in ihrer Hosentasche ein halbes Brötchen vom zweiten Frühstück. Fang, Scherenschleifer, sagt sie und hält es dem Hund hin, und der Hund tanzt lustig wie ein dressiertes Äffchen um sie herum. Rosie wirft ihm das Brötchen zu und jagt es ihm gleich wieder ab, das häßliche, auf zwei Beinen hüpfende Geschöpf macht sie lachen, am Ende hockt sie im Rinnstein und krault ihm den schmutzig-weißen Bauch. Ehi, ruft der Junge vom Fenster herunter, und Rosie ruft Ehi zurück, ihre Stimmen hallen, einen Augenblick lang ist es, als seien sie beide die einzigen, die wach sind in der heißen, dö-

senden Stadt. Daß der Hund ihr, als sie weitergeht, nach-
läuft, gefällt dem Mädchen, nichts gefragt werden, aber
Gesellschaft haben, sprechen können, komm mein Hündchen, jetzt gehen wir zum Tor hinaus. Das Tor ist ein anderes als das, durch welches Rosie in die Stadt gekommen ist,
und die Straße führt keinesfalls zum Strand hinunter, sondern bergauf, durchquert einen Steineichenwald und zieht
dann, mit vollem Blick auf das Meer, hochoben den frucht-
baren Hang entlang. Hier hinauf und weiter zum Leuchtturm haben die Eltern einen gemeinsamen Spaziergang
geplant; daß sie jetzt hinter der Bergnase in ihrem verdun-
kelten Zimmer auf den Betten liegen, ist beruhigend, Rosie
ist in einem anderen Land, mein Ölwald, mein Orangen-
baum, mein Meer, mein Hündchen, bring mir den Stein
zurück. Der Hund apportiert und bellt auf dem dunkelblau-
en, schmelzenden Asphaltband, jetzt läuft er ein Stück
stadtwärts, da kommt jemand um die Felsenecke, ein Junge, der Junge, der am Fenster gestanden und Grimassen geschnitten hat, ein stämmiges, braunverbranntes Kind. Dein
Hund? fragt Rosie, und der Junge nickt, kommt näher und
fängt an, ihr die Gegend zu erklären. Rosie, die von einem
Aufenthalt im Tessin her ein wenig Italienisch versteht, ist
zuerst erfreut, dann enttäuscht, da sie sich schon hat denken können, daß das Meer das Meer, der Berg der Berg und
die Inseln die Inseln sind. Sie geht schneller, aber der vier-
schrötige Junge bleibt ihr auf den Fersen und redet weiter
auf sie ein, alles, auf das er mit seinen kurzen braunen Fingern zeigt, verliert seinen Zauber, was übrigbleibt, ist eine
Ansichtskarte wie die von Rosie erstandenen, knallblau
und giftgrün. Er soll nach Hause gehen, denkt sie, mitsamt
seinem Hund, auch an dem hat sie plötzlich keine Freude
mehr. Als sie in einiger Entfernung zur Linken einen Pfad
von der Straße abzweigen und zwischen Felsen und Mac-
chia steil bergabführen sieht, bleibt sie stehen, holt aus
ihrer Tasche die paar Münzen, die von ihrem Einkauf übrig-

geblieben sind, bedankt sich und schickt den Jungen zurück, vergißt ihn auch sogleich und genießt das Abenteuer, den Felsenpfad, der sich bald im Dickicht verliert. Die Eltern und Geschwister hat Rosie erst recht vergessen, auch sich selbst als Person, mit Namen und Alter, die Schülerin Rosie Walter, Obersekunda, könnte mehr leisten; nichts mehr davon, eine schweifende Seele, auf trotzige Art verliebt in die Sonne, die Salzluft, das Tun- und Lassenkönnen, ein erwachsener Mensch wie der Schah, der leider nie spazierengeht, sonst könnte man ihm hier begegnen und mit ihm zusammen, ohne dummes Gegacker, nach fern vorüberziehenden Dampfern Ausschau halten. Der Pfad wird zur Treppe, die sich um den Felsen windet, auf eine Stufe setzt sich Rosie, befühlt den rissigen Stein mit allen zehn Fingern, riecht an der Minze, die sie mit den Handflächen zerreibt. Die Sonne glüht, das Meer blitzt und blendet. Pan sitzt auf dem Ginsterhügel, aber Rosies Schulbildung ist lückenhaft, von dem weiß sie nichts. Pan schleicht der Nymphe nach, aber Rosie sieht nur den Jungen, den zwölfjährigen, da ist er weiß Gott schon wieder, sie ärgert sich sehr. Die Felsentreppe herunter kommt er lautlos auf staubgrauen Füßen, jetzt ohne sein Hündchen, gesprungen.

Was willst du? sagt Rosie, geh heim, und will ihren Weg fortsetzen, der gerade jetzt ein Stück weit ganz ohne Geländer an der Felswand hinführt, drunten liegt der Abgrund und das Meer. Der Junge fängt gar nicht wieder an mit seinem Ecco il mare, ecco l'isola, aber er läßt sich auch nicht nach Hause schicken, er folgt ihr und gibt jetzt einen seltsamen, fast flehenden Laut von sich, der etwas Unmenschliches hat und der Rosie erschreckt. Was hat er, was will er? denkt sie, sie ist nicht von gestern, aber das kann doch wohl nicht sein, er ist höchstens zwölf Jahre alt, ein Kind. Es kann doch sein, der Junge hat zuviel gehört von den älteren Freunden, den großen Brüdern, ein Gespräch ist da im Ort, ein ewiges halblautes Gespräch von den fremden Mädchen, die so liebessüchtig und willfährig sind und die allein durch die Weingärten und die Ölwälder schweifen, kein Ehemann, kein Bruder zieht den Revolver, und das Zauberwort amore amore schon lockt ihre Tränen, ihre Küsse hervor. Herbstgespräche sind das, Wintergespräche, im kalten, traurigen Café oder am nassen, grauen, überaus einsamen Strand, Gespräche, bei denen die Glut des Sommers wieder entzündet wird. Warte nur, Kleiner, in zwei Jahren, in drei Jahren kommt auch für dich eine, über den Marktplatz geht sie, du stehst am Fenster, und sie lächelt dir zu. Dann lauf nur hinterher, Kleiner, genier dich nicht, pack sie, was sagst du, sie will nicht, aber sie tut doch nur so, sie will.

Nicht daß der Junge, der Herr des äffigen Hündchens, sich in diesem Augenblick an solche Ratschläge erinnert hätte, an den großen Liebes- und Sommergesang des Winters, und die zwei, drei Jahre sind auch noch keineswegs herum. Er ist noch immer der Peppino, die Rotznase, dem seine Mutter eins hinter die Ohren gibt, wenn er aus dem Marmeladeneimer nascht. Er kann nicht wie die Großen herrisch auftreten, lustig winken und schreien, ah, bella, jetzt wo er bei dem Mädchen, dem ersten, das ihm zugelächelt und seinen Hund an sich gelockt hat, sein Glück machen will. Sein Glück, er weiß nicht, was das ist, ein Gerede und Geraune der Großen, oder weiß er es doch plötzlich, als Rosie vor ihm zurückweicht, seine Hand wegstößt und sich, ganz weiß im Gesicht, an die Felswand drückt? Er weiß es, und weil er nicht fordern kann, fängt er an zu bitten und zu betteln, in der den Fremden verständlichen Sprache, die nur aus Nennformen besteht. Zu mir kommen, bitte, mich umarmen, bitte, küssen bitte, lieben bitte, alles ganz rasch hervorgestoßen mit zitternder Stimme und Lippen, über die der Speichel rinnt. Als Rosie zuerst noch, aber schon ängstlich, lacht und sagt: Unsinn, was fällt dir ein, wie alt bist du denn überhaupt? weicht er zurück, fährt

aber gleich sozusagen vor ihren Augen aus seiner Kinder-
haut, bekommt zornige Stirnfalten und einen wilden, gieri-
gen Blick. Er soll mich nicht anrühren, er soll mir nichts
tun, denkt Rosie und sieht sich, aber vergebens, nach Hilfe
um, die Straße liegt hoch oben, hinter den Felsen, auf dem
Zickzackpfad ihr zu Füßen ist kein Mensch zu sehen, und
drunten am Meer erstickt das Geräusch der Brandung gewiß jeden Schrei. Drunten am Meer, da nehmen die Eltern
jetzt ihr zweites Bad, wo nur Rosie bleibt, sie wollte doch
nur Ansichtskarten für ihre Schulfreundinnen kaufen. Ach,
das Klassenzimmer, so gemütlich dunkel im November,
das hast du hübsch gemalt, Rosie, diesen Eichelhäherflü-
gel, der kommt in den Wechselrahmen, wir stellen ihn aus.
Rosie Walter und dahinter ein Kreuz, eure liebe Mitschülerin, gestorben am blauen Mittelmeer, man sagt besser
nicht, wie. Unsinn, denkt Rosie und versucht noch einmal
mit unbeholfenen Worten, dem Jungen gut zuzureden, es
hätten aber auch beholfenere in diesem Augenblick nichts
mehr vermocht. Der kleine Pan, flehend, stammelnd, glühend, will seine Nymphe haben, er reißt sich das Hemd
ab, auch die Hose, er steht plötzlich nackt in der grellhei-
ßen Steinmulde vor dem gelben Strauch und schweigt erschrocken, und ganz still ist es mit einemmal, und von
drunten hört man das geschwätzige, gefühllose Meer.

Rosie starrt den nackten Jungen an und vergißt ihre
Angst, so schön erscheint er ihr plötzlich mit seinen braunen Gliedern, seinem Badehosengürtel von weißer Haut,
seiner Blütenkrone um das schweißnasse schwarze Haar.
Nur daß er jetzt aus seinem goldenen Heiligenschein tritt
und auf sie zukommt und die langen weißen Zähne
fletscht, da ist er der Wolf aus dem Märchen, ein wildes
Tier. Gegen Tiere kann man sich wehren, Rosies eigener
schmalbrüstiger Vater hat das einmal getan, aber Rosie
war noch klein damals, sie hat es vergessen, aber jetzt fällt
es ihr wieder ein. Nein, Kind, keinen Stein, Hunden muß

man nur ganz fest in die Augen sehen, so, laß ihn heran-
kommen, ganz starr ins Auge, siehst du, er zittert, er drückt
sich an den Boden, er läuft fort. Der Junge ist ein streunen-
der Hund, er stinkt, er hat Aas gefressen, vielleicht hat er
die Tollwut, ganz still jetzt, Vater, ich kann es auch. Rosie,
die zusammengesunken wie ein Häufchen Unglück an der
Felswand kauert, richtet sich auf, wächst, wächst aus ihren
Kinderschultern und sieht dem Jungen zornig und starr in
die Augen, viele Sekunden lang, ohne ein einziges Mal zu
blinzeln und ohne ein Glied zu bewegen. Es ist noch immer
furchtbar still und riecht nun plötzlich betäubend aus Mil-
lionen von unscheinbaren, honigsüßen, kräuterbitteren
Macchiastauden, und in der Stille und dem Duft fällt doch
der Junge wirklich in sich zusammen, wie eine Puppe, aus
der das Sägemehl rinnt. Man begreift es nicht, man denkt
nur, entsetzlich muß Rosies Blick gewesen sein, etwas von
einer Urkraft muß in ihm gelegen haben, Urkraft der Ab-
wehr, so wie in dem Flehen und Stammeln und in der letzten wilden Geste des Knaben die Urkraft des Begehrens lag.
Alles neu, alles erst erwacht an diesem heißen, strahlenden
Nachmittag, lauter neue Erfahrungen, Lebensliebe, Begehren und Scham, diese Kinder, Frühlings Erwachen, aber
ohne Liebe, nur Sehnsucht und Angst. Beschämt zieht sich
der Junge unter Rosies Basiliskenblick zurück, Schritt für
Schritt, wimmernd wie ein kranker Säugling, und auch Rosie schämt sich, eben der Wirkung dieses Blickes, den etwa
vor einem Spiegel später zu wiederholen sie nie den Mut
finden wird. Am Ende sitzt der Junge, der sich, seine Kleider in der Hand, rasch umgedreht hat und die Felsenstiege
lautlos hinaufgelaufen ist, nur das Hündchen ist plötzlich
wieder da und bellt unbekümmert und frech, der Junge
sitzt auf dem Mäuerchen, knöpft sich das Hemd zu und
murmelt vor sich hin, zornig und tränenblind. Rosie läuft
den Zickzackweg hinab und will erleichtert sein, noch einmal davon gekommen, nein, diese Väter, was man von den

Vätern doch lernen kann, und ist im Grunde doch nichts als
traurig, stolpert zwischen Wolfsmilchstauden und weißen
Dornenbüschen, tränenblind. Eure Mitschülerin Rosie, ich
höre, du warst sogar in Italien, ja danke, es war sehr schön.
Schön und entsetzlich war es, und am Ufer angekommen,
wäscht sich Rosie das Gesicht und den Hals mit Meerwas-
ser, denkt, erzählen, auf keinen Fall, kein Wort, und schlen-
dert dann, während oben auf der Straße der Junge langsam
nach Hause trottet, am Saum der Wellen zum Badestrand,
zu den Eltern hin. Und so viel Zeit ist über all dem vergangen, daß die Sonne bereits schräg über dem Berge steht und
daß sowohl Rosie wie der Junge im Gehen lange Schatten
werfen, lange, weit voneinander entfernte Schatten, über
die Kronen der jungen Pinien am Abhang, über das schon
blassere Meer.

Wenn man der Liebe begegnet, dann ist es der Tod

Regina Ullmann
*Ende und Anfang
einer bösen Geschichte*

Es war Abend. Vor einer Almhütte saßen zwei Mädchen, die flüsterten und zu einem in der Ferne grasmähenden Knecht hinüberschauten. Sie fielen sich um den Hals. Sie hatten eine teuflische Freude. Die eine war aber erst dreizehn und die andere erst vierzehn Jahre, und beide schlank wie Ruten. Ungepflegt waren sie wie das Kraut auf den Berghalden. Gott hatte es gesät.

Der Knecht gefiel ihnen vielleicht, aber nur zum Spiel. Denn in ihrem Kopf waren noch keine ernsthaften Liebesgedanken möglich. Und der Hirte, obgleich schön und offenen Augs, hatte auch etwas von einer ungepflückten Frucht an sich. Er war schon zweiundzwanzig Jahre alt. Die Mädchen aber existierten nicht für ihn wie all die Jahre vorher. Er merkte nicht, daß sie gewachsen waren wie das Gras, und daß sie zu wispern und zu flüstern begannen. Er ging an seine Arbeit, die, wenn sonst nichts da war, seine Welt bedeutete.

Drei Uhr morgens. Ein Hahn hatte schon zweimal gekräht. Der Morgenstern zitterte wie ein Brautgeschenk vom Himmel nieder. Die Luft war so rein, so nüchtern und stark zugleich, daß man sie kaum zu atmen vermochte. Der Bursche war auf halbem Wege und sah schon die braune Hürde, in die er sein Vieh eintreiben wollte (in diesem Jahre zum erstenmal). Und es war ihm feierlich dabei zumute, vertraut und befremdend zugleich. Denn alle Sommer tat er dieses Amt, während er die Winter in einem Städtlein als Stallknecht verlebte.

Er knallte mit der Peitsche, er schnalzte mit der Zunge, als ein Geräusch ihn ängstigte. Es war nicht ganz das eines Tiers und nicht ganz das eines Menschen. Durch die Zwergföhren war es herabgerutscht. Dann schien ihm, als habe jemand leise geräuspert. Aber eher hätte er an einen Geist als an ein Weib geglaubt, denn um diese Zeit schliefen sie alle. Er dachte an einen Feind, obgleich er keinen hatte. Keine Herdenglocke läutete und kein Pferdehuf bewegte sich, keine Mähne schüttelte sich ... Da sah er, als sei plötzlich Tag geworden, ein wie Phosphor leuchtendes Antlitz und semmelblondes Mädchenhaar; seine Almgenossin, jene Dreizehnjährige. Aber dennoch redete der Hirte noch nichts. Er war bis oben angefüllt von diesem Erlebnis, obwohl er augenblicks zuvor noch gänzlich leer gewesen war. Er wartete. Und ob er auch merkte, daß er sich geirrt hatte (es war keine solche Frauensperson, wie er sie sich gedacht hatte), sondern eben dieses Mädchen, so hörte doch sein Herz nicht auf, heftig zu schlagen. Und auch die Erstarrung wich noch nicht der gemächlichen Ruhe früherer Tage. »Ich bin verletzt und kann nicht mehr gehen«, sagte die dünne Stimme, als drücke sie ein Weinen.

Er war gleich zu allem bereit. Außen stand noch ein Fohlen, innen in der Hürde ein Mutterpferd. Die liebkosten sich. Er trieb das Junge zu seiner Mutter hinein und wollte ein altes Zugpferd bei der Mähne nehmen, da sagte das Kind: »Nein, ich kann nicht darauf steigen, ich habe mir an der Hüfte weh getan, Knecht.«

Es fiel ihm nicht ein, zu fragen, wie sie denn abgestürzt sei und was sie in der Nacht hinausgetrieben habe. Er war nur Hilfe. Er schloß die Hürde sorgfältig zu. Er streichelte einen Ochsen noch einmal, der sich in seiner Nähe wohltat. Dann ging er, wie man zu seinem Wanderstab geht, oder wie man zu einem Bach zum Trinken geht. Eine Bangigkeit unbekannter Art war dabei. Sogar noch mehr. Sein Herz war plötzlich wie ein Sternenhimmel. Aber so laut und behend klopfte es innen, daß er beim Aufheben des Mädchens fürchten mußte, daß es höre und errate.

Aber im Nu war alles vergessen. Die junge Dirn war so leicht wie ein Herbstast. Er erschrak darüber, wie herzlos und kindhaft sicher sie ihren Arm um seinen Hals schlang, so daß er nur die eine Hand brauchte, die unter ihren Kniekehlen festhielt.

Eine Zeit eilte er so dahin. Da war's ihm, als lockere sich der Arm und so schnell erfolgte das, daß er kaum dabei denken konnte: daß sie vielleicht einschlief. Der Hirte nahm darauf auch die andere Hand unter ihren Rücken, unter ihren Arm hindurch. Ihr Kopf sank an seine Schulter und schlief. Der Hirte wurde dadurch plötzlich selber müde. Aber es war nicht so einfach, mit ihr auszuruhen. Denn er war an einer Felsenwand angelangt und mußte den Abhang entlanggehen.

Das Hohe Lied der Liebe schwang sich in der Luft, als ging es die beiden nichts an. Und der Bursche wußte nicht, was mit ihm vorging. Und das Mädchen ... war noch ein Kind? Er wagte nun doch, von übermannender Schwäche mit seiner Bürde sich auf dem Wege niederzulassen. Aber der Weg war nicht breiter als ein Sargbrett und hinter ihm die Felswand und vor ihm der Abgrund. Sankt Stefan hätte er anrufen können. Aber, war er immer gottlos gewesen oder war die Natur seiner Liebe gottlos, er dachte nicht in diesem Augenblick daran, die Hilfe eines Gottes anzunehmen. Eher war er zu etwas anderem bereit: zum Tode. Sie schlief und hatte einen leichtsinnigen Atem. Er war verzweifelt.

Die Liebe war wie ein Tier gekommen. Und sie lastete doch nur ganz ein wenig auf ihm ... Und das war noch mehr zum Verzweifeln. Sie hinabzuwerfen? In einem Augenblick! Er nach in einem nächsten? Sie beide zugleich, war noch eine Lösung. Denn wieder mit ihr aufzustehen, fehlte ihm alle Kraft und aller Wille. Es schwindelte ihn sogar so, daß der Weg unter ihm biegsam schien und die Föhren zum Greifen nahe, während sie doch in Wirklichkeit tief unter ihm wuchsen und kaum mehr zu sehen waren.

Da war ihm, als wimmere sie, als bisse sie mit den Zähnen in sein Joppe. Er ließ sie völlig los und wäre im nächsten Augenblick mit ihr abgestürzt, so kochte das Blut in ihm. Ja, es siedete. Da hielt ihn der erzürnte Kinderarm, und eine völlig wache (nicht eben erst erwachte) Kinderstimme rief ihn auf die Füße.

Von da ab war er ihre Strohpuppe. Er vermochte nicht mehr zu denken. Er hätte etwas Schreckliches denken müssen. Er hätte glauben müssen, was ihn mit allen Wurzeln aus der Erde riß: daß alles nur ein kalter, boshafter Scherz war. Das Ganze: berechnet und abgezählt. Er gab sich nicht einmal ab mit diesem furchtbaren Zweifel, aber sein Ohr horchte aus, seine Sinne horchten aus wie Spione. Nun hörte er lachen, aber es konnte ebenso ein Weinen gewesen sein. Der Hirte war nahe daran, das Ding abzusetzen. Da entschlief es nochmals und diesmal tiefer als zuvor.

Wie ein Wald, durch dessen Geäste man sich drängt ... Ein Knistern vernahm er und es erinnerte ihn. Denn er hatte nicht mehr gefühlt, ob ein Tag oder ein Jahr oder ein Augenblick dazwischen lag. Aber diesmal war es ein Marder, der das Federvieh der Almen witterte. Ein Uhu schrie, ein Kauz. Helle Nachttöne. Ein Hahn krähte.

Die Sonne ging auf. In ihrem Glanze war die Wiese etwas anderes als eine Wiese. Wie ein jenseitiger Raum war sie. Die hohen Tannen waren beredt wie ein Wort des Propheten. Ein Bächlein rann unter den Füßen des Hirten seines Wegs. Das Dirnlein war wie gebadet. Die Sonne hatte das vollbracht.

Er kam an einer Muttergottes vorbei, die einen Christus auf ihrem Schoße hielt. Er setzte sich auf einen Meilenstein, ihr gegenüber, ein umgekehrtes Gegenbild. Dadurch wurde er aber sich seiner erst bewußt. Und ihrer, der Dirne.

Vielleicht war sie Satan. Auch wenn sie aus Gold war. Sie brannte jetzt förmlich. Denn außerdem war sie noch warm geworden durch seine Bewegung und durch den Schlaf.

»Gott ist ein Bote des Unglücks«, dachte er. »Wenn man der Liebe begegnet, dann ist es der Tod.« Denn daß dieses der Tod war und nicht die Liebe, hatte er irgendwie begriffen. Er ging schon mit ihr auf den Armen wie in die Ewigkeit. Er merkte schon gar nicht mehr, daß er auf der Alm angelangt war. Die Türe stand offen.

»Gott ist ein böser Geist, wenn er im Menschen lebt«, dachte er. Er war nicht ganz sicher, ob er sich selber damit meinte. Eine gebräuchliche Rede, wie er sie hätte in Anbetracht dieser rühmlichen Rettungstat halten wollen beim Aufwecken seiner Hausgenossen, war nicht vonnöten, denn die Türe stand, wie schon gesagt, bereits offen. Er dachte auch nicht daran. Er dachte nicht einmal mehr an sich. Der schwarze Hirtenhund schnupperte entgegen. Er vernahm es nicht, noch vernahm er die Laute. Er ging wie einer, der eine Botschaft aus den Wolken empfängt. Da waren plötzlich seine Arme leer. Das Dirnlein war ins Haus geschlüpft.

So schnell ging das, daß er es nicht fühlte. Jetzt krähte der Hahn deutlich, so wie man einen Brief empfängt, einen bösen Brief. Es hatte sich wirklich ein Verrat an ihm erfüllt. Und das Schlimmste: ein Liebesverrat. Und der grausamste. Denn eben war die Liebe in ihm aufgeblüht. Der Hirte hörte das Lachen. Aber es konnte ebensogut das Läuten der Almglocke seines jüngsten Kälbleins sein. Er wußte es nicht. Es hatte ihn wie ein Morgenschauer der Wahnsinn der Liebe gepackt. Er enteilte. Und als er bei seiner Herde angelangt war, glaubte er einen Moment lang, es sei ein Traum gewesen. Aber dann kam die zu viele Zeit zum Nachdenken. Die restlose Zeit. Und er verbrannte seine Liebe. Und er hob sie als das erste, was auf der Welt war, aus der Asche seines Leides. Er blies die Asche fort und trug sie eine Strecke Wegs auf seinen Armen. Dann setzte er sich auf den Felsenweg und wollte da ausruhen. Dann wollte er sich mit ihr hinabstürzen.

»Gott war ein Berggeist aus Wurzeln, aus Nacht, aus Magdgebein.«

Er haßte Gott. Er schrie ihn an. Während er nie zuvor an ihn geglaubt hatte. Die Stunde des Glaubens hatte für ihn geschlagen. Das war die Zeit, die zu viele Zeit. Sie war ein furchtbarer Peiniger. Oder war sie ein Kind und ahnte sie nicht, was sie ihm angetan hatte? Er konnte seine Liebe dem Teufel gestehen. Indes niemals diesem Kinde da, das ihm noch nicht bis an die Schulter reichte. Er war groß und breit, wie alle, die Lasten tragen auf hohen Bergen. Daß er keine Frau bisher geliebt hatte, daß ihn keine Frau bisher geliebt hatte, lag vielleicht nur an seinem einsamen Hirtenamte. Aber nun bricht die Liebe ein, beinahe ohne Gegenstand. (Denn war diese Dirn nicht wie jene kleine Nadelbüchse, aus Elfenbein gedreht, die er einmal gesehen hatte in einer Nähschatulle?) Es war ihm so bitter zumute, daß er leiblich seine Galle fühlte und ahnte, daß sie einen Ausweg ins Blut wollte. Dann würde er das Ding erwürgen, denn er hatte gehört, daß Gelbsucht zornig machte. Schließlich fielen Tränen, Tränen wie ein Naturregen, ein schwerer, der Nacht schickt und kaum den Blitz hindurchläßt. Der Knecht weinte, daß der Zaun, an den er sich hielt, zitterte. Er bebte wie ein Tier. Die Welt verfolgte ihn, die Natur hatte ihn bei den Haaren. Er rief. Wer glaubte, daß das Jodeln sei, der irrte sich.

Am Abend sah er etwas, was er längst wußte: daß noch ein solches Dirnlein da war, ein etwas älteres und rabenschwarzes. Sie spielten zusammen mit einer Puppe und schienen keine Ahnung von ihm zu haben. Oh, sie waren furchtbare Komödiantinnen. Die Kleine, die Nadelbüchse, bedankte sich nicht einmal.

Der Hirte lebte nun ebenso von der Gewißheit wie von

der Ungewißheit. Und er wußte nicht, welche von beiden er loben und welcher er fluchen sollte. Und Wahrheit und Unwahrheit, beides konnte gleichzeitig wahr sein und sah seiner Verirrung ähnlich wie eine Schwester der anderen. Sie konnten böse wie lüstern sein. Unwissend wie unschuldig, unschuldig bis auf den Grund. Sie konnten selbander Pläne aushecken und wieder vergessen. Jene Begegnung an der Viehhürde konnte die gottloseste Scherzerei gewesen sein, die einem unerwachsenen Dirnlein je eingefallen ist.

Lange hätte der Hirte das nicht mehr ertragen. Er lauerte bald auf beide. Oh, er wollte sie in den Himmel heben, beide. Seine Arme und sehnigen Hände schwollen drohend an. Er ging ins Haus und suchte etwas. Da fand sich, was beinahe bei allen Hirten zu finden ist: ein Kräuterschnaps. Zwar hatte ihn die alte Hausmutter auf die Nische zu Kamillentee und Senfpflaster gelegt, aber er steckte ihn ohne Federlesens in seine Hosentasche.

Als die Abendglocken wie ein Hauch in die Einsamkeit drangen, als der Brunnen der einzige war, der noch sprach, als der Abendstern wie ein Wort des Himmels ihm begegnete und versuchte, ihm Frieden zu spenden, sandte er mit seinem Schnalzen und leichten Peitschenhieb die Rinder und Pferde, Kühe und Kälber wieder in die Hürde zurück. Er konnte diese Nacht nicht hüten. Dem Hund befahl er, hineinzugehen, denn er, der Hirte, mußte sich betrinken.

Der Hahn krähte einmal schon, als er endlich sich dazu entschloß. Denn er war im Grunde nüchterner Natur, und der Liebesrausch bedurfte nicht eines anderen Rausches. Er ging über alle Getränke, die je gebraut worden sind. Aber, wenn sich der Hirt und Knecht das einmal vorgenommen hatte, so mußte er es befolgen. Der Feind wider sich selber war aufgestanden. Die Flasche faßte ein halbes Maß bittersüßen Trankes. Da der Hirt den ganzen Tag nicht gespeist hatte noch getrunken, so gelang ihm das Unmögliche. (Denn im Grunde kann man sich nicht zwingen zu solcher Tat und Untat.)

Da ein Gewitter kam, hörte und sah ihn niemand. Der Donner tobte und der Hirt tobte. Der Hund heulte ohne Aufhören. Der Sturm heulte gegen den Sturm. Die Tiere hatten sich unter ihr Schutzdach geflüchtet. Manchmal war's, als sei die Erde von Gold. Die Natur witterte wie ein Tier schon die Frische des erwachenden Tages. Der Hahn krähte schon ein zweites Mal den Tag an. Die Erde war in den Gesichtskreis der Sonne gelangt. Und wenn man sie auch noch nicht sah, so fühlte man sie doch. Sie regte sich gleichsam in den Pflanzen. Die Zwergföhren und die Wettertannen tropften nicht mehr. Ein Bienlein zog in den Weihrauch des Morgenglastes hinaus. Denn es war die Jahreszeit, in der sie sogar bei Nacht auf die Honigsuche gehen.

Von ferne hörte man die Milcheimer. Die Dirnlein kamen, die kleinen Kanaillen. Sie sollten die Kühe melken, wie es an der Ordnung war. Denn man wechselte auf der Alm ab in seinen Mühen und bald mußte dieses melken und bald ein anderes. Sie waren schon ganz nahe an der großen Hürde, als sie den Hirten auf dem Grase liegen sahen. Zuerst trauten sie ihren Augen nicht, denn er war nicht einer, der am Tage schlief. Aber als sie näher traten, die verkrampfte Starrheit gewahrten, und, noch näher tretend, in das Angesicht schauten, war ihr Schrecken maßlos.

Ja, sie sollten die Kühe melken, die kleinen Kanaillen. Sie taten es auch. Aber sie sprachen kein Wort dabei und auch nicht zu den Tieren. Und als sie fertig waren, blieben sie ratlos stehen. Es fiel ihnen schließlich ein, dem Hirten, der betrunken da vor ihnen auf der Erde lag, etwas Milch einzuflößen. Und eine hielt das Haupt mit den verglasten Augen, und eine fuhr ihm mit der vollen Hand wie einem kranken Tiere in den Mund. Aber er schluckte nicht. Da weinten die beiden verzweifelten kleinen Biester. Und als sie das wiederum eine Weile getan hatten, ohne daß er es zu merken schien, fingen sie an, das Unheil zu ermessen. Freilich mit mehr Erstaunen als mit Reue und Mitgefühl. Denn, wenn sie auch die Tragweite ihres Spiels empfanden, ja im Geheimen fühlten, daß sie es hätten noch weiter treiben wollen, wenn nur der Gegenstand ihres Spieles im Rausche etwas gefälliger und weniger gefährlich ausgesehen hätte, wenn sie das auch fühlten, so ahnten sie doch nicht die Liebe selber. Sie, diese beiden Hauptpersonen, kannten nur ihr oberflächliches, herzloses Vergnügen: das Quälen. Aber nichts von Liebe. Liebe war ein unerlaubtes Wort. Und wenn es der Andere empfand, war er gestraft genug damit.

Sie wollten ihn auf eine Kuh binden und heimtreiben. Aber er war ihnen zu schwer. Und das Tier wich entsetzt zurück, als sich die eine behend auf den breiten Rücken schwang. An ein Pferd getrauten sie sich nicht heran.

Die Hausmutter zu holen hatte keinen Sinn, sie war zu alt, um zu helfen. Auf der Alm mußte man sich allein beraten. Und was war schließlich ein Rausch? Konnte man etwa gleich daran sterben? Man mußte ihn schließlich ausschlafen.

Die eine Dirn, die blonde, nahm (sie stritten sich, wer bleiben müsse; ob sie aber nicht beide bleiben oder gehen wollten, war ein Geheimnis), diese eine, die abziehen mußte, nahm das Joch und die vollen Melkkübel daran auf. Und die andere blieb stehen, sehr lange, und wartete, bis die Heimgehende endlich entschwunden war. Dann kniete sie zu dem Hirten nieder und küßte ihn auf die Haare und die Stirn, auf den Hals und die Schultern. Sie küßte ihn auf die Brust und auf die beiden Handflächen.

Es war, als sei sie auf das Geheimnis der Erweckung gekommen. Sie besann sich. Sie besann sich auf sein Erwachen: sie lagerte sich zu ihm nieder und redete leise auf ihn ein. Was sie sagte, war ihr nicht klar. Daß er verstand und fühlte, war nicht anzunehmen. Denn nur das Herz pochte unter der haarigen Brust und flößte ihr bald Trost und bald Schrecken ein. Sie hielt einen Büschel Kräuter unter seine

Nase und band mit einem zähen Grase ein Sträußlein in seine linke Hand. Aber im Grunde war alles ein grausames Spiel, dem sie nie ein End gegeben hätte und nach dem sich die blonde, auf dem Heimweg Begriffene auch sehnte. Denn ob es auch gefährlich war, man entschlüpfte doch dem Tode noch im letzten Augenblick.

Sie wußten jetzt beide, daß sie es ein Leben lang tun wollten.

Schließlich aber suchte sie doch plötzlich Schutz. Und es kam sie von der gewittrigen Nacht her der Schlaf an. Sie kroch in die Hürde und legte sich neben den Wiederkäuern und schlief.

Die andere nähte zu Hause, kochte, scheuerte Kupferpfannen. Sie sang. Plötzlich sang sie, weil sie weit weg war, die Herzlose.

Der Abend kam, und sie lief mit den Melkkübeln.

Da begegnete ihr auf der Mitte des Wegs ihre schwarze Genossin und schaute sie fragend an. Wo der Melker sei ... Ob er nicht nach Hause gekehrt sei. Er läge nicht mehr neben dem Zaun.

Es umschauerte sie Angst, die Angst ihres Wesens.

Sie gingen zuerst in den Stall, wo er ein Bett hatte, und wo er schon vor Jahren geschlafen hatte mit ihnen unter einem Dache, ohne an sie zu denken. Ja, sie fürchteten und gingen hinein und hatten nicht unrecht.

Er hing in der Luft. Er hatte sich erdrosselt. Er hatte nicht die eine erdrosselt und nicht die andere erdrosselt, er hatte sich selber erdrosselt.

Und dieses war das Ende und der Anfang einer bösen Geschichte.

Thomas Bernhard
An der Baumgrenze

Am elften, spät abends, nahmen hier im Gasthaus ein Mädchen und ein junger Mann, wie sich herausstellte, aus Mürzzuschlag, ein Zimmer. Die beiden waren schon kurz nach ihrer Ankunft im Gastzimmer erschienen, um ein Nachtmahl einzunehmen. Ihre Bestellung gaben sie rasch, nicht im geringsten unbeholfen, auf, handelten jeder für sich dabei vollkommen selbständig; ich sah, daß sie gefroren hatten und sich jetzt, in Ofennähe, aufwärmten. Sie seien, meinten sie, über die Menschenlosigkeit, die hier herrsche, überrascht, und erkundigten sich, wie hoch Mühlbach liege. Die Wirtstochter gab an, daß wir uns über tausend Meter hoch befänden, das ist unwahr, ich sagte aber nicht »neunhundertachtzig«, ich sagte *nichts,* weil ich in der Beobachtung der beiden nicht gestört sein wollte. Sie hatten mich bei ihrem Eintreten in das Gastzimmer zuerst nicht bemerkt, waren dann, wie ich sah, über mich erschrocken, nickten mir zu, schauten aber nicht mehr zu mir herüber. Ich hatte gerade einen Brief an meine Braut zu schreiben angefangen, daß es klüger sei, schrieb ich ihr, noch eine Weile, bis ich selbst mich in Mühlbach eingewöhnt habe, bei ihren Eltern auszuharren; erst dann, wenn ich außerhalb des Gasthauses für uns beide, »möglicherweise in Tenneck«, schrieb ich, zwei Zimmer für uns beschafft habe, solle sie herkommen. Sie hatte mir in ihrem letzten Brief, von den Anklagen gegen ihre verständnislosen Eltern abgesehen, geschrieben, sie fürchte Mühlbach, und ich antwortete, ihre Furcht sei grundlos. Ihr Zustand verändere sich in der Weise krankhaft, daß sie jetzt *alles* fürchte. Dann, wenn das Kind da sei, schrieb ich, könne sie wieder klar sehen, daß alles in Ordnung *sei.* Es wäre falsch, vor Jahresende zu heiraten, schrieb ich, ich schrieb: »Nächstes Frühjahr ist ein guter Termin. Der Zeitpunkt, in welchem das Kind kommt«, schrieb ich, »ist in jedem Falle peinlich für die Umwelt.« Nein, dachte ich, das kannst du nicht schreiben, alles, was du bis jetzt in den Brief geschrieben hast, kannst du nicht schreiben, darfst du nicht schreiben, und ich fing von vorne an und zwar sofort mit einem Satz, in welchem ich Angenehmes, von unserm Unglück Ablenkendes, von der Gehaltserhöhung, die mir für August in Aussicht gestellt ist, berichtete. Der Posten in Mühlbach sei abgelegen, schrieb ich, dachte aber, Mühlbach ist für mich und für uns beide eine Strafe, eine Todesstrafe und schrieb: »Innerhalb der Gendarmerie werden sie alle nach Gutdünken des Bezirksinspektors versetzt. Zuerst habe ich geglaubt, die Versetzung nach Mühlbach sei für mich und für uns beide vor allem eine Katastrophe, jetzt nicht mehr. Der Posten hat Vorteile. Der Inspektor und ich sind ganz selbständig«, schrieb ich und dachte: eine Todesstrafe und was zu tun sei, um eines Tages wieder aus Mühlbach hinaus- und in das Tal und also zu den Menschen, in die Zivilisation hinunterzukommen. »Immerhin sind drei Gasthäuser in Mühlbach«, schrieb ich, aber es ist unklug das zu schreiben, dachte ich, und ich strich den Satz aus, versuchte ihn unleserlich zu machen und beschloß schließlich, den ganzen Brief ein drittes Mal zu schreiben. (In letzter Zeit schreibe ich alle Briefe drei- bis vier- bis fünfmal, immer gegen die Erregung während des Briefschreibens, meine Schrift selbst sowie meine Gedanken betreffend.) Die Gendarmerie sei eine gute Grundlage für uns beide, von der Gehaltserhöhung, von einer im Spätherbst in Wels zu absolvierenden Waffenübung schrieb ich gerade, als die beiden, seltsamerweise das Mädchen zuerst, hinter ihr der junge Mann, in das Gastzimmer eintraten, von der Frau des Inspektors, die in den Lungen krank und verloren sei und aus dem slowenischen Cilli stamme. Ich schrieb weiter, aber ich fühlte, daß ich auch diesen Brief nicht abschicken werde können, die beiden jungen Menschen zogen meine Aufmerksamkeit vom ersten Augenblick an auf sich, ich stellte eine plötzliche vollkommene Konzentrationslosigkeit meinerseits den Brief an meine Verlobte betreffend fest, schrieb aber weiter Unsinn, um die beiden Fremden durch die Täuschung, ich schriebe, besser beobachten zu können. Mir war es angenehm, einmal neue Gesichter zu sehen, um diese Jahreszeit kommen, wie ich jetzt weiß, niemals Fremde nach Mühlbach, um so merkwürdiger war das Auftauchen der beiden, von welchen ich annahm, daß er Handwerker, sie Studentin sei, beide aus Kärnten. Dann aber bemerkte ich, daß die zwei einen steiermärkischen Dialekt sprachen. Ich erinnerte mich eines Besuches bei meinem steirischen Vetter, der in Kapfenberg lebt, und ich wußte, die beiden sind aus der Steiermark, dort reden sie so. Mir war nicht klar, was für ein Handwerk der junge Mann ausübt; zuerst dachte ich, er sei Maurer, was auf Bemerkungen seinerseits, Wörter wie ›Mauerbinder, Schamotte‹ usw., zurückzuführen war, dann glaubte ich, er sei Elektriker, in Wirklichkeit war er Landwirt. Nach und nach wurde mir aus dem, was die beiden sprachen, eine schöne Wirtschaft, die noch von dem fünfundsechzigjährigen Vater des jungen Mannes geführt wurde (›Hanglage‹, dachte ich), gegenwärtig. Daß der Sohn die Ansichten des Vaters, der Vater die Ansichten des Sohnes für unsinnig hält, daß sich der Vater gegen den Sohn, der Sohn gegen den Vater wehrt. ›Unnachgebigkeit‹, dachte ich. Eine Kleinstadt sah ich, in welche der Sohn einmal in der Woche zum Unterhaltungszweck hineinfährt, sich dort mit dem Mädchen, das er jetzt da am Ofen über seine Vorhaben, den väterlichen Besitz betreffend, aufklärt, trifft. Er werde den Vater zwingen, aufzugeben, abzudanken. Plötzlich lachten die beiden, um dann für länger ganz zu verstummen.

Die Wirtin brachte ihnen ausgiebig zu essen und zu trinken. Mich erinnerte, während sie aßen, vieles in ihrem Verhalten an unser eigenes. So wie der junge Mann dort, habe auch ich immer zu reden, während sie schweigt. In allem, was der junge Mann sprach, drohte er. Drohung, alles Drohung. Ich höre, sie ist einundzwanzig (ist er älter?, jünger?), sie habe ihr Studium (Jus!) aufgegeben. Von Zeit zu Zeit erkenne sie ihre Ausweglosigkeit und flüchte dann in wissenschaftliche (juristische?) Lektüre. Er ›verschlechtere‹ sich, sie entdecke mehr und mehr eine von ihr so genannte ›angewandte Brutalität‹ an ihm. Er würde seinem Vater immer noch ähnlicher, ihr mache das Angst. Von Faustschlägen in die Gesichter von Brüdern und Vettern, von schweren Körperverletzungen ist die Rede, von Vertrauensbrüchen, von Mitleidlosigkeit seinerseits. Dann sagt sie: »Das war schön, auf dem Wartbergkogel.« Ihr gefalle sein Anzug, das neue Hemd dazu. Ihrer beider Schulweg führte durch einen finstern Hochwald, in welchem sie sich fürchteten, daran erinnerten sie sich: an einen aus Göllersdorf entsprungenen Häftling, der, in Häftlingskleidung, in dem Hochwald über einen Baumstamm gestürzt und an einer tiefen Kopfwunde verblutet und, von Füchsen angefressen, von ihnen aufgefunden worden ist. Sie redeten von einer *Frühgeburt* und von einer Geldüberweisung … Sie waren, wußte ich plötzlich, schon vier Tage aus der Steiermark fort, zuerst in Linz, dann in Steyr, dann in Wels gewesen. Was haben sie denn für Gepäck mit, dachte ich. Anscheinend ist es viel Gepäck, denn die Wirtin hat schwer getragen, ich höre sie noch, man hört, wie jemand in den ersten Stock hinaufgeht zu den Fremdenzimmern. Zweimal ist die Wirtin hinaufgegangen. Inzwischen, dachte ich, wird es in dem Zimmer warm sein. Was für ein Zimmer? Die Schwierigkeit in den Landgasthäusern ist im Winter die Beheizung. Holzöfen, dachte ich. Im Winter konzentriert sich, auf dem Land, fast alles auf das Einheizen. Ich sah, daß der junge Mann derbe hohe, das Mädchen aber städtische, dünne Halbschuhe anhatte. Überhaupt, dachte ich, ist das Mädchen für diese Gegend und für diese Jahreszeit völlig ungeeignet angezogen. Möglicherweise haben die beiden, dachte ich, gar keinen Landaufenthalt vorgehabt. Warum Mühlbach? Wer geht nach Mühlbach, wenn er nicht gezwungen ist? Im folgenden hörte ich einerseits zu, was die beiden miteinander sprachen, während sie mit dem Essen aufgehört hatten, nunmehr noch Bier tranken, andererseits las ich, was ich fortwährend geschrieben hatte, durch, und ich dachte, das ist ein völlig unbrauchbarer Brief, rücksichtslos, gemein, unklug, fehlerhaft. So darf ich nicht schreiben, dachte ich, so nicht, und ich dachte, daß ich die Nacht überschlafen werde, am nächsten Tag einen neuen Brief schreiben. Eine solche Abgeschiedenheit wie die in Mühlbach, dachte ich, ruiniert die Nerven. Bin ich krank? Bin ich verrückt? Nein, ich bin nicht krank und ich bin nicht verrückt. Ich war müde, gleichzeitig aber wegen der beiden jungen Leute unfähig, aus dem Gastzimmer hinaus und in den ersten Stock, in mein Zimmer zu gehn. Ich sagte mir, es ist schon elf Uhr, geh schlafen, aber ich ging nicht. Ich bestellte mir noch ein Glas Bier und blieb sitzen und kritzelte auf das Briefpapier Ornamente, Gesichter, die immer gleichen Gesichter und Ornamente, die ich schon als Kind immer aus Langeweile oder versteckter Neugierde auf beschriebenes Papier gekritzelt habe. Wenn es mir gelänge, plötzlich Klarheit über diese beiden jungen Menschen, Verliebten, zu haben, dachte ich.

Ich unterhielt mich mit der Wirtin, während ich den beiden Fremden zuhörte, alles hörte ich und plötzlich hatte ich den Gedanken, die beiden sind ein *Gesetzesbruch*. Mehr wußte ich nicht, als daß das keine Normalität ist, so, wie die beiden, spätabends mit dem Postautobus in Mühlbach anzukommen und sich ein Zimmer zu nehmen, und tatsächlich fiel mir auf, gestattet die Wirtin den beiden wie Mann und Frau in einem einzigen Zimmer zu übernachten, und ich empfinde das als natürlich und ich verhalte mich passiv, beobachte, bin neugierig, sympathisiere, denke nicht, daß es sich da ohne Zweifel um etwas zum Einschreiten handelt. Einschreiten? Auf einmal fange ich mit Verbrechen in Zusammenhang mit den beiden zu spielen an, als der junge Mann mit lauter Stimme, im Befehlston, zu zahlen verlangt, und die Wirtin geht zu ihnen hin und rechnet die Konsumation zusammen und wie der junge Mann seine Brieftasche öffnet, sehe ich, daß sehr viel Geld in ihr ist. Die Landwirtssöhne, so kurz sie von ihren Eltern gehalten sind, denke ich, heben doch dann und wann eine größere Summe von einem ihnen zur Verfügung stehenden Konto ab und geben sie, gemeinsam mit einem Mädchen, rasch aus. Die Wirtin fragt, wann die beiden in der Frühe geweckt werden wollen, und der junge Mann sagt »um acht« und schaut zu mir herüber und legt für die Wirtstochter ein Trinkgeld auf den Tisch. Es ist halb zwölf, wie die beiden aus dem Gastzimmer sind. Die Wirtin räumt die Gläser zusammen, wäscht sie ab und setzt sich dann noch zu mir. Ob ihr die beiden nicht verdächtig vorkommen, frage ich sie. Verdächtig? »Natürlich«, gibt sie mir zu verstehen. Wieder versucht sie, sich mir auf die gemeinste Weise zu nähern, ich stoße sie aber weg, mit der Stablampe an die Brust, stehe auf und gehe in mein Zimmer.

Oben ist alles ruhig, ich höre nichts. Ich weiß, in welchem Zimmer die beiden sind, aber ich höre nichts. Während des Stiefelausziehens glaube ich, daß da ein Geräusch war, ja, ein Geräusch. Tatsächlich horche ich längere Zeit, aber ich höre nichts.

In der Frühe, um sechs, denke ich, ich habe nur vier Stunden geschlafen, bin aber frischer als sonst, wenn ich schlafe, und ich frage im Gastzimmer unten die Wirtin, die den Boden aufreibt, sofort, was mit den beiden sei. Sie hätten mich die ganze Nacht lang beschäftigt. Er, der junge Mann, sagte die Wirtin, wäre schon um vier Uhr früh wieder aufgestanden und aus dem Haus gegangen, wohin, wisse sie nicht, das Mädchen sei noch auf seinem Zimmer. Die beiden seien gänzlich ohne Gepäck, sagte die Wirtin jetzt. Ohne Gepäck? Was hat sie, die Wirtin, dann gestern abend so schwer in das Zimmer der beiden hinaufgetragen? »Holz.« Ja, Holz. Jetzt, nachdem der junge Mann schon um vier Uhr früh weggelaufen ist (»Ich bin aufgewacht und hab' ihn beobachtet«, sagte die Wirtin, »ohne Mantel bei der Kälte, weg« . . .), sei ihr, was die beiden anbelangt, »unheimlich«. Ob sie ihnen die Pässe abverlangt habe, Ausweise, fragte ich. Nein, keinen Paß, keinen Ausweis. Das sei strafbar, sagte ich, ich sagte das aber in einem Ton, der zu nichts führt. Ich frühstückte, dachte aber immer an die zwei Fremden und auch die Wirtin dachte an sie, wie ich beobachten habe können, und den ganzen Vormittag, an welchem ich mit dem Inspektor zusammen auf dem Posten verbracht habe, nicht ein einziges Mal habe ich den Posten verlassen müssen, haben mich die zwei Fremden beschäftigt. Warum ich dem Inspektor nichts von den beiden erzählt habe, weiß ich nicht. Tatsächlich glaubte ich, es würde nicht mehr lange (Stunden?) dauern und es hieße einschreiten. Einschreiten? Wie und *auf Grund von was* einschreiten? Berichte ich dem Inspektor von dem Vorfall, oder berichte ich ihm nichts davon? Ein Liebespaar in Mühlbach! Ich lachte. Dann schwieg ich und machte meine Arbeit. Es waren neue Einwohnerlisten aufzustellen. Der Inspektor bemüht sich, seine Frau aus der Lungenheilstätte Grabenhof in die von Grimmen zu bringen. Das koste, meinte er, viel Gesuchsanstrengung, viel Geld. Aber in Grabenhof verschlechtere sich ihr Zustand; in Grimmen sei ein besserer Arzt. Er werde einen ganzen Tag Urlaub nehmen und nach Grabenhof fahren und seine Frau nach Grimmen bringen müssen. Die zwanzig Jahre, die er und seine Frau in Mühlbach gelebt haben, hätten genügt, um sie, die aus der Stadt Hallein stammt, zu einer Todkranken zu machen. »Ein normaler Mensch wird ja da in der guten

Luft, auf der Höhe heroben, nicht lungenkrank«, sagte der
Inspektor. Ich habe die Inspektorin nie gesehen, denn solange ich in Mühlbach bin, ist sie nie mehr nach Hause gekommen. Seit fünf Jahren liegt sie in der Heilstätte Grabenhof.
Er erkundigte sich nach meiner Verlobten. Er kennt sie, hat
sogar mit ihr, wie sie das letzte Mal in Mühlbach gewesen
ist, getanzt, der alte, dicke Mann, denke ich, ihn anschau-
end. Es sei »Wahnsinn«, zu früh, genauso »Wahnsinn«, zu
spät zu heiraten, sagte er. Er gestattete mir in der zweiten
Vormittagshälfte (»schreib«, kommandierte er) den Brief
an meine Braut endgültig zu schreiben. Auf einmal hatte
ich einen klaren Kopf für den Brief. Das ist ein guter Brief,
sagte ich mir, als ich damit fertig war und in ihm ist nicht
die kleinste Lüge. Ich würde ihn rasch aufgeben, sagte ich
und ging zum Postautobus hinüber, der schon warmgelau-
fen war und gleich, nachdem ich dem Fahrer meinen Brief
gegeben hatte, abfuhr, an dem Tag, vom Fahrer abgesehen,
ohne einen einzigen Menschen. Es hatte einundzwanzig
Grad Kälte, ich las das gerade neben der Gasthaustür vom
Thermometer ab, als mich die Wirtin, im offenen Gang
stehend, ins Gasthaus hineinwinkte. Sie klopfe schon stundenlang immer wieder an das Zimmer, in welchem das
Mädchen liege und bekomme keine Antwort, sagte sie,
»nichts«. Ich ging sofort in den ersten Stock hinauf und
zu der Zimmertür und klopfte. Nichts. Ich klopfte noch
einmal und sagte, das Mädchen solle aufmachen. »Aufmachen! Aufmachen!« sagte ich mehrere Male. Nichts. Da
kein zweiter Zimmerschlüssel da ist, müsse man die Tür
aufbrechen, sagte ich. Die Wirtin gab wortlos ihr Einverständnis, daß ich die Tür aufbreche. Ich brauchte nur einmal kräftig meinen Oberkörper an den Türrahmen drük-
ken und die Tür war offen. Das Mädchen lag quer über das
Doppelbett, bewußtlos. Ich schickte die Wirtin zum Inspektor. Ich konstatierte eine schwere Medikamentenver-
giftung bei dem Mädchen und deckte es mit dem Winter-

mantel zu, den ich vom Fensterkreuz heruntergenommen hatte, offensichtlich war das der Wintermantel des jungen Mannes. Wo ist der? Unausgesprochen fragte sich jeder, wo der junge Mann ist. Ich dachte, daß das Mädchen den Selbstmordversuch tatsächlich erst *nach* dem Verschwinden des jungen Mannes (ihres Verlobten?) unternommen hat. Auf dem Boden verstreut lagen Tabletten. Der Inspektor war ratlos. Nun müsse man warten, bis der Arzt da sei, und alle sahen wir wieder, wie schwierig es ist, einen Arzt nach Mühlbach herauf zu bekommen. Es könne eine Stunde dauern, bis der Arzt kommt, meinte der Inspektor. Zwei Stunden. In Mühlbach nur nie in die Lage kommen, einen Arzt zu brauchen, sagte er. Namen, Daten, dachte ich, Daten, und ich durchsuchte die Handtasche des Mädchens, erfolglos. Im Mantel, dachte ich und ich suchte in dem Mantel, mit dem ich das Mädchen zugedeckt hatte, nach einer Brieftasche. Tatsächlich befand sich in dem Mantel die Brieftasche des jungen Mannes. Auch sein Paß war in dem Mantel. WÖLSER ALOIS, GEB. 27. 1. 1939 IN RETTEN-EGG, RETTENEGG BEI MÜRZZUSCHLAG, las ich. Wo ist der Mann? Ihr Verlobter? Ich lief ins Gastzimmer hinunter und verständigte per Telefon alle Posten von dem Vorfall, der mir für einen Haftbefehl gegen Wölser ausreichend erschien. Mit dem Arzt hat es größte Eile, dachte ich, und als der eine halbe Stunde später erschien, war es zu spät: das Mädchen war tot.

Das vereinfacht jetzt alles, dachte ich, das Mädchen bleibt in Mühlbach.

Die Wirtin drängte, daß man die Leiche aus dem Gasthaus hinausschaffe, in die Leichenkammer hinüber. Dort lag das Mädchen, ununterbrochen von den neugierigen Mühlbachern angestarrt, zwei Tage, bis seine Eltern ausgeforscht werden konnten und am dritten Tag endlich in Mühlbach erschienen, *die Wölser,* Wölsers Eltern, die auch die Eltern des Mädchens waren, der junge Mann und das

Mädchen waren, wie sich zum Entsetzen aller herausstellte, Geschwister. Das Mädchen wurde sofort nach Mürzzuschlag überführt, die Eltern begleiteten es im Leichenwagen. Der Bruder und Sohn blieb dann unauffindbar.

Gestern, den achtundzwanzigsten, fanden ihn überraschend zwei Holzzieher knapp unterhalb der Baumgrenze über Mühlbach erfroren und mit zwei von ihm erschlagenen schweren Gemsen zugedeckt.

Die Liebe naht von Liebwest

Samuel Beckett
Der Liebesbrief der Smeraldina

Bᴇʟ, ʙᴇʟ mein einzig Gliebter, allweil und auf ewig mein!!

Dein Brief ist von Tränen aufgewaicht es bleibt nur Tot. Ich hatte schon davor bitterlich geweint, Tränen! Tränen! Tränen! und sonst nichts, da kahm Dein Brief mit neuen Tränen, ich las ihn tausendmal und mein Gesicht war von Tintenflecken übersäht. Die Tränen laufen mir die Backen herunter. Es ist ganz früh am Morgen, die Sonne steicht hinter den schwarzen Bäumen auf, aber das wird sich ändern, bald ist der Himmel blau und die Bäume goldbraun, aber eins ändert sich niemals, der Schmerz und diese Tränen. Ah! Bel, ich lieb Dich schrecklich, ich will Dich schrecklich, will Deinen Laib, den weichen weißen ganz ignudo nato! Mein Laib will Dich ganz schrecklich, meine Hände und Lippen und Brüste und alles andere an mir, es fällt mir oft sehr schwer mein Gelüpte einzuhalten, aber bis jetzt habe ich es nicht gebrochen und das wird auch so bleiben bis wir uns wiedersehen und ich Dich endlich haben kann, endlich die prediletta wieder bin. Was überwiecht: der Schmerz von Auseinandersein oder der Schmerz von Beieinandersein und über die Schönheit voneinander weinen? Es überwiecht sicher der zweite, sonst hätten wir die Hoffnung auf was anderes wie ewige Trübsaal längst begraben könn.

Gestern abend war ich in einem großartigen Film, vor allem kein Geschmuhse und Geküsse wie sonst immer, ich glaube mir hat noch nie ein Film so gut gefallen oder traurig gemacht wie dieser, Tempestà sull'Asia, wenn er nach Dublin kommt, mußt Du hingehen, der gleiche direttore wie Il cadavere resuscitato, er war wirklich anders wie andere Filme, nichts mit Liebe (was alle damit meinen), keine dummen Göhren, die herzige Gesichter machen, nur schwarze Seen und großartige paesaggi. Auf dem Heimweg war Neumond, er stant so großartig über den schwarzen Bäumen, daß ich weinen muste. Ich habe die Arme ausgebreitet und mir vorgestellt, wie Du an meinen Brüsten liegst und zu mir aufschaust wie damals in jenen Mondnächten, als wir unter den großen Kastanienbäumen wandlten und die Sterne durch die Zweige schienen.

Ich habe eine neue Freundin kennengelernt, sehr schön, pechschwarzes Haar und ganz bleich, sie spricht nur ägyptisch. Sie hat mir von dem Mann ihres Lebens erzählt, der ist z. Zt. in America und lebt ganz allein ganz weit weg von allem und muß noch drei Jahre dort bleiben und kann ihr nicht schreiben, weil es dort kein Postamt gibt und sie kriegt nur alle 4 Monate einen Brief, stell Dir vor, wenn wir nur alle 4 Monate einen Brief von einander bekämen, wie es uns inzwischen gienge, die Arme, sie tut mir so leid. Wir sind zu einem Tanztee gegangen, es war ziemlich langweilich, aber auch recht lustig, wie alle nur damit beschefftigt sind, was sie anhaben, und die Männer alle 5 Minuten ihre Krawatten hochziehen. Auf dem Heimweg ist meine Stimmung auf einmal schrecklich traurig geworden und ich habe nichts mehr gesagt, natürlich haben sie alle auf mir rumgehackt, aber mich hat das eiskalt gelassen, und wie ich im Bus gesessen bin, habe ich Notizbuch und Bleistift genommen und 100mal hineingeschrieben: Gliebter gliebter gliebter Bel Bel Bel, ich habe mich glaubich no nie so nach dem Mann meines Lebens gesehnt, bei ihm zu sein, bei ihm zu sein. Ich will Dich so sehr in ogni senso, Dich und nur Dich allein. Wie ich aus dem Bus gestiegen bin, habe ich auf der Straße geschrien: delirio! delirio! frenesia! La Signora Grappoli hat mir Deinen Socken heruntergebracht, und da habe ich mehr als je zuvor weinen müsen. Ich glaube, ich schicke Dir ihn nicht zurück, ich lege ihn lieber in die Schublade zu Deinem lieben Brief. Ich habe auch einen Brief von einem andern Mann bekommen, er will daß ich mit ihm am Samstag tanzen gehe, ich glaube ich gehe auch mit. Ich weiß, mein Gliebter hat nichts dagegen, und so geht die Zeit schneller vorbei, er ist ziemlich blöd, aber er tanzt nicht schlecht und hat die richtige Größe für mich. Ein Flirt ist recht lustig, aber weiter darf nichts sein.

Ich habe auch den alten Mann mit der Pfeife wiederge-troffen, und er hat mir erzählt, er hätte seine Entlassung be-kommen, und dann den Dicken, der die Schlüssel für den Durchgang hat, und er sagte, Buon Giorno Signorina, aber ich habe es überhört.

Bald fange ich an die Stunden zu zählen, bis ich zum Bahnhof gehen kann und Du auf dem überfüllten Bahnsteig stehst, aber ich glaube nicht, daß ich mein graues Kostüm anziehen kann, wenn es dafür zu kalt ist, und dann muß ich Mammis Pelzmantel anziehen. Du bist aber doch am 23. auch bei mir, nicht wahr Bel, mein Bel mit den schönen Händen und Lippen und Augen und Gesicht und allem an-deren an Dir, und jetzt auch noch mit den Dingern in Dei-nem armen Gesicht, aber das macht mir nichts. Zwei Wo-chen lang und nichts wie Quaal Schmerz und Trauer! Noch 14 Tage, ai! Ach Gott und die schlaflosen Nächte dazu!!! Wielang? Wielange noch?

Heute nacht habe ich sehr sonnerbar geträumt von Dir und mir in einem dunklen Wald, wir sind zusammen auf einem Weg gelegen, und Du warst auf einmal ein bambino und hast nicht mehr gewußt, was die Liebe ist, und ich wollte Dir sagen, daß ich Dich mehr als alles auf Erden lie-be, aber Du hast mich nicht verstanden und nichts von mir wissen wollen, aber es war ja bloß ein Traum und hat also nichts zu sagen. Ich will gar nicht erst versuchen, Dir meine ganze Liebe zu Dir zu beschreiben, es geht ja doch nicht, so-

viel weiß ich sicher. Ist er der Mann, den ich immer wollte?
Ja! Warum kommt er dann nicht dem Begehren nach nach
dem ich mich seit einem halben Jahr verzehre? Ich denke
oft darüber nach, was mich Dich so sehr lieben macht. Ich
liebe Dich più di tutto nel mondo, più di tutto nel cielo, nel-
la terra e ne nell'inferno. Ich danke Gott dafür, daß unsere
Liebe so riesig ist. Ich denke oft darüber nach, wem ich dafür danken soll, daß es Dich gibt und daß wir uns begegnet
sind, vielleicht sollte ich lieber nicht fragen, wer schuld an
Deinem Dasein ist. Es läuft alles aufs Gleiche hinaus, und
ich weiß nur das Eine, nämlich daß ICH DICH LIEBE
UND ALLWEIL DEINE SMERALDINA BIN, und Das
ist das Allerwichtigste in unserem Leben und DU LIEBST
MICH AUCH UND BIST ALLWEIL MEIN BEL.

Margarita hackt auf dem Klavier herum und gibt keinen
Frieden, ich höre jetzt lieber auf und lese in meinem Buch Il
grande amore weiter, und dann kann ich mich vielleicht
noch durch meine Scarlatti-Sonate durchwursteln, das ist
das Einzige, was mir aus meiner Trübsaal heraushilft, ich
spiele abends gern leise vor mich hin, das beruhigt mich so.

Bel! Bel! Bel! Dein Brief ist gerade angekommen! Auch
wenn Du nicht mehr allweil und auf ewig mein bist!!! Ah!
Dio, wie hast Du sowas jemals schreiben können, um Him-
melswillen nein!!! Um Jesuswillen laß mich niemals mehr
sowas hören! Ich vergrabe den Kopf in meinen Händen
und und waiche Deinen Brief mit Tränen auf ... Bel! Bel!
Wie kannst Du an mir zweifeln? Il salce funebre sarà la mia
guirlanda ... (Giuseppe Verdis Otello) Dio Dio Dio um
Gotteswillen schreib mir soffort, was ich verbrochen habe.
Ist Dir alles gleich geworden? Sicher willst Du Dich nicht
weiter abgeben mit einer Geiß wie mir. Wenn ich nicht wei-
terschreibe, kannst Du den Brief nicht lesen, so voll ist er
von Tränen. Bel! Bel! Meine Liebe ist so riesig, wenn mir
ein neuer Bekannter den Hof macht, fange ich am ganzen
Laib an zu zittern. Ich weiß doch meine Lebenszwecke,

Dein voriger Brief liegt auf meiner Brust, wenn ich erwache und es geht die Sonne auf. Non ti vedo più con tante lagrime che piango! Mein Gott! Mein treuer Schoßhund! Mein bambino!

Ich brauche eine neue Feder, die alte ist hinüber, ich kann damit nicht weiterschreiben, habe sie in der Standa gekauft, da kannst Du Dir denken, wieviel sie taugt.

Mammi wollte mit mir heute nachmittag Spazierengehen, aber ich hasse die Herumlauferei, es wird mir leid, immer nur so einen Fuß vor den anderen. Weißt Du noch letzten Sommer (natürlich weiß ers noch), wie schön wir dagelegen sind und die Bienen haben gesummt und die Vögel haben gesungen, und wie dann der große Schmetterling vorbeigeflogen ist, so großartig hat er ausgesehen, dunkelbraun mit gelben Flecken, und hat so wunderschön ausgesehen in der Sonne, ich bin am ganzen Laib braungeworden und habe die Kälte nicht mehr gespürt. Jetzt hat der Regen angefangen und die Bäume sind so schwarz wie nie und der Himmel allweil grau außer frühmorgens, und sogar dann sind nur rote Flecken zwischen den schwarzen Wolken.

Meine Kopfhaare sind neulich gewaschen, und ich habe ein bißchen mehr energia als sonst, bin aber trotzdem recht esaurita. Versprich mir, daß Du Dich nicht übernimmst und laß möglichst das Trinken sein, ich meine soviel, daß Du davon speien mußt.

Wir sind heute abend mit dem Bus heimgefahren, aber nicht mehr auf den kleinen Feldwegen durch die Äcker, weil die Landstraße wieder gerichtet war. Mammi erkundigt sich allweil nach Dir. Sie sagt, die Zeit fliegt nur so dahin, Weihnachten steht vor der Tür, und sie sagt, sie hofft, daß Vertunno recht oft die Wolken ausschüttelt. Zu Pappi habe ich sie hören sagen, warum gehen mir Ivy und Bill so auf die Nerven, wenn sie miteinander sind, und Smerry und Bel überhaupt nicht. Sie meinte, wenn wir einander auf dem Schoß sitzen und so, ich glaube das kommt davon, daß die Liebe zwischen Ivy und Bill nicht echt ist, es ist irgendwie immer etwas Affigdiertes dabei.

Mein altes Gestell macht mich außerdem wahnsinnig, weil ich auch so ein verdammtes Ding am Bein bekommen habe und kaum laufen kann, keine Ahnung, was es ist und woher, aber es geht nicht weg und ist voller Eiter, also zum Teufel damit. Heute ist ein Tag, an dem ich klarer sehe denn je und ich sicher bin, daß schließlich alles gut wird.

Verà il giorno e la silente
NOTTE!!!

Ich weiß zwar nicht genau quando, aber wenn ich daran nicht glaubte, das wäre der Zusammenbruch im Todeskrampf, diese furchtbaren langen dunkeln Nächte und kein anderer Trost als Dein Bild vor Augen. Mir gefällt die kleine weiße Porzellanfigur so gut, ich verzehre mich nach dem Tag, wo wir zwei auch so dastehen können ohne Angst, daß jemand draußen steht und jeden Augenblick hereinkommt.

Guai-in-culo hat geheiratet und ist mit seiner Frau in die Schweiz gezogen.

Du schreibst, ich soll Dir was auftragen. Aber habe ich Dir nicht schon was groß Genuges aufgetragt? Ich möchte unbedingt die ›Sache‹ lesen, die Du über meine ›Reize‹ (wie Du sie nennst) geschrieben hast, aber ich verstehe nicht (ohne nach einem Kompliment zu fischen), was es darüber zu schreiben gibt außer dem üblichen Männermist über die Frauen.

Bel mein Lieb ich muß aufhören. Mein Bett fühlt sich einsam ohne mich, und Dein Foto will endlich geküßt werden, also muß ich ihnen jetzt wohl ihren Willen tun. Bald ist alles vorbei, und Du bist bei mir und fühlst wieder diesen wunderbaren Schmerz wie damals in den dunklen Bergen und dem großen schwarzen See tief unter uns und straifst

durchs Land voller Schlüsselblumen und gelsomino und
hälst endlich wieder in den Armen

ewig die Deine traurige und geliebte
SMERALDINA

P. S. Ein Tag näher an der verschwiegenen Nacht!!!

Juan Carlos Onetti
Die Küsse

Gekannt und vermißt hatte er sie von seiner Mutter. Er
küßte jede Frau, die man ihm vorstellte, auf beide Wangen
oder auf die Hand, hatte den Bordellritus respektiert, der
verbot, die Münder zu vereinigen; Freundinnen, Frauen
hatten ihn mit Zungen bis in den Hals geküßt, hatten kun-
dig und gewissenhaft dabei verweilt, sein Glied zu küssen.
Speichel, Wärme und Glitschen, wie es sein soll.

Dann das überraschende Hereinkommen der Frau, einer
Unbekannten, die das Hufeisen der Leidtragenden, Gattin
und Kinder, seufzende und schniefende Freunde, durch-
querte.

Sie näherte sich ungeniert, diese unverschämte schamlo-
se Hure, um ihm die Kälte der Stirn zu küssen, über den
Sargrand hinweg, und hinterließ zwischen den drei hori-
zontalen Falten einen kleinen karminroten Fleck.

Else Lasker-Schüler
Mein Liebesbrief

Durch den goldenen Himmel blicken blau die Sterne, aber die Fenster des Harems sind schon dicht verhangen. Meinen schwarzen Perlenohrreif trägt der Eunuche am Daumen – dafür läutet er zeitiger zum Schlaf. Die Frauen träumen schon von ihrem neuen Naschwerk, von verzukkerten, roten Rosen; und der Schlummer liegt auf den Wangen der kleinen Prinzen und Prinzessinnen wie Tauben. Und ich bin heimlich durch den Vorraum des Harems entkommen, die herrlichen Türen des großen Sultansaals schließen sich hinter mir, eherne schützende Arme. Und meine andächtige Freundin wartet auf mich, die schlanke Kerze auf dem Marmortisch; sie ist bereit, für mich ihr Leben zu lassen. – O Abdul, deine Augen schweifen immer über die Dämmerung, und mein Herz ist blau geworden, dunkelblau wie der Garten des Jenseits. Auf dem Gipfel des Balkans sehe ich dich herannahen, wie auf dem Buckel eines Dromedars. Abdul, ich bin verliebt in dich, und das ist viel rauschender, als wenn ich dich lieben würde. Wie der Frühling ist es, verliebt zu sein ...... Immer kommen große Stürme über mein Blut; ich fürchte mich vor ihnen, aber sie überjubeln mich mit tausend blühenden Wundern. Und der Schleier vor meinem Antlitz ist zerrissen, zu stürmisch dachte ich an unser Wiedersehn. Aber die Stunde unseres Glückes muß stumm sein – nicht reden, Abdul ... Und die Augen geschlossen halten, unsere Liebe selbst darf nichts ahnen, daß sie sich zwischen unsern Lippen verfing. Der große Prophet mag die Ungläubigen deiner neuen Heimat und ihre Lehren nicht, und er könnte aus einer heimlichen Spalte der Nacht lauschen. Aber ich habe einen dunklen Stern auf meine Stirn gemalt, und es wird alles nur ein unsichtbares Keimen sein und unsere Lippen werden Knospen bleiben, Abdul ....

Lisa St Aubin de Terán
Diamanten-Jim

Sie nannten jene graue Strecke Land, die sich vom Essequibo ausfächert, Tarlojee, wo unter jedem Fels und Baum ihre merkwürdige Geschichte begraben liegt. Es ist steinig dort, und wo die Felder gerodet worden sind, wo der Zucker wächst und mit seinem fiedrigen Grau glüht, bilden die Steinhaufen kleine Hügel wie verstreute Andachtsstätten. Kein Wunder, daß die Menschen die Vergangenheit vergessen, wenn es so viel davon gibt und alles überall so aufgeschichtet ist. Wer also kam und wann, ob sie Holländer oder Schotten oder Portugiesen waren, ob sie gut oder schlecht waren, ob sie blieben oder starben, in Tarlojee weiß das keiner, und keiner will es wissen.

Die Sonne dort ist zu heiß, als daß man sich den Kopf mit Geschichten füllen wollte. Es reicht zu wissen, wo am Ufer Treibsand liegt, wo es die meisten Schlangen gibt und welche der vielen Pfade durch das Farmland sicher sind. Alle wissen, daß das Land den Hintzens gehört, und alle wissen, daß das immer so war; und wie sollten sie nicht wissen, daß die Hintzens böse und hart sind. Und natürlich wissen alle von Diamanten-Jim. Aber Diamanten-Jim kommt immer wieder. Er ist nicht wie andere, die sterben und verschwinden, wenn die Käfer ihnen das Kreuz vom Grab nagen. Als er den Courentyne herunterkam, war es offenbar für immer. Er braucht nur ein bißchen Vollmond und jene Stille, in der die Blätter des Guajavabaums zu wispern beginnen, dann sitzt er wieder draußen in Tarlojee, direkt am Großen Haus, direkt bei den Hintzens. Hin und wieder sitzt er auch bei den Küchen, ein paar Mal wurde er bei der Brennerei gesehen, aber meistens sitzt er unter dem Baum, an dem ihn der alte Hintzen vor so vielen Jahren hat aufhängen lassen, weil er wagte, seine Tochter zu lieben, Miss Caroline.

Diese Caroline war wild, heißt es. Sie hatte wohl nicht abgekochtes Wasser und Metall statt Blut, wie so viele Deutsche, vor allem die alten, die schon so viele Jahre den Dschungel draußen zurückgedrängt haben, daß sie vergessen haben, richtige Menschen zu sein. Sie hatte aber auch nicht das weiche Blut anderer Reicher, diese Mischung aus spanisch und holländisch. Ich habe sagen hören, irgendwie habe ihre Mutter ihrem Töchterchen das Auge des Wirbelsturms ins Auge gepflanzt, die Sonne der toten Nachmittagsstunde ins Blut und eine Ziegenleder-Trommel ins Herz. Nicht einmal New Amsterdam am Samstagabend war so wild wie sie. Wenn sie dazu lachte, konnte sie einen Bohneneintopf zu einem Festmahl machen. Ich glaube, diese beiden Liebenden wurden nur deswegen nicht gleich erwischt, weil sie so wild waren, daß sich niemand auch nur vorstellen konnte, was sie vorhatten. Der letzte in ganz Tarlojee, der es erfuhr, war der alte Hintzen, und zwar, weil er nicht wußte, was Vorstellungskraft war, geschweige denn welche gehabt hätte. Daher verstreuten Miss Caroline und Diamanten-Jim die Diamantensamenernte von zwei Jahren auf Feldern und Schuppen, und soweit ich weiß auch in einigen der leeren Zimmer oben im Großen Haus, wo nie jemand hingeht.

Es scheint, als habe der gütige Gott diesen schönen Samen nicht verschwenden wollen, und so wurde Miss Caroline unter der roten Schleife um ihre Taille dick.

So etwas passiert überall, aber wenn es Reichen passiert, gibt es immer Ärger. Doch die Leute mochten Diamanten-Jim, sie mochten seine Art, wie er unter dem Guajavabaum saß und summte, mit einer Diamantennadel von der Größe eines Kinderauges, die die *bandanna* an seinem Hals hielt. Er hatte Rum für alle, richtigen Rum, und nicht nur ein paar Tropfen. Er hatte Stadtzeug in den Taschen.

Es arbeiteten viele schwarze Männer auf den Feldern, viele schwarze Männer gingen staubig und grau vor

Schmutz nach Hause. Es gab auch einige braune Männer, alle Schattierungen der Erde: rot, braun, grau, ich denke, wir sahen alle ziemlich gleich aus in Hosen, die aus dem gleichen Stoffballen gemacht und mit dem gleichen Strick festgebunden waren. Doch, es gab durchaus Möglichkeiten, sich zu unterscheiden, durch den Farbton der *bandanna* um den Hals, den schrägen Sitz des geflochtenen Huts oder sogar den Schnitt eines Hemdes. Doch wenn es darum ging, wer was hatte, dann waren wir alle arm, wir hatten alle viele Mäuler zu stopfen, und im Scherz sagten wir immer, die Haare des Zuckerrohrs, die uns im Rücken steckten, seien die Eisenspäne, die der alte Hintzen statt Spucke hatte, so rauh sprach er. Darum war es nur natürlich, daß wir Diamanten-Jim bewunderten. Er war nicht nur schwarz, er glänzte. Ich schwöre, daß seine Haut glänzte wie die Ringe an seinen Fingern und der große Stein an seinem Hals. Wenn er lächelte, sah er aus, als könne er mit diesem Lächeln ganz Tarlojee schlucken. Die Kinder sagten damals, was er auch zu sich nehme, er könne es als Diamanten wieder ausspucken.

Ich weiß nicht, warum wir ihn Jim nannten, denn sein Name war, glaube ich, Walter. Ich weiß auch nicht, wer seine Familie war. Er muß jemandes Sohn gewesen sein, und wären sie hier gewesen, sie hätten ihn sicher mit Beschlag belegt, als er mit großen Schritten nach Hause kam, mit dem vielen Geld und seinem Selbstvertrauen. Einige sagen, er habe Miss Caroline irgendwo in der Stadt gesehen und sei ihr nach Tarlojee gefolgt, nur darum sei er hier gewesen. Aber genau wußte es niemand. Sicher ist, daß er kam und blieb, und als er sich mit Miss Caroline einließ, warteten alle nur und hielten die Luft an, weil alle diesen Diamanten-Jim so gern und vor dem alten Hintzen solche Angst hatten. Miss Caroline hatte so viel Charme, es war geradezu eine Last für sie, ihn herumzutragen. Es war, als sei sie zur Welt gekommen mit dem Wissen, was ihr geschehen sollte. Ihre ganze Fröhlichkeit schien unter Verschluß, und wenn sie lachte, platzte sie heraus, als explodiere Eingesperrtes. Sie sagte immer, sie liebe die Sonne auf ihrem Nacken. Wer mit Zuckerrohr arbeitet, kann so etwas nicht verstehen. Sie lag gern im Gras und saß auf den stachligen Zuckerrohr-Blättern, und nie hatte sie Angst vor Schlangen. Mehr weiß ich über sie als Mädchen nicht, nur daß sie so eigenartig war und gern im Freien, und voller Leben und Lachen. Sie muß das Leben wirklich geliebt haben, um noch zwanzig Jahre weiterzuleben, in dem Turm, in dem es in all den Jahren nichts zu sehen gab als das Licht durch die Ritzen ihrer verrammelten Fenster und die größer werdenden Risse in den Wänden.

Ich habe gehört, es seien Leute vor Lachen gestorben, und ich denke, genau das hat dieses ungleiche Paar das Leben gekostet. Wenn Caroline Hintzen lachte, kippte vom Großen Haus bis hinunter zum Fluß alles aus dem Gleichgewicht. Es ließ sogar alte Männer zittern und sich wiegen, und die kleinen Kinder fürchteten sich. Es hatte eigenartige Wirkungen. Sein Geräusch trug so weit wie das Krachen von Felsblöcken am Flußbett bei Hochwasser. Man sagte, sie sehe aus wie ein Engel und lache wie eine Hexe.

Ich weiß nicht und werde wohl nie wissen, wer draußen im Obstgarten wen vor den Augen der ganzen Welt verhexte – und Tarlojee war in jenen Tagen eine Welt. Wer immer diese verrückte Liebesgeschichte begonnen hatte, sie steigerte sich bald so, daß sie schlimmer loderte als ein Zuckerrohrfeuer bei Sturm. Es gab keinen mehr, der es nicht gewußt hätte. Wären sie fortgelaufen, wer weiß, wie weit sie gekommen wären. Vielleicht wußten sie, daß alle Diamanten, die Jim besaß, ja, alle Diamanten, die noch in den Bergen steckten, dieses weiße Mädchen und ihren großen schwarzen Geliebten nicht würden retten können. Vielleicht hätten sie auf holländisches Gebiet fliehen und sich dort verstecken können, aber schwarz ist schwarz, und Diamanten-Jim war nirgends sonderlich unauffällig. Vielleicht meinten sie auch, sie seien unsichtbar, in ihrer großen Liebe von Gott selbst vor der Rache eines Mannes geschützt, der so kalt war, daß er nicht einmal wußte, daß es Liebe gab.

Vermutlich hielten die Liebenden deswegen länger aus, als es irgend jemand zu hoffen gewagt hatte, weil Hintzen die ganze Sache hartnäckig verleugnete. Jeden Abend, wenn die Sonne in den Fluß sank und die Sterne über den Feldern blinkten, war Miss Carolines rasendes Gelächter wie ein Leuchtfeuer für die einen und wie eine Ortsbestimmung für andere. Wohin sie auch gingen, die gesamte Arbeiterschaft von Tarlojee und sogar Miss Carolines Schwestern wußten, wo sie sich wälzten, wegen ihres manischen Wieherns. Es stieg zu verschiedenen Zeiten des Tages, ungeachtet der Sonne oder der toten Stunden der Nachmittagshitze und ohne Rücksicht auf Sonntage oder Ruhezeiten, aus Feld oder Hütte auf, wenn sich der Rhythmus ihres Liebesspiels beschleunigte.

An jedem dieser Tage hätten diese beiden Narren erwischt werden können. Aber über Tarlojee war die Zeit außer Kraft gesetzt, während Miss Caroline in der Süße ihrer Gefühle für den großen Jim fast erstickte, wenn er des Abends summend dasaß, den Rücken an die graue Rinde eines Guajavabaums gelehnt, den Blick der halb geschlossenen Augen auf die Sterne gerichtet, und es aussah, als sende er mit seinem großen Diamanten Botschaften zum Himmel. Was immer er dadurch erfahren mochte, es führte dazu, daß er viele Monate lang ungeschützt dort blieb, Monate, in denen er hätte fliehen können, allein oder mit dem Mädchen, und sein Leben retten. Er muß gewußt haben, daß Hintzen ihn töten würde, wenn er davon erführe. Er muß es gewußt haben, aber es schien ihm egal zu sein. Vielleicht war es das, was die Sterne ihm erzählten, daß nämlich er, Diamanten-Jim, noch unter seinem Lieblingsbaum sitzen und seine alten Melodien summen würde, wenn Hintzen schon lange tot und sein Staub verweht sein würde.

Erst einmal kam die Regenzeit, aber es war nicht der vom Himmel gesandte Regen anderer Jahre, denn die Wolkenbrüche fielen rot vom Himmel. Eines Nachts im Juli starben die Fledermäuse, und überall im Haus bildeten ihre mageren pelzigen Körper eine lückenlose graue Schicht wie einen Teppich aus lauter versteckten Knöchelchen. Später, es war wohl im September, gab es eine Yucca-Mißernte, und das Zuckerrohr wollte nicht wachsen. Dann wurde deutlich, daß statt dessen Miss Caroline wuchs. Manche Mädchen werden schwanger und können es monatelang verbergen, aber Miss Caroline war nicht nur dick, sie war gewaltig.

Sie war von einigen guten Menschen umgeben, dort auf Tarlojee, und einige bemühten sich sehr, sie zu decken. Aber sie schien ihrem Schicksal trotzen zu wollen und sich nichts daraus zu machen, denn sie stellte ihren dicken Bauch zur Schau wie die stolzeste werdende Mutter. Das ging so, bis ihr Vater sie einsperrte. Ich glaube, eine Mutter hätte nicht zugelassen, daß der Alte sie dann so in den Wahnsinn trieb. Vielleicht hätte keine Mutter den armen Jim retten können, aber jede mit einem Herz hätte Miss Caroline helfen können. Es war ihr Unglück, daß sie in diesem Haus bar jeder Freundlichkeit lebte.

An jenem ersten Abend wurde Miss Caroline im Weinkeller eingesperrt. Es war immer kalt dort, fensterlos, nur mit einem Gitter und einer mehrfach verriegelten Tür. Für einen Arbeiter wäre es das Paradies gewesen, keine Strafe, aber für das verliebte Mädchen, das an ein weiches Bett und an Gesellschaft gewöhnt war, muß es hart gewesen sein. Die Leute erzählen, sie habe die ganze Nacht lang gerufen. Gerufen und gerufen, sagten sie, und ihre laute hohe

Stimme sei durchs Zuckerrohr und bis über die Bergkäm-
me gedrungen.

Da hätte Diamanten-Jim fortlaufen können, aber er tat
es nicht. Statt dessen blieb er die ganze Nacht draußen, die
glänzenden Augen verschleiert, sah zum Himmel und
summte wie ein vibrierender Motor, kurz bevor er ausein-
anderfliegt. Selbst die Zikaden und Laubfrösche hörten irgendwann auf, und dann gab es nur das Klagen aus dem
Großen Haus und diese eine Saite, die in Big Jims Hals
brummte. So beruhigte er sie. Dann ging die Sonne über
den hochgelegenen Feldern auf, jenen, die hinter den Grä-
ben am Hang lagen, und nichts als das Beben von Jims Stimme lockte sie aus dem Schlaf. An diesem Tag ließ er die
Sonne für sich aufgehen, zwang sie, seine Steine in ihr Gold
zu fassen, weil seine eigene Sonne über Tarlojee untergehen
würde, bevor der Tag vorüber war.

Acht Uhr sah die Kinder vorübergehen, an Jim vorbei-
trippeln, der saß und wartete. Sie hielten ihre Brotdose aus
Blech fest an den Oberkörper gepreßt, sahen fort, kicher-
ten schüchtern, dann blickten sie wieder zu dem schwarzen
Riesen hin, von dem es hieß, er werde sterben. Sie gruppier-
ten sich hinter ihm um, trotteten den Feldweg entlang, enttäuscht. Er hatte ausgesehen wie immer. Er hatte sogar ge-
lächelt. Verurteilte sollten nicht lächeln. Sterben war eine
ernste Sache.

Die Leute wußten, daß Hintzen nie mit einer Schießerei
zufrieden sein würde. Er würde ein richtiges Lynchen wollen. Daher schrumpfte die Arbeiterschaft an jenem Tag
auf die Alten und die Jungen, ein paar Frauen sprangen für
ihre Männer ein. Alle Starken blieben fort, betrunken oder
Krankheit vortäuschend, oder einfach nur, weil ihnen der
Gedanke Übelkeit bereitete, beim Aufknüpfen ihres Hel-
den zu helfen. Das konnten sie nicht tun. Nun, Hintzen
hatte seinen Leuten nie getraut, er hatte früher nicht auf sie
gezählt und zählte auch jetzt nicht auf sie. Er ließ nachts

nach New Amsterdam schicken, und am Morgen ritten vier große Mulatten auf den Vorhof, mit Hüten und Sporen, die Augen rot vor Habgier und Rum.

Diamanten-Jim sah sie kommen und rührte sich nicht. Und da passierte das Unerklärbare. Die vier Mulatten schworen, als sie vorbeiritten, hätten Jims Diamanten in der Sonne geglitzert und gefunkelt. Aber nur Augenblicke später, als sie hingingen, um ihn zu holen, waren alle Diamanten verschwunden. Keiner war vorbeigekommen und hatte sie geholt, der Boden um ihn wurde umgegraben, aufgekratzt, gesiebt, noch mal umgegraben, doch Diamanten wurden dort nie gefunden ... Die Mulatten sagten, sie hätten gedacht, Jim habe die Steine in seinen Kleidern versteckt, aber nachdem er gestorben war, zogen sie ihn nackt aus und zerfetzten den Stoff. Nichts.

Bevor Jim starb, begann Miss Caroline wieder zu rufen. Dieses Mal aber waren es nicht nur Laute und Stöhnen, es waren klare Worte: »Jim, verlaß mich nie, Jim, Jim ...«

Da stand er auf, seine große Stimme, die man kaum hörte, wenn er nicht sang, sammelte sich, und er rief ihr zu: »Caro, Liebste, ich gehe nirgendwo hin.«

Der Mann sprach nie wieder, strenggenommen. Ich weiß eigentlich nicht, was dann passierte. Einige sagen, sie hätten ihm den Strick um den Hals geworfen und ihn gehängt, aber er sei nicht gestorben, also hätten ihn diese vier Reiter mit Kugeln durchsiebt. Andere sagen, sie hätten ihn erschießen müssen, um ihn überhaupt in die Schlinge zu bekommen. Eins allerdings ist sicher, die Diamanten wurden nie gefunden. In all den Jahren seither haben immer wieder Vandalen Jims Überreste gedreht und gewendet, um nachzusehen, ob er die Diamanten geschluckt hatte, aber nichts Gutes ist dabei herausgekommen, und Steine wurden nie gefunden.

Und nichts Gutes kam dabei heraus, als sie Jim hängten. Bevor das Jahr zu Ende war, waren die vier Mulatten, die es getan hatten, verhext, sie tranken sich zu Tode, verfolgt vom breiten Lachen auf seinem Gesicht, wie sie sagten. Und Hintzen? Selbst Hintzen wünschte, er hätte mit dem Hängen gewartet, denn vier Monate später, als Miss Caroline ein riesengroßes graues Mädchen gebar, wollte er Jim noch einmal töten, und da war von ihm nichts mehr übrig zum Verletzen. Als Christ konnte er das Kind nicht umbringen, aber eines Nachts nahm er es mit und kam eine Woche später ohne zurück. So waren die Städte, sie schluckten die Lebenden und die Toten. Das Baby war damals etwa zwei Wochen alt und schon so schwarz wie der Mann, der es gemacht hatte.

Als das Kindchen fort war, brachte Hintzen seine Tochter in den Steinturm, und da fing Miss Caroline mit dem Rufen erst richtig an. Sie bildete sich ein, wenn sie nur laut genug schrie, würde Big Jim ihr antworten. Nun, zwanzig Jahre lang blieb Miss Caroline in diesem Turm und rief über die Zuckerrohrfelder nach dem Mann, den sie liebte. In der ganzen Zeit gab sie nie den Versuch auf, ihn zu sich zurückzuzwingen. Nach etwa einem Jahr brach ihre traurige Stimme und wurde zu Anfällen wahnsinnigen Lachens.

Ihr Rufen war ein Teil von Tarlojee geworden, wie die Tierrufe des Buschs und die Schreie der kreisenden Vögel. Es lief durch die Reihen des Zuckerrohrs und setzte sich im gestampften Lehm der Hütten fest. Die Leute schienen es in ihren Bohneneintopf und ihren Mais einzurühren. Der Bodensatz ihres Klagens saß in den Ananasschalen und gärte in Wasserkrügen. Jims Name war überall.

Vieles geschieht im Laufe eines Lebens, und manches gerät in Vergessenheit. Einzelheiten werden unklar und verschwinden, Begebenheiten verschwimmen, bis nur einige wenige Ereignisse hervorstechen. Manchmal sind es gar keine Ereignisse, sondern flüchtige Bilder, und manchmal haben sie eine solche Kraft, daß einem das Blut eine Zeitlang stockt. Von der Art war das Lachen nach einem Jahr der Tränen. Miss Caroline wieder wiehern zu hören, fuhr ganz Tarlojee in die Knochen. Es war ihr Balzruf, und er gehörte zu dem, was Jim zu ihr hinzog, denn in der Nacht, als sie wieder ihr wildes Lachen schrillen ließ, kam Diamanten-Jim zurück. Er trug wieder seine Diamanten – die Ringe und den großen Stein am Hals, die sich mit den Sternen unterhielten. Er saß die ganze Nacht unter seinem Guajavabaum und summte, ein lautes, vibrierendes Summen, und obwohl niemand ihn berührte – weil niemand es wagte – war er da, lächelte, wie nur er es konnte, als wisse er etwas Besonderes, seine großen Zähne leuchteten und übertrafen fast den Augen-Diamant, jenen Diamanten, mit dem alles anfing, der ihm seinen Namen gab und ihn zum Mythos machte.

Viele Nächte sind seither vergangen, und viele Jahre. Miss Caroline ist schon lange tot, aber Big Jim sitzt immer noch manchmal draußen, er wartet, und er summt noch. Und obwohl er keinem von uns je etwas zuleide getan hat, geht niemand bei Vollmond zur Ruine des Großen Hauses. Heutzutage lachen die Kinder darüber, aber keines ißt in Tarlojee Guaven oder summt so etwas wie eine verirrte Melodie, die ihren Weg aus dem Zuckerrohr findet.

Die werden heiraten!

Mercè Rodoreda
Jene Mauer, jene Mimose

Meine Freundinnen mußten sehr lachen, daß Miquel mich verließ: die Reiselust hatte ihn gepackt. Er sagte, er käme wieder, und auch jetzt noch sagen sie mir, er würde zurückkommen, doch während sie so reden, denken sie, ich würde ihn nie mehr sehen. Und ich denke das auch. Miquel nämlich ... der wollte gleich, daß wir zusammen schlafen, und ich hatte gar keine Lust dazu. Ich wollte nur mit ihm gehen. Aber da ich gutmütig bin, konnte ich es ihm nicht abschlagen, denn er sagte, wenn ich ihn nicht machen ließe, würde er auf die schiefe Bahn geraten. Vielleicht kommt er eines Tages zurück, und falls er zurückkommt, möchte ich ihn nicht mal geschenkt. Und nicht mal in Gold gewickelt. Was meine sämtlichen Freundinnen zu gern wüßten: warum ich zufrieden bin, wenn ich erkältet bin. Die sollen sich doch zum Kuckuck scheren. Sie wundern sich, daß ich singe, wenn ich einen richtigen Bellhusten habe und meine Nase nur so läuft. Ich habe ihnen nie erzählt, daß ich Soldaten mag und fast vergehe, wenn ich welche sehe. Wenn ich sie sehe mit ihren klobigen Schuhen und ihrer Jacke, wird mir ganz weh ums Herz ... Ihre Kleider sind aus dickem Wolltuch, und sie müssen bei der Hitze und in ihren dicken Kleidern exerzieren. Doch manche, wenn die ihre Mütze ein wenig schief in die Stirn drücken ... Wenn sie immer drei und drei zusammen spazierengehen und den Mädchen, die vorbeikommen, etwas nachrufen, weil sie nämlich Heimweh haben, kommen sie mir vor wie Pflanzen ohne Erde. Die vom Land können vielleicht ein Heimweh kriegen! Heimweh nach der Mutter, nach ihren Lebens- und Eßge-

wohnheiten. Heimweh nach den Mädchen, die zum Brunnen gehen, Heimweh nach allem und jedem. Und zu allem
Überfluß noch dieses dicke Wolltuch auf dem Leib. Da liefen die drei, und ich ging spazieren in einem leuchtend rosa
Kleid, ein kleines Tuch um den Hals gebunden vom gleichen Rosa wie das Kleid, weil es von einem Stück Stoff
stammte, das übriggeblieben war. Und eine Schildpattspan-
ge mit einer Schleife aus Markasit, die mir eine Haarwelle
hielt. Die drei blieben vor mir stehen und versperrten mir
den Weg, und der eine, der ein ganz rundes Gesicht hatte,
fragte mich, ob ich eine Fahrkarte für die Straßenbahn
hätte und sie ihm schenken wolle. Ich sagte, ich hätte keine
Fahrkarte für die Straßenbahn, und der andere Soldat sagte, sie könne auch alt sein. Und er und der Soldat neben ihm
schauten sich an und lachten, aber der dritte, der ein Stückchen zurückgeblieben war, sagte nichts. Er hatte ein Leberfleckchen oben auf der Backe und noch ein kleineres am
Hals, beim Ohr; sie hatten die gleiche Farbe: wie dunkle Erde. Die beiden, die eine Fahrkarte für die Straßenbahn wollten, fragten mich, wie ich heiße, und ich sagte ihnen sofort
meinen Namen, da gab's nichts zu verbergen ... Ich sagte:
Crisantema, und sie sagten, ich sei eine Herbstblume und
es sei kaum zu glauben, daß jemand so Junges eine Herbstblume sein sollte. Der Soldat, der bis da geschwiegen hatte,
sagte zu den andern, gehn wir, es reicht, und sie sagten,
warte noch ein bißchen, Crisantema wird uns erzählen,
was sie so unter der Woche treibt, und schließlich, als ich
mich schon an sie gewöhnt hatte, gingen sie lachend fort,
und der immer geschwiegen hatte, kam kurze Zeit später
an meine Seite; er hatte seine Kameraden allein gelassen
und sagte, er würde mich sehr gern an einem andern Tag
sehen, ich gliche nämlich einem Mädchen aus seinem Dorf,
die Jacinta heiße ... Er fragte: an welchem Tag? Und ich
sagte: Freitag, gegen Abend. Da fuhr meine Herrschaft
nämlich nach Tarragona, um ihren Enkel kennenzulernen,

und mich ließen sie da, um das Haus zu hüten und auf Senyora Carlota zu warten, die aus Valencia kommen sollte. Ich sagte ihm, wo ich diene, und sagte, er solle sich's aufschreiben, aber er schrieb's nicht auf, denn er sagte, er habe ein gutes Gedächtnis, und am Freitag erwartete er mich schon auf der Straße, und ich kann nicht erklären, was mich da Merkwürdiges durchlief, irgendwo, vielleicht in den Adern, vielleicht über die Haut, ich weiß es nicht, aber es war etwas sehr Merkwürdiges, denn ich dachte, er wolle mich deshalb sehen, weil er Heimweh hatte. Ich hatte zwei aufgeschnittene Brötchen mit einer Scheibe Braten dazwischen bei mir, und nachdem wir eine Weile spazierengegangen waren, fragte ich ihn, ob er Hunger habe, packte die Brötchen aus und gab ihm eins, und um sie zu essen, lehnten wir uns mit dem Rücken an eine Gartenmauer, über die Zweige von Bäumen und von Rosensträuchern ragten. Ich biß in mein Brot hinein und biß dann einen Happen ab; er nicht. Er nahm ein Stückchen Brot und ein Stückchen Fleisch mit der Hand und steckte es in den Mund. Die Leute vom Land sind manchmal sehr vornehm. Er aß langsam, und wie ich ihm beim Essen zusah, verging mir der Hunger. Ich konnte mein Brötchen nicht aufessen und ich gab es ihm, und er aß es auch noch auf. Er hieß Ángel, und der Name hat mir schon immer gefallen. An jenem Tag sprachen wir kaum miteinander. Aber wir lernten uns gut kennen. Und als wir zurückgingen, drehte uns eine Schar Kinder lange Nasen und schrie: Die werden heiraten, die werden heiraten! Der Kleinste warf eine Handvoll Dreck nach uns, und Ángel lief dem Kind nach, denn als das Kind gesehen hatte, daß Ángel näher kam, war es losgerannt; er nahm es beim Ohr und zog daran, ein bißchen bloß und schwach, um ihm angst zu machen, und sagte, er werde es in den Karzer sperren und nachher in die Soldatenküche stecken, wo es zwei Jahre hintereinander Kartoffeln schälen müsse. Weiter war nichts am ersten Tag. Am zweiten

Tag gingen wir wieder durch jene Straße und stellten uns zum Plaudern an jene Mauer, die an einer Stelle ganz abgebröckelt war. Gegenüber, auf der andern Seite, stand eine Zeile kleiner Häuser mit Gittertürchen und einem Fenster mit Eisenstäben beidseits der Gittertür. Und die Häuschen waren immer geschlossen, weil die, die darin wohnten, auf die hintere Seite hinaus lebten, wo sie ihre Veranda und den Garten haben mußten. Eines Tages, als wir unten an der Mauer standen und der Himmel in jenem Nachtblau leuchtete, das einen die Gegenstände noch gerade erkennen läßt, gingen die Straßenlampen an, und ich sah, daß der Baum über uns eine Mimose war. Sie begann zu blühen, und während der ganzen Blütezeit war sie sehr schön: es war eine echte Mimose, so eine mit wenigen aschfarbenen Blättern und vielen kleinen Kügelchen, und jeder Zweig sah wie eine gelbe Wolke aus. Es gibt nämlich auch solche mit harten Blättern und Blüten, so lang wie Würmer, und mehr Blättern als Blüten. Im Schein der Straßenlampe sahen die Mimosenzweige aus, als wüchsen sie aus einem Himmel ... Wir gewöhnten uns an, zu essen, bevor die Straßenlampen angezündet wurden, und ich hatte immer zwei Brötchen mit ein bißchen Braten dazwischen bei mir, und wenn er dann langsam und stückchenweise aß, hatte ich immer Lust, ihn auf das Leberfleckchen am Hals zu küssen. An einem solchen Abend holte ich mir eine Erkältung; um hübsch auszusehen, hatte ich eine perlgraue Seidenbluse angezogen, und als ich nach Hause kam, tränten meine Augen und mein Kopf wollte zerspringen. Am nächsten Tag ging ich in die Apotheke; die gnädige Frau hatte mich hingeschickt, denn sie sagte, was ich da aufgelesen hätte, sei eher eine Grippe als eine Erkältung. Der Verkäufer hatte ganz helle Augen, mit einem Stich ins Graue. Ich habe zwar noch nie Schlangenaugen gesehen, aber ich bin sicher, daß die Augen dieses Apothekers wie die von Schlangen waren. Er sagte mir, was ich hätte, sei eine Frühjahrserkältung. Ich

erzählte ihm, daß ich ein paar Stunden in einer Seidenbluse
unter einer Mimose gestanden hätte. Und er sagte: Das
ist der Blütenstaub, stellen Sie sich nie mehr unter eine Mimose. Als ich eines Abends mit Ángel bei der Mauer war,
sah ich an der nächsten Straßenecke einen Kopf. Nicht
etwa, daß ich Gespenster gesehen hätte und es ein abge-
schnittener Kopf gewesen wäre, nein. Es war der Kopf
eines jungen Mannes. Als ich in der Nacht an diesen Kopf
von der Ecke dachte, der uns angeschaut hatte, bis er
merkte, daß ich ihn gesehen hatte, glaubte ich ihn zu kennen, und ich hätte fast schwören mögen, daß es der Kopf
von einem dieser Soldaten war, die damals, als ich Ángel
zum ersten Mal sah, bei ihm waren und eine Fahrkarte für
die Straßenbahn gewollt hatten. Ich erzählte es Ángel, und
er sagte, das könne nicht sein, weil sie ihren Militärdienst
beendet hätten und beide in ihr Dorf zurückgekehrt seien.
Es war der letzte Tag, an dem ich ihn sah: ich habe ihn nie
wieder gesehen. Oftmals ging ich zur Mauer, um auf ihn zu
warten, und schließlich ging ich nicht mehr hin, aber an
manchen Tagen war mir ganz weh, wenn ich daran dachte,
daß er vielleicht dort war ... Er hat mir nie auch nur einen
Kuß gegeben. Bloß meine Hand nahm er und hielt sie eine
ganze Zeitlang, unter der Mimose. Eines Tages, nachdem
wir gegessen hatten, schaute er mich so lange und so ein-
dringlich an, daß ich ihn fragte, was er schaue, und er
zuckte die Achseln, als ob er sagen wollte: Wenn ich das
wüßte! Ich gab ihm einen Bissen von meinem Brot, und
dann schaute er mich noch länger an. Meine Erkältung dau-
erte, als ob ich sie für den Rest meines Lebens haben sollte;
wenn es aussah, als ob sie vorbei sei, fing sie wieder an: ein
Kitzeln in der Nase und Niesen und nachts die Husten-
anfälle. Und ich immer zufrieden. Wenn ich dann in die
Apotheke ging, und war es auch bloß, um Borsäure zu kaufen, sagte der Verkäufer selbstverständlich: Vorsicht vor
der Mimose ... Und wenn ich jetzt erkältet bin, ist es, als

ob ich es mir eben bei der Mauer geholt hätte, als ob er noch immer da wäre ... Natürlich brachte Miquel mich auf andere Gedanken, klar, und ich verlobte mich mit ihm, weil ein Mädchen nun mal heiraten muß. Doch manchmal, während ich mit Miquel zusammen war, schloß ich die Hand, weil mir dann schien, daß ich Ángels Hand darin hielt; und manchmal machte ich sie auf, damit er, falls er es wollte, seine Hand wegziehn könnte ... er sollte sich nicht gezwungen fühlen. Meine Freundinnen mögen zwar glauben, ich lebe nur im Gedanken an Miquel, der in die Welt hinaus gezogen ist, doch ich denke an Ángel, der sich spurlos in Rauch aufgelöst hat. Und ich leide nicht, ach wo. Solange ich an ihn denke, hab ich ihn. Nur etwas ist ein bißchen traurig ... daß sie in der Apotheke einen andern Verkäufer haben. Und wenn ich ein Briefchen Aspirin möchte, sagt der neue Verkäufer, der mich nicht kennt: Bitte sehr, zweieinhalb Peseten. Und krick-krick, die Kasse. Und wenn ich Eisenkraut verlange, sieht mich der Verkäufer nicht einmal an und sagt: zwei Viertelpeseten. Und krick-krick, die Kasse. Dann gehe ich fast automatisch hinaus, und bevor ich die Tür aufmache, stehe ich einen Moment still, ich weiß nicht recht, warum. Als würde mir etwas fehlen.

James Joyce
Die Pension

Mrs. Mooney war die Tochter eines Fleischers. Sie war eine Frau, die durchaus imstande war, Dinge für sich zu behalten: eine entschlossene Frau. Sie hatte den Gesellen ihres Vaters geheiratet und einen Fleischerladen in der Nähe von Spring Gardens aufgemacht. Doch kaum war sein Schwiegervater tot, da kam Mr. Mooney langsam auf den Hund. Er trank, plünderte die Ladenkasse, geriet bis über

die Ohren in Schulden. Es hatte keinen Zweck, ihn Enthaltsamkeit geloben zu lassen: ein paar Tage später brach er
doch nur wieder aus. Daß er mit seiner Frau in Gegenwart
der Kunden zankte und daß er schlechtes Fleisch einkaufte,
ruinierte sein Geschäft. Eines Abends ging er mit dem
Hackmesser auf seine Frau los, und sie mußte im Haus
eines Nachbarn übernachten.

Danach lebten sie getrennt. Sie ging zum Priester und er-
wirkte sich die Trennung, die Kinder wurden ihr zugespro-
chen. Ihm gab sie weder Geld noch Essen noch Unterkunft;
und so war er genötigt, sich als Sheriff-Bote zu verdingen.
Er war ein schäbiger gebeugter kleiner Säufer mit weißem
Gesicht, weißem Schnurrbart und dünnen weißen Brauen
über den kleinen Augen, die rotgeädert und wund waren;
und den ganzen Tag über saß er in der Sheriffstube herum
und wartete darauf, daß es etwas für ihn zu tun gab. Mrs.
Mooney, die ihr verbleibendes Geld aus dem Fleischerladen gezogen und in der Hardwicke Street eine Pension er-
öffnet hatte, war eine große imposante Frau. Ihr Haus hatte
eine wechselnde Bewohnerschaft, bestehend aus Touristen
aus Liverpool und von der Insel Man und gelegentlich auch
artistes aus dem Variété. Seine Stammpensionäre waren
Büroangestellte aus der Stadt. Sie regierte das Haus mit
List und fester Hand, wußte, wann sie Kredit gewähren
konnte, wann sie hart bleiben mußte und wann sie den Dingen ihren Lauf lassen durfte. Alle jungen Pensionäre sprachen von ihr als »der Madame«.

Mrs. Mooneys junge Männer zahlten fünfzehn Shilling
die Woche für Unterkunft und Verpflegung (Bier oder Stout
zum Abendessen nicht inbegriffen). Sie hatten gleiche Vorlieben und Beschäftigungen und standen darum auf gutem
Fuße miteinander. Sie erörterten miteinander die Chancen
von Favoriten und Außenseitern. Jack Mooney, der Sohn
der Madame, der Schreiber bei einem Kommissionär in der
Fleet Street war, stand in dem Ruf, ein doller Kerl zu sein.

Er gab gerne soldatische Obszönitäten von sich: gewöhnlich kam er erst in den frühen Morgenstunden nach Hause. Wenn er seine Freunde traf, hatte er ihnen immer einen Neuen zu erzählen, und immer hatte er etwas Neues an der Hand – das heißt: ein vielversprechendes Pferd oder eine vielversprechende *artiste*. Auch wußte er seine Pratzen zu gebrauchen und sang komische Lieder. An Sonntagabenden war oft ein geselliges Beisammensein in Mrs. Mooneys vorderem Salon. Die *artistes* aus dem Variété ließen sich nicht lange bitten; und Sheridan spielte Walzer und Polkas und improvisierte Begleitungen. Polly Mooney, die Tochter der Madame, sang ebenfalls. Sie sang:

> *Ich bin ein ... freches Ding.*
> *Was feixt ihr da:*
> *Ihr wißt es ja.*

Polly war ein schlankes Mädchen von neunzehn Jahren, sie hatte helles weiches Haar und einen kleinen vollen Mund. Ihre Augen, die grau waren mit einem Anflug von Grün dazwischen, hatten die Angewohnheit, nach oben zu blicken, wenn sie mit jemandem sprach, was ihr das Aussehen einer kleinen perversen Madonna verlieh. Mrs. Mooney hatte ihre Tochter zunächst als Tippfräulein in das Kontor eines Getreidehändlers geschickt, aber da jeden zweiten Tag ein übel beleumdeter Sheriff-Bote im Kontor erschien und darum ersuchte, ein Wort mit seiner Tochter sprechen zu dürfen, hatte sie ihre Tochter wieder nach Hause geholt und sie im Haushalt beschäftigt. Da Polly sehr lebhaft war, sollte sie es mit den jungen Männern probieren. Außerdem wissen junge Männer gern eine junge Frau in nicht allzu weiter Ferne. Natürlich flirtete Polly mit den jungen Männern, aber Mrs. Mooney, die sich da auskannte, wußte, daß die jungen Männer sich nur die Zeit vertrieben: keiner von ihnen gedachte ernsthaft einzusteigen. So liefen die Dinge

eine lange Zeit, und Mrs. Mooney erwog bereits, Polly zurück an die Schreibmaschine zu schicken, als sie bemerkte,
daß sich zwischen Polly und einem der jungen Männer etwas anbahnte. Sie beobachtete das Paar und behielt ihre
Gedanken für sich.

Polly wußte, daß sie beobachtet wurde, aber dennoch
konnte das beharrliche Schweigen ihrer Mutter nicht miß-
deutet werden. Zwischen Mutter und Tochter hatte es
keine offene Komplizenschaft gegeben, kein offenes Einverständnis, aber obwohl die Leute im Haus von der Affäre
zu reden begannen, griff Mrs. Mooney nicht ein. Pollys Benehmen wurde ein wenig sonderbar, und der junge Mann
war offensichtlich beunruhigt. Als sie den rechten Moment
für gekommen hielt, griff Mrs. Mooney dann doch ein. Sie
behandelte moralische Probleme wie ein Hackmesser das
Fleisch: und in diesem Fall hatte sie sich entschieden.

Es war ein heller Sonntagmorgen im Frühsommer – er
versprach Hitze, aber gleichzeitig eine frische Brise. Alle
Fenster der Pension standen offen, und die Tüllgardinen
bauschten sich unter den hochgeschobenen Fensterrahmen sanft zur Straße. Vom Glockenturm der George's
Church läutete es ohne Unterlaß, und einzeln oder in Grup-
pen überquerten Kirchgänger den kleinen runden Platz vor
der Kirche – ihr reserviertes Gebaren verriet ebenso ihr
Ziel wie die kleinen Bände in ihren behandschuhten Händen. Das Frühstück in der Pension war vorbei, und der
Tisch im Frühstückszimmer stand voller Teller mit Spuren
von Eigelb, mit Speck- und Schwartenresten. Mrs. Mooney
saß im Korbsessel und paßte auf, wie Mary, das Dienstmäd-
chen, das Frühstücksgeschirr abräumte. Sie ließ Mary die
Rinden und Brotbrocken einsammeln, die für den dienstäg-
lichen Brotpudding verwendet werden sollten. Als der
Tisch abgeräumt, die Brotbrocken eingesammelt, der Zuk-
ker und die Butter sicher hinter Schloß und Riegel waren,
begann sie das Gespräch zu rekonstruieren, das sie am

Abend zuvor mit Polly geführt hatte. Die Dinge standen so, wie sie vermutet hatte: ihre Fragen waren offen gewesen und Pollys Antworten gleichfalls. Beide waren sie natürlich etwas verlegen gewesen. Sie war verlegen gewesen, weil sie die Nachricht nicht allzu nonchalant aufnehmen oder den Eindruck erwecken wollte, daß sie dieser Entwicklung Vorschub geleistet hätte, und Polly war verlegen gewesen nicht nur, weil Anspielungen dieser Art sie immer verlegen machten, sondern auch, weil sie nicht den Gedanken aufkommen lassen wollte, daß sie in ihrer weisen Unschuld die Absicht hinter der Duldsamkeit ihrer Mutter erraten hatte.

Instinktiv sah Mrs. Mooney zu der kleinen vergoldeten Uhr auf dem Kaminsims hinüber, sobald sie durch ihr Träumen hindurch gewahr wurde, daß die Glocken der George's Church aufgehört hatten zu läuten. Es war siebzehn Minuten nach elf: sie hätte reichlich Zeit, die Angelegenheit mit Mr. Doran zu erledigen und trotzdem noch die kurze Zwölfuhrmesse in der Marlborough Street mitzukriegen. Sie war sicher, daß sie gewinnen würde. Zunächst hatte sie das ganze Gewicht der öffentlichen Meinung auf ihrer Seite: sie war eine empörte Mutter. Sie hatte ihm gestattet, unter ihrem Dach zu wohnen, in der Annahme, daß er ein Ehrenmann wäre, und er hatte ihre Gastfreundschaft einfach mißbraucht. Er war vier- oder fünfunddreißig Jahre alt, so daß Jugend als Entschuldigung nicht vorgebracht werden konnte; ebensowenig wie Unwissenheit, denn er war ein Mann, der sich in der Welt umgesehen hatte. Er hatte einfach Pollys Jugend und Unerfahrenheit ausgenutzt: das war klar. Die Frage war: welche Wiedergutmachung würde er leisten?

In solchen Fällen muß Wiedergutmachung geleistet werden. Für den Mann ist das alles schön und gut: er kann seiner Wege gehen, als wäre nichts geschehen, er hatte seinen kurzen Spaß, doch das Mädchen muß den Kopf hinhalten. Manche Mütter würden sich damit begnügen, eine solche

Affäre für eine Summe Geldes zu vertuschen; derartige Fälle waren ihr bekannt. Doch sie würde das nicht tun. Für sie war die Entehrung ihrer Tochter nur durch eins wiedergutzumachen: Heirat.

Sie zählte alle ihre Trümpfe noch einmal, ehe sie Mary zu Mr. Doran hinaufschickte, um ihm auszurichten, daß sie mit ihm zu sprechen wünsche. Sie hatte das sichere Gefühl, daß sie gewinnen würde. Er war ein seriöser junger Mann, nicht liederlich und laut wie die übrigen. Hätte es sich um Mr. Sheridan oder Mr. Meade oder Bantam Lyons gehandelt, wäre ihre Aufgabe viel schwieriger gewesen. Sie glaubte nicht, daß er es wagen würde, einen Skandal hervorzurufen. Alle Bewohner des Hauses wußten von der Affäre; einige hatten Einzelheiten hinzuerfunden. Außerdem arbeitete er seit dreizehn Jahren im Kontor eines großen katholischen Weinhändlers, und ein Skandal würde für ihn vielleicht den Verlust der Stellung bedeuten. Während alles gut werden konnte, wenn er einwilligte. Sie wußte, daß er jedenfalls nicht übel dastand, und sie nahm an, daß er auch etwas zurückgelegt hatte.

Fast halb! Sie stand auf und musterte sich im Wandspiegel. Der entschlossene Ausdruck ihres großen geröteten Gesichts stellte sie zufrieden, und sie dachte an andere Mütter aus ihrer Bekanntschaft, die sich ihre Töchter nicht von der Tasche zu schaffen verstanden.

Mr. Doran war an diesem Sonntagvormittag wirklich sehr beunruhigt. Zweimal hatte er versucht, sich zu rasieren, aber seine Hand war so unsicher gewesen, daß er es aufgeben mußte. Der rötliche Bart dreier Tage säumte seine Kiefer, und alle paar Minuten beschlug seine Brille, so daß er sie abnehmen und mit dem Taschentuch putzen mußte. Die Erinnerung an die Beichte am Vorabend verursachte ihm heftigen Schmerz; der Priester hatte jede lächerliche Einzelheit der Affäre aus ihm herausgeholt und seine Sünde schließlich so vergrößert, daß er nahezu dankbar war, als ihm ein Schlupfloch der Wiedergutmachung geboten wurde. Der Schaden war angerichtet. Was blieb ihm jetzt übrig, als sie zu heiraten oder davonzulaufen? Er konnte sich nicht dreist darüber hinwegsetzen. Bestimmt würde über die Affäre geredet werden, und gewiß würde sie seinem Arbeitgeber zu Ohren kommen. Dublin ist eine so kleine Stadt; jeder weiß, was jeder andere treibt. Er fühlte das Herz warm im Halse schlagen, als er in seiner erregten Phantasie den alten Mr. Leonard mit seiner krächzenden Stimme rufen hörte: *Bitte schicken Sie Mr. Doran zu mir.*

Alle seine langen Dienstjahre für nichts und wieder nichts! All sein Fleiß und alle Anstrengung vertan! Natürlich hatte er seine Jugendsünden hinter sich; er hatte sich mit seinem Freidenkertum gebrüstet und vor seinen Gefährten in den Kneipen die Existenz Gottes geleugnet. Doch all das war vorbei und erledigt ... beinahe. Noch immer kaufte er sich einmal die Woche *Reynolds's Newspaper,* aber seine religiösen Pflichten vernachlässigte er nicht, und neun Zehntel des Jahres führte er ein normales Leben. Geld genug, einen Hausstand zu gründen, hatte er; das war es nicht. Aber die Familie würde auf sie herabsehen. Da war erstens ihr schlecht beleumdeter Vater, und dann bekam die Pension ihrer Mutter langsam einen gewissen Ruf. Es kam ihm in den Sinn, daß er hereingelegt wurde. Er konnte sich schon vorstellen, wie seine Freunde über die Affäre redeten und lachten. Sie war wirklich etwas ordinär; manchmal sagte sie *käuft* oder *größer wie.* Doch was machte die Grammatik schon aus, wenn er sie wirklich liebte? Er konnte sich nicht entscheiden, ob er sie für das, was sie getan hätte, lieben oder verachten sollte. Natürlich hatte auch er es getan. Sein Instinkt riet ihm, frei zu bleiben, nicht zu heiraten. Wenn du einmal verheiratet bist, bist du erledigt, sagte er.

Während er in Hemd und Hose hilflos auf dem Bettrand saß, klopfte sie leise an die Tür und trat ein. Sie sagte ihm alles, sagte, daß sie ihrer Mutter das Herz ausgeschüttet habe und daß ihre Mutter noch an diesem Vormittag mit ihm sprechen würde. Sie weinte, schlang die Arme um seinen Hals und sagte:

– Ach Bob! Bob! Was soll ich tun? Was soll ich nur tun?

Sie würde sich das Leben nehmen, sagte sie.

Er tröstete sie zaghaft, bat sie, nicht mehr zu weinen, alles würde gut werden, keine Angst. An seinem Hemd spürte er die Aufregung ihres Busens.

Es war nicht allein seine Schuld, daß es passiert war. Mit dem seltsam geduldigen Gedächtnis des Zölibatärs erinnerte er sich genau an die ersten zufälligen Liebkosungen durch ihr Kleid, ihren Atem, ihre Finger. Dann, spät eines Abends, als er sich gerade auszog, hatte sie schüchtern an seine Tür geklopft. Sie wollte ihre Kerze, die ein Windstoß gelöscht hatte, an der seinen wieder anzünden. Es war ihr Badeabend. Sie trug eine lose, offene Frisierjacke aus bedrucktem Flanell. In der Öffnung ihrer fellbesetzten Pantoffeln leuchtete ihr weißer Spann, und hinter ihrer duftenden Haut glühte warm ihr Blut. Auch von ihren Händen und Handgelenken ging ein schwacher Duft aus, während sie ihre Kerze entzündete und gerade richtete.

Wenn er sehr spät abends nach Hause kam, war sie es, die sein Essen aufwärmte. Er wußte kaum, was er aß, wenn er sie allein neben sich spürte, nachts, in dem schlafenden Haus. Und wie aufmerksam sie war! Wenn es ein irgendwie kalter oder nasser oder windiger Abend war, stand mit Sicherheit ein Glas Punsch für ihn bereit. Vielleicht könnten sie miteinander glücklich sein ...

Zusammen waren sie immer auf Zehenspitzen nach oben gegangen, jeder mit einer Kerze in der Hand, und auf dem dritten Treppenabsatz hatten sie sich widerstrebend gute Nacht gesagt. Sie küßten sich auch. Er erinnerte sich gut an ihre Augen, die Berührung ihrer Hand und sein Delirium ...

Doch das Delirium vergeht. Er wiederholte sich ihren Satz und wandte ihn auf sich selber an: *Was soll ich tun?* Der Instinkt des Zölibatärs riet ihm, sich zurückzuhalten. Doch die Sünde war da; auch sein Ehrgefühl sagte ihm, daß für eine solche Sünde Wiedergutmachung geleistet werden mußte.

Während er mit ihr auf der Bettkante saß, kam Mary an die Tür und sagte, daß die Gnädige ihn im Salon zu sprechen wünsche. Er erhob sich, um Rock und Weste anzuziehen, hilfloser jetzt als je. Als er angezogen war, ging er zu ihr hinüber, um sie zu trösten. Es würde alles gut, keine Angst. Er ließ sie weinend und leise *O mein Gott!* stöhnend auf dem Bett zurück.

Als er die Treppe hinunterging, beschlug seine Brille so, daß er sie abnehmen und putzen mußte. Er wünschte sich, durch das Dach aufzusteigen und fortzufliegen in ein anderes Land, wo er von seinen Sorgen nie wieder hören würde, und doch drückte ihn eine Gewalt Stufe um Stufe nach unten. Die unerbittlichen Gesichter seines Chefs und der Madame starrten auf sein Mißgeschick. Auf der letzten Treppenflucht begegnete er Jack Mooney, der mit zwei Flaschen *Bass,* die er an der Brust wiegte, aus der Speisekammer heraufkam. Sie grüßten sich kalt; und die Augen des Liebhabers ruhten ein oder zwei Sekunden lang auf einem dicken Bulldoggengesicht und einem Paar dicker kurzer Arme. Als er am Fuß der Treppe angekommen war, blickte er hinauf und sah, wie Jack ihn von der Tür des Hinterzimmers aus musterte.

Plötzlich fiel ihm der Abend ein, als einer der *artistes* vom Varieté, ein kleiner blonder Londoner, eine ziemlich freizügige Bemerkung über Polly gemacht hatte. Jacks Heftigkeit hatte das gesellige Beisammensein fast gesprengt. Alle hatten sie versucht, ihn zu beruhigen. Der *artiste* vom Varieté, etwas bleicher als sonst, lächelte weiter und versicherte, daß er es nicht böse gemeint habe; aber Jack schrie ihn weiter an, daß er jedem Kerl, der solche Scherze über *seine* Schwester riskierte, die verdammte Fresse einschlagen werde, das würde er tun.

Polly saß eine kurze Zeitlang auf der Bettkante und weinte. Dann trocknete sie sich die Augen und ging zum Spiegel hinüber. Sie tauchte einen Handtuchzipfel in die Wasserkanne und machte ihre Augen mit dem kühlen Wasser frisch. Sie betrachtete sich im Profil und brachte eine Haarnadel über dem Ohr in Ordnung. Dann ging sie zurück zum Bett und setzte sich ans Fußende. Sie sah die Kissen eine lange Zeit an, und ihr Anblick weckte in ihr geheime angenehme Erinnerungen. Sie lehnte ihren Nacken an das kühle eiserne Bettgestell und begann zu träumen. Auf ihrem Gesicht war keine Unruhe mehr sichtbar.

Sie wartete geduldig weiter, fast fröhlich, ohne Panik, und ihre Erinnerungen machten langsam Hoffnungen und Zukunftsvisionen Platz. Ihre Hoffnungen und Visionen waren so verwickelt, daß sie die weißen Kissen nicht mehr wahrnahm, auf die ihr Blick gerichtet war, und daß sie sich nicht mehr bewußt war, auf etwas zu warten.

Endlich hörte sie ihre Mutter rufen. Sie sprang auf die Füße und lief zum Treppengeländer.

– Polly! Polly!

– Ja, Mama?

– Komm runter, Schatz. Mr. Doran möchte mit dir sprechen. Da fiel ihr wieder ein, worauf sie gewartet hatte.

Angeles Mastretta
Cristina Martínez

Hübsch war Cristina Martínez nicht, aber irgend etwas an ihren dünnen Beinen und ihrer atemlosen Sprechweise muß es gewesen sein, das sie dennoch interessant machte. Nur hielten Pueblas heiratswillige junge Männer leider nicht nach interessanten Mädchen Ausschau, und so wurde Cristina zwanzig Jahre alt, ohne daß ihr auch nur eine einzige sozial angemessene Freundschaft angetragen worden wäre. Als sie gar einundzwanzig wurde, waren ihre vier Schwestern sämtlich entweder glücklich oder unglücklich verheiratet, und auf Cristina lastete nun ständig die demütigende Aussicht, daß sie wahrscheinlich zur alten Jungfer werden würde. Nicht mehr lange, und ihre kleinen Neffen und Nichten würden sie die Sitzengebliebene nennen, und sie hegte Zweifel, ob sie das überstehen würde. Da trat, kurz nach ihrem Geburtstagsfest, auf dem ihre Mutter, als Cristina die Kerzen ausblies, in Tränen ausgebrochen war, ein gewisser Señor Arqueros auf den Plan.

Eines Vormittags kam Cristina von einer Fahrt in die Innenstadt zurück, wo sie Perlmuttknöpfe und einen Meter Spitze eingekauft hatte, und erzählte, sie habe im Juweliergeschäft La Princesa die Bekanntschaft eines Spaniers aus sichtlich gutem Hause gemacht. In das Geschäft sei sie wegen der Brillanten im Schaufenster hineingegangen, und sie habe sich erkundigt, wieviel ihr Wunschtraum, ein Verlobungsring, koste. Den genannten Preis habe sie angemessen gefunden, und sie habe sich nur beklagt, daß sie kein Mann sei und ihn sich nicht jetzt schon kaufen könne, um ihn irgendwann später einmal zu tragen.

»Männer dürfen den Ring schon vor der Braut haben, ja, sie können sich die Braut sogar passend zum Ring aussuchen. Wir hingegen müssen warten und immer warten.

Manche verwarten so ihr Leben, und andere wieder sind für ihr Lebtag mit einem Ring geschlagen, den sie gar nicht mögen. Findest du nicht auch?« fragte Cristina ihre Mutter beim Mittagessen.

»Kind, hör endlich auf, mit den Männern zu hadern«, ermahnte sie ihre Mutter. »Wer soll denn für dich sorgen, wenn ich einmal tot bin?«

»Ich. Zerbrich dir nicht den Kopf, Mutter. Ich sorge schon für mich selber.«

Am späten Nachmittag erschien ein Bote aus dem Juweliergeschäft bei ihnen und gab den Ring ab, den Cristina sich angesteckt und an der ausgestreckten Hand unter ähnlichen Reden, wie sie sie am Mittagstisch bei ihrer Mutter geführt hatte, von allen Seiten bewundert hatte. Außer dem Ring wurde auch noch ein an Cristina adressierter versiegelter Umschlag abgegeben.

Beides schickte, mit dem Ausdruck seiner aufrichtigen Bewunderung und Verehrung, Herr Arqueros, und er schrieb auch, wie sehr er es bedaure, nicht selbst der Überbringer sein zu können. Doch leider laufe sein Schiff schon morgen in Veracruz aus, und um es rechtzeitig zu erreichen, müsse er noch am selben Tag und die ganze Nacht über reisen. Er hielt in dem Brief um ihre Hand an: »Ihre Ansichten vom Leben, von Männern und Frauen, Ihre bezaubernde Stimme, Ihr freimütiger Gang haben mich in Bann geschlagen. Da ich auf Jahre hin nicht mehr nach Mexiko kommen werde, erlaube ich mir, Sie zu bitten, daß Sie zu mir nach Spanien kommen. Mein Freund Emilio Suárez wird demnächst bei Ihren Eltern vorstellig werden. Ich baue auf ihn und ich hoffe auf Sie.«

Freund Emilio Suárez hatte Cristina in ihren Jungmädchenträumen beschäftigt. Er war zwölf Jahre älter als sie und auch jetzt, wo Cristina einundzwanzig war, noch immer ledig. Sein Reichtum war üppig wie ein Urwald im Regen, er selbst aber so unnahbar wie im Januar die Berge.

Alle jungen Mädchen in der Stadt hatten um ihn geworben, doch selbst die erfolgreichsten konnten sich nur rühmen, einmal unter den Arkaden mit ihm Eis gegessen zu haben. Bei Cristina klopfte er nun an und trug ihr im Auftrag eines Freundes eine Fernheirat an, bei der er gern den abwesenden Bräutigam vertreten wollte.

Cristinas Mutter weigerte sich, ihrer Tochter zu glauben, daß sie den Spanier nur ein einziges Mal getroffen habe, und Suárez war mit dem Bescheid, man werde es sich durch den Kopf gehen lassen, kaum aus der Türe, da überschüttete sie Cristina auch schon mit Vorwürfen, sich wie ein Flittchen benommen zu haben. Da ihr Kind sie aber so fassungslos ansah, bat sie es am Ende um Verzeihung und den Himmel – in dem ihr Mann weilte – um sein Einverständnis zu der Ungeheuerlichkeit, ihre Tochter einem Fremden und Ausländer zur Frau zu geben.

Als Cristina aus der ersten Überraschtheit und Beklemmung herausfand, betrachtete sie ihren Trauring und begann sofort zu trauern, um ihre Schwestern, ihre Mutter, ihre Freundinnen, um ihre Wohngegend, die Kathedrale, den Platz davor, die Vulkane, den Himmel, den Truthahn in scharfer Kakaosoße, um die fleischbelegten Tortillas, um die Nationalhymne, die Straße nach México, um Coetzalán und Cholula, das Grab ihres lieben Vaters, das getöpferte Kochgeschirr, den heißen Kakao aus frisch zerstoßener Schokolade, die mexikanische Musik, den Duft der Tacos, den San-Francisco-Fluß, das Ferienhaus ihrer Freundin Elena und die Pferdekoppeln ihres Onkels Abelardo, den Mond im Oktober und den Mond im März, die Februarsonne, ihr würdig getragenes Junggesellendasein und um Emilio Suárez, der sie ihr Leben lang gesehen und verdammt nochmal nie auf ihre bezaubernde Stimme und ihren freimütigen Gang geachtet hatte.

Am nächsten Tag berichtete sie, den blitzenden Ring am Finger, Bekannten und Verwandten von der Nachricht. Ein halbes Jahr später wurde vor einem Pfarrer, einem Notar und vor Emilio Suárez' Augen die Ehe mit Señor Arqueros geschlossen. Es gab eine Brautmesse, ein Bankett und einen Ball mit den dazugehörigen Abschiedsszenen, und es wurde alles mit dem gleichen Eifer veranstaltet, als wäre der Bräutigam diesseits des Atlantiks. Es hieß sogar, es hätte schon lange keine so strahlende Braut mehr gegeben.

Zwei Tage danach schiffte sich Cristina in Veracruz ein und nahm Kurs auf den spanischen Hafen, in den ihr Señor Arqueros, höflich, wie er war, entgegenkommen wollte, um sie von dort in ihr neues Leben unter seinen Tanten im heimatlichen Valladolid zu geleiten.

Aus Valladolid schickte Cristina auch ihren ersten Brief; darin schrieb sie, welches Heimweh sie habe und wie glücklich sie sei. Die Gegend schilderte sie nur knapp, das beengte Städtchen, die darum gedrängten Felder, doch dafür legte sie ihrer Mutter ein Rezept bei, ein Braten in einer besonderen Rotweinsoße, der in Valladolid so gegessen würde, und für ihre Schwestern zwei Gedichte von einem gewissen García Lorca, die sie aufgewühlt hätten. Ihren Mann lernte sie im Zusammenleben als einen gewissenhaften und arbeitsamen Menschen kennen, der über das fremdartige Spanisch seiner Frau, ihre Geistergeschichten, über ihr Erröten bei jedem »Coño!« der Spanier und ihr Entsetzen, daß hierzulande beim kleinsten Anlaß auf Gott gepfiffen und ungeniert bei der heiligen Hostie geschworen wurde, immer wieder aufs neue lachen konnte.

Ein Jahr gingen Briefe hin und her, bis der eine eintraf, in dem Cristina ihrer Familie den plötzlichen Tod von Señor Arqueros mitteilte. Der Brief war knapp gehalten und dem Anschein nach bar aller Gefühle. »Mein Gott, was muß sie leiden!« sagte ihre zweitjüngste Schwester, die zu heftigen Gefühlsausbrüchen und stürmischen Leidenschaften neigte. Alles verfiel in Trauer über Cristinas Trauer und wartete darauf, daß Cristina ihren ärgsten Schmerz verwinden und sich dann etwas näher über ihre Zukunftspläne äußern würde. Auch an einem Sonntag nach dem gemeinsamen Essen wurde darüber gesprochen, als plötzlich die Tür aufging und Cristina hereintrat.

Sie hatte für alle Geschenke mit, und ehe sie nicht verteilt waren, wurde sie von ihren Nichten und Neffen nicht freigegeben. Cristina hatte rundere Waden bekommen, und sie stöckelte auf hochhackigen schwarzen Schuhen, und schwarz waren auch Rock, Strümpfe, Bluse, Hut, Jackett und der Schleier, den hochzuschlagen sie noch nicht die Zeit gefunden hatte. Erst als die Bescherung zu Ende war, warf sie den Schleier samt Hut beiseite und sagte lächelnd:

»So, da wäre ich wieder.«

Vom gleichen Tag an war sie die Witwe Arqueros. Der Kummer, eine alte Jungfer zu sein, blieb ihr erspart, und sonstigen Anlaß zu Kummer verscheuchte sie mit ihrem verstimmten Klavier und ihrer packenden Stimme. Man brauchte sie nicht lange zu bitten, sich ans Klavier zu setzen und etwas vorzutragen. Ihr Repertoire umfaßte alle erdenklichen Walzer, Polkas, Corridos, Arien und Pasodobles. Zu einigen Chopinschen Préludes verfaßte sie auch Texte und besang darin vergangene Liebesgeschichten, von denen kein Mensch etwas wußte. War ihre Darbietung beendet, ließ sie sich den Beifall aller Umstehenden gefallen, erhob sich vom Schemel, machte einen tiefen Knicks, streckte ihrem Publikum die Arme entgegen, zeigte mit ihren schönen, gealterten Händen erst auf ihren Brillantring, dann auf sich selber und sagte dann selbstbewußt: »Und eingemottet in Puebla!«

Nur Böswillige tuscheln, diesen Señor Arqueros habe es nie gegeben, sondern Emilio Suárez habe seinerzeit ein einziges Mal in seinem Leben geschwindelt. Gott wisse, mit welchen Mitteln ihn Cristina dazu herumgekriegt hatte. Und das Geld, von dem sie behaupte, ihr Mann habe es ihr hinterlassen, stamme wahrscheinlich aus Schieber-

ware, die sie in ihren Brautausstattungskoffern ins Land ge-
schleust und versilbert habe.

Genau weiß es keiner. Emilio Suárez und Cristina Martínez waren jedenfalls bis an ihr Lebensende Freunde. Was
ihnen schwer übelgenommen wurde, denn Freundschaft
zwischen Mann und Frau ist ein zu kostbares Gut, als daß
es einem verziehen würde.

Marica Bodrožić
Der kalte Atem der Liebe

Eines Tages mußte Rado fortgehen, zurück in sein Land.
Für Ana war es, als stürzte der innere Leuchtturm in sich
zusammen, der hocherbaute, der glücksumspannte. Ihr
schönhalsiger Aussichtspunkt über der Welt und all dem,
was in ihr geschah, wurde immer ebenbödiger und löste
sich schließlich auf. Der Leuchtturm verschwand von der
Bildfläche, zog sich in die Dunkelheit der Gewässer zurück,
nur seine rotweißen Streifen blieben sichtbar. Ana nahm
sie als Zeichen, sie hoffte auf ein Wunder, das alles wieder-
gutmachen würde.

Als der Zug anfuhr, blieb Ana wie angewurzelt stehen
und schrie. Sie grub sich in ihre Schreie ein und schaute
dem wegfahrenden Zug hinterher wie dem nebelumspon-
nenen Atlantikdampfer in einem Traum. Das Schiff entzog
sich endgültig ihrem Blick, schließlich verschwand es so
schnell, als sei es gar nicht dagewesen.

Nach ein paar Monaten erhielt Ana eine Karte von Rado,
auf der ein langhaariges Mädchen zu sehen war. Es saß
auf einer verwunschenen, blätterumrankten Parkbank mitten im Wald. Ein Kranz aus Wiesenblumen und Myrten
schmückte ihr Haar. Unter dem Leinenstoff, der ihren Körper bis auf die Fußknöchel bedeckte, leuchtete ihre Nackt-

heit hindurch, als stünde sie an einer Waldlichtung oder am Ende eines Tunnels, die immerwährendes Licht versprachen, die nie wieder Dunkelheit, nie mehr Durchfahrt sein wollten, sondern Orte der Rast und des Bleibens. In kyrillischen Buchstaben war auf der Karte zu lesen: SO WILL ICH DICH HABEN: IMMER BEI MIR. Es war Rados Schrift.

Wie eine weiche Feder berührte Rados Größenwahn Anas Wangen. Es war eine Art Heiratsantrag. Ein Sehnsuchtsgeständnis. Ihre Mutter fragte, was das für eine Karte sei, mit dieser Geheimschrift drauf. Ana schwieg. Aus der Tschechoslowakei oder so, da sei sie losgeschickt worden, sagte die Mutter. Ana hoffte, daß die geröteten Wangen sie nicht verrieten, und packte die Mädchenwaldkarte hastig in ihre geflochtene schwarze Blütentasche. »Eine Karte ist eine Karte«, sagte sie und wußte, es war eine Hochzeitskarte.

So will ich DICH haben. Immer bei mir. Fast täglich holte sie in den nächsten Jahren das letzte Zeichen von Rado hervor und hoffte auf mehr Worte, auf mehr Zeichen und auf ein bißchen was von seinem schönen Größenwahn. Aber nichts geschah. Etwas hatte sich zwischen sie geschoben und bewachte streng und machtbesessen seinen Platz, rückte nicht von der Stelle, setzte sich fest und wurde taub, dieses Etwas, ja, für jede noch so kleine Art von Herzensregung.

Ana hatte weder eine Adresse noch eine Telefonnummer von Rado. Trotzdem schrieb sie ihm. Auf das Kuvert malte sie in majuskelhaften Schwüngen seinen Namen, seine Stadt und das Land, in dem er nun wohnte. Irgendwie hatte sie das Gefühl, die Briefträger würden, wenn sie die Buchstaben nur groß genug schrieb, ihre Wichtigkeit erkennen und sich den Kopf zerbrechen, wer wohl dieser Rado sei und wie sie ihm am schnellsten seine Post aushändigen könnten.

Ana schrieb Rado einen Brief nach dem anderen, nein, sie schickte ihm einen Briefumschlag nach dem anderen, denn sie schrieb keine gewöhnlichen Briefe, und sie verfaßte keine zusammenhängenden Sätze, sie schickte ihm gesprochene Rhythmen und war sich sicher, daß er sie verstand. Natürlich hoffte sie, daß die Postboten etwas ahnten und sich als Überbringer lebenswichtiger Botschaften fühlten, als Ritter der Gefühle, für die sie in den Kampf mit den vielen tausend Namen und Straßen zogen und bei dem sie natürlich als strahlende Sieger die Schlußlinie erreichten.

Ihre Freundin Dijana fand, sie sei märchengläubig: Rado immer nur Gedichte zu schreiben, ohne Kommentar, ohne auch nur eine einzige Aufforderung, ihr endlich zu antworten. Ohne ihn jemals zu fragen, was sie denn von ihm zu erwarten habe. Ein richtig durchdachter Brief müßte her, in dem klar und deutlich stand, was sie sich vorstellte. Sie legte einen Pflichtzettel für Ana an. Darauf stand, daß erstens Rado ihr endlich seine richtige Anschrift geben sollte, um dieses Affentheater mit den merkwürdig geschwungenen Großbuchstaben zu beenden, und daß zweitens er ihr sagen sollte, ob er sie noch liebe und wann er wieder zurückkommen werde.

Ana warf den Brief in den Postkasten. Die Bestimmtheit, mit der Dijana ihr geraten hatte, Klarheit in ihr Leben zu bringen, hatte sie verführt, diesen beamtenhaften Brief zu schreiben. Als er im langen Schlitz des gelben Kastens verschwunden war, beschlich sie Unbehagen. Es war ein beängstigend stilles Gefühl, eine Vorahnung. Sie spürte es an dem Gang der Menschen und sah es der verschreckten Katze an, die ihr schon seit geraumer Zeit um die Fußknöchel herumgeschlichen war und nun am ganzen Leib zitterte.

Rados Briefe waren niemals bei Ana angekommen. Ihre Eltern hatten sie in der alten Kredenz versteckt und irgendwann fortgeworfen. Bei einem der folgenden Weihnachtsfeste hatte sich ihr Vater betrunken und das wohlbehütete Geheimnis ungewollt verraten. Rachegefühle verspürte sie nicht. Sie staunte über ihre Gleichgültigkeit, als sie davon erfuhr. Welche Art von Leben man wohl verpaßt, während man ein anderes lebt? Sie wußte es nicht und wollte es auch nicht herausfinden, wollte nicht etwa zurückkehren. Sie fragte sich, wie Rado es sich erklärt haben mochte, daß sie auf seine Briefe nicht geantwortet hatte. Wie ihm zumute war, als er erfuhr, daß sie seit drei Jahren mit einem anderen Mann zusammenlebte.

Ein paar Wochen nach Heiligabend beschloß sie, Rados Schwester anzurufen und sie um seine Nummer zu bitten. Vier oder fünf Mal klingelte das Telefon. Dann nahm Rado den Hörer ab. Ana hörte seine tiefe Stimme. »Rado, hier ist Ana.« Und Rado fragte: »Welche Ana?« Sie legte auf. Das auf ihren Lippen geformte Wort fiel in die Stille zwischen Atem und Atemnot. Warum hatte er sie nicht erkannt?

Manchmal verlieren die Menschen ihre Erinnerung aus freien Stücken, manchmal wird sie ihnen geraubt. Aber immer verschwinden die Sätze einer Vergangenheit in kleine, abgedichtete Krater. Mit den Jahren wachsen sie zu Maaren heran. In ihnen lagern sich Tage und Nächte ab, die irgendwann in den Vulkanen des abgeschotteten Dunkels zu leben beginnen. Da werden Wörter zu Menschen und Menschen zu Wörtern, da beginnt ein Flimmern und Rauschen, das über die Meere hinwegzieht, Meere, in denen ganze Baumstämme von Generationen treiben. Hier, in der blauen Tiefe, am Grund des Gedenkens, rutschen die Erinnerungen herum, auf Glatteis beförderte Lebensstücke. Niemandes Leid wiegt hier mehr, und auch Rado ist nur jemand, der sich selbst beschützt. Jeder ist alles und nichts in diesem Schmerz; alle sind gleich. Die Gedanken springen heraus wie Hunde aus ihren armen Hütten. Man könnte glauben, die Hastigkeit des Gesagten beweise die irre Versenkung des Kopfes. Wohl wächst da etwas heran, das sich wie ein Bach ergießen kann. Aber wer will sagen, daß er nicht am großen Krater mitgebaut hätte, sprachlos dem eigenen Vergessen gegenüberstehend. Wenn die Wörter verschwinden und die Dinge längst verlassen sind, dann finden sich Brüder auf der Welt, die nichts voneinander ahnten. Nur ihre Geschichte erinnert sie daran, daß sie Eltern haben, die Schicksalsspieler sind.

Marieluise Fleißer
Heimkehr

In einem mittelgroßen Marktflecken geschah es, daß ein gewisser Tobias, seines Zeichens ein aufstrebender junger Weinhändler, an einer gewissen Therese zu Fall kam, die aus verarmter, wenn auch rechtschaffener Familie war. Wie immer dies geworden, genug, er kam an ihr zu Fall und sie an ihm. Binnen kurzem liebten sie sich über die Maßen.

Wenn Tobias zum Kundschafttrinken ausging und etwa beim Kartenspielen solche fand, die ihn rupften, lachte er gleichwohl über das ganze Gesicht, weil er seine Gedanken ganz woanders hatte. Und wenn Therese nach dem Abspülen die Teller trocken rieb, pfiff sie aus vollen Backen und spiegelte sich verliebt in den eiweißen Tellern, die so rechtschaffen in die Runde glänzten und überhaupt so vollkommen in die schöne Welt paßten, daß man es gar nicht sagen konnte. Wenn aber die beiderseitigen Eltern, die weitersahen, ihnen einen Vorwurf machten und zur Umkehr mahnten, schüttelten sie den Kopf, und jedem, dem um sie angst und bange war, erzählten sie, daß sie einander Gutes und keinem Dritten was zuleide täten.

Sonntags nach dem Mittagessen kam er ihr am Burgtor entgegen. Dann gingen sie schnurstracks in die Sonne hinein, und wenn andere Spaziergänger schon lange nicht

mehr mitmachten, gingen sie lieber noch ein gutes Stück
weiter. Tobias war unerhört aufmerksam gegen seine Therese, und wenn ihm eine Wiese zur Rast gefiel, lobte wiederum Therese seinen Geschmack. Tobias war auch nicht
der Letzte und zückte einen Rucksack, aus dem zum minde-
sten Tomaten, Schweizerkäse und Rettich lachten.

Gab es einen prächtigeren Zeitvertreib, als wenn Tobias
sich auf seinen Ellbogen aufstützte und der Abwechslung
halber erwähnte, daß dem Michel sein Fahrrad abhanden
gekommen war, der hohe Karren, und daß andererseits
Karl so lange gejammert und auf sein Geschäft draufge-
zahlt hatte, bis er sich ein kleines Haus kaufen konnte, daß
aber der Hätschelknabe des Männerturnvereins, der vielversprechende, den sie am liebsten unter einen Glassturz
gestellt hätten, schon nichts mehr taugt, er wird zu weich.

»Wir erfahren ja nichts, wenn ihr es uns nicht sagt«,
sprach dann Therese voll Dank, und Tobias schnaubte in
beklommener Rührung. Er sorgte wahrlich für seine Wabe
wie die Biene, die tagsüber von Blume zu Blume eilt und an
den Füßen Honig sammelt. Oder gab es Leiseres wie den ta-
stenden Tritt des ersten Sternes durch die Himmelsritze?
»Da ist er«, flüsterte Therese, und Tobias schlug mit dem
Fuß aus wie ein Hengst, er tat es zum Gruß. Wenn sie dann
heimwärts zogen, hatten sie ein so gutes Gewissen wie die
Heidenkinder, die noch nie was vom wahren Glauben ver-
nommen haben.

Im Marktflecken schüttelte man den Kopf über ihre Ver-
blendung. Ärgernis war es, daß, wo andere sich vorsehen
mußten, diese beiden, die doch auch Bürgerskinder waren,
aus der Sitte sich ausnehmen durften und der Sündenfall
um sie gleich einem Geschmeide glänzte.

»Wir werden ihnen schon Mores beibringen«, sagten
die Wächter der Ehrbarkeit und wußten, daß ihre Zeit jedenfalls kommen würde. Wie ein stillschweigendes Einverständnis war es unter ihnen und keine Erfindung ge-

hörte zu den Mitteln, mit denen sie einem der Ihren was
handgreiflich machten. Tobias war der Ihre und merkte
es im Geschäft. Die Kunden blieben aus. Auf einmal konnte
er hören. »Auch darüber wird Gras wachsen«, hoffte er,
»wenn wir uns die Warnung zu Herzen nehmen.«

Was war zu tun? Mit beiden Füßen waren sie hineinge-
sprungen und hatten angefangen mit dem, womit sie rech-
tens in der Ehe fortfahren durften. Besser wußten sie es
nicht und hatten sich von vornherein die Tür aufgemacht,
so weit es nur ging. Ja, nun mußten sie wohl oder übel mit
Arbeit und Mühe hinter der Liebe dreinlaufen und die Aus-
reißerin einholen, damit es wieder in Ordnung kam. Schon
hatte Tobias, der seine Therese um nichts in der Welt missen wollte, ein offenes Wort gesprochen. »Wir werden uns
saumäßig einschränken müssen«, sagte er, »aber keine
Angst, es wird schon gehn. Und wenn ich vielleicht kein solcher Prachtkerl bin, daß ich spare wie ein Schneider, ohne
mich darüber zu beschweren, und wenn ich hin und wieder
zu dir sogar unausstehlich werden sollte, so bleibst du mir
doch die Liebste und daß dir der Kopf bei mir nicht abgeris-
sen wird, dafür stehe ich gut.« Schon schaffte Therese sich
Vorhänge und Bettbezüge an und machte sich mit ihren
Pflichten in seinem Laden vertraut, und es hätte eine Ehe
wie manche andere daraus werden können, wenn nicht die
Macht von außen eingriff und, an einem Tag erbaut, plötzlich die Mauer dastand, an der sich grade Herzen scheiden.

Die Mutter des Zukünftigen stattete den Eltern der
Braut einen Besuch ab. Sie ließ sich die Betten und Vorhänge zeigen. »Ich als die Mutter muß mich drum kümmern«,
sprach sie von der Leber weg, »mein Sohn ist ja so dumm,
daß er brummt.« Und als sie vernahm, daß dies das Äußer-
ste sei, was Theresens Vater geben konnte, und daß die jungen Leute sich auf Jahre hinaus mit Teilen aus dem über-
kommenen Hausrat der Eltern behelfen sollten, bis einmal
die Schulden weniger drückend seien, nahm sie wahrlich

kein Blatt vor den Mund, und ihrem Sohn stand die freudlose Fron eines Sträflings bevor, wenn man sie hörte. »Es ist traurig, daß Ihre Tochter den Mut gehabt hat, sich mit einem hoffnungsvollen jungen Mann einzulassen, aber man kennt ja die Mädchen, die auf anständige Art zu keinem Mann kommen und es darum mit der Schlechtigkeit versuchen.« Nachdem dies gesagt war, stand fest, daß eine arme aber anständige Familie mit Tobias nie im Leben verwandt werden wollte. Die Tochter mußte nun eben die Folgen der Pflichtvergessenheit tragen.

Therese gehorchte und schrieb ihrem Tobias ab. »Das kann ich nicht annehmen«, schrieb Tobias zurück, »du bist wohl nicht bei Trost.« Aber Therese schämte sich, einem Manne, der anderswo gewiß nicht vergebens anklopfen würde, ein Leben des Gehemmtseins an allen Ecken und Enden zu bereiten. Sie drängte ihre Mutter, ihr mit Hilfe des Klosters eine Stellung zu besorgen und ging nach Berlin in Dienst. Etwas jedoch schleifte sie unzerrissen mit sich, nahm es mit hinein in die Trennung, das Würzlein Treue.

Die feindliche Mutter hetzte unentwegt weiter gegen jene Therese, die einmal die Ordnung der Dinge so wenig verstand, daß sie für ihren Leichtsinn offenbar noch belohnt werden wollte. Ein alter Weinhändler stieß am Stammtisch ins gleiche Horn; wenn Therese noch die Frau des Konkurrenten werden sollte, war es immer gut, ihr was am Zeug zu flicken. Die Mütter, die sich auf Tobias als Schwiegersohn spitzten, halfen mit. Kurz und gut, der Marktflecken ging nicht darüber zur Tagesordnung über und Theresens Ruf wurde unwiederbringlich zerrupft. »Ich rate dir dringend, komm nicht her. Mir geht es gut«, schrieb sogar Tobias.

Der gute Tobias. Wo er ging und stand, mußte er Schimpfreden einstecken über das, was ihm das Teuerste war. Auf einige ging er los, aber er konnte nicht einen ganzen Marktflecken zum Teufel jagen. Lieber war es ihm, sie hätten über ihn selbst hergezogen. Man versuchte ihn mit Fleiß, versprach ihm goldene Berge im Geschäft, wenn er nur von der ließ, die in der Leute Mundwerk war. Er hätte sein Schäflein scheren können und etwas zuckte unwillkürlich im Nerv des Kaufmanns, doch himmelweit wies er den Gedanken zurück. Was doch die Leute ihren Mitmenschen plagen konnten. Mitgegangen; mitgefangen, hieß es nun. Absichtlich hängte man ihm den Brotkorb hoch. Der Laden stand verfemt und die Spesen liefen. Er richtete sich zugrunde für Therese; mehr konnte er nicht für sie tun. Geschunden verbarg er seinen Zustand in den Briefen an sie, lebte herrlich und in Freuden, solange er schrieb. Die Schrift indes war verwischt von Tränenspuren.

Dies war der düstere Posten in der harten Rechnung, daß der Standhafte für sie büßen mußte. Wie bitter schmeckte nun das Würzlein Treue. In jener Zeit war ihr Gesicht von Gram und Zweifeln ganz nach innen gefallen. Weder vertrug sie Speise noch Trank, weder kannte sie Schlaf noch Ruhe. Gegen einen Felsblock schlug sie unentwegt mit dem Hammer und zitterte doch davor, daß die Last, die ihr Halt war, sich bewegen könnte.

»Laß uns in eine größere Stadt ziehn«, schrieb Tobias. »Hier werden wir hin.« So weit war es schon. Er wußte nicht, worum er bat. Denn wer war Tobias, der Heimverwachsene, in der Fremde? Was war das für ein trauriger Mut, daß sie das Unglück seines Lebens werden wollte? Weiß Gott, er konnte nur hochkommen, wenn sie ihn wegjagte wie einen Hund.

Mit eisernem Zahn, um nicht schwach zu werden, kämmte sie ihr liebstes Wollen und riß die Wurzel aus. »Ich habe mich mit einem Lehrer verlobt«, log sie. »Hier hast du deine Fotografie zurück.« Ach, Tobias glaubte es nicht. Mit Ruten mußte sie ihn aus dem Tempel peitschen. Danach war ihr zumute, als ob sie einen Berg versetzt hätte; sie schwankte. Alles an ihr stockte vor Taubheit. Wiege des Schicksals, wo war sie nun? Die Welt war leer. Torheit, zu glauben, daß die Rettung mit dem Akt des Schneidens vollbracht war. Ein ganzes Leben lang mußte sie sie vollbringen. Da lernte sie beten aus zugebissenen Zähnen, eine Bitte, scharf wie eine Säge: »Zeige mir, Gott, deinen Weg!« Fortan, wenn sie unter Menschen ging, war es, als ob sie einen Rock aus Flicken trage. Sie aber lernte den geflickten Rock in Ehren tragen und die Blicke kreuzen. Straff schloß sie den Mund. Bäuerlich streng wurde ihr Gesicht.

Ein geheimnisvoller Weiser in ihr strebte weg von dem Ort, wo sie ging oder stand. Unentwegt war ein inneres Auge aufgeschlagen nach jenem Tobias in der Ferne. Welche Kreise mochte er ziehn, wohin der Hunger der Liebe ihn stoßen, der an anderen nicht gestillt werden konnte? Mütterlichkeit war in diesem steten Blicken, und es war so, als ob sie jeden einzigen Tag dies Angedenken erschaffen müsse, wie je ein Schaffer sein Werk. So wurde Tobias der Ihre immerdar. Wegjagen konnte sie ihn zwar, aber sie konnte ihn nicht in sich verraten. Die Trennung, die nur ein Scheinbild war, schwand wie Dunst vor der Liebe, die ewig erkannte.

Tobias nun – seine Bahn war ein einziges Fallen von Betäubung zu Betäubung, wo doch die tobende Leere an nichts erfüllt werden konnte. Mit schmerzlicher Befriedigung fühlte er sich zum Knecht der Begierden werden, wenn er zuvor Herr der frohgemuten und spendenden Laune war. Ja, weggeworfen, wie er sich wähnte, zerrte er sich mit Fleiß durch den Dreck und glaubte in verkehrter Sucht damit der Treulosen förmlich einen letzten Dienst zu erweisen. Wegschwemmen mußte er, was je in ihm kindlich war, niederreißen das Jauchzende, bis kein Stein auf dem andern blieb. Wofür aber, Herrgott? Längst war ihm zugetragen, daß man Therese stets nur allein sah. So war jener Lehrer die Taube auf dem Dach, für die sie den Spatz in der Hand losgelassen hatte. Sie sollte nur nicht etwa kommen. Sie stand vielleicht da oben in ihrer Dachkammer und krümmte sich vor Entschlüssen. Einpacken sollte sie damit, grollte Tobias. Allein Therese kam nicht.

Mählich floß der Strom ruhiger, und die Scham schüttelte ihn am unwiderruflich Preisgegebenen und Versäumten. Er warf einen Damm auf gegen die zerstörende Flut, seine Arbeit. Und wenn er auch jene Höhe der Unschuld nicht wieder gewann, auf der er einst wie im Paradiese lebte, stand er doch bald auf einem anderen Hügel der Reife, der sich langsam unter ihm hob. »Sie hätte ein Kind haben müssen«, sagte er grübelnd.

Vieles wurde anders. Das Geschäft kam in Schwung. Doch die Mutter wurde krank und legte sich hin. Es sah aus, als ob sie genau so resolut, wie sie gelebt, hinübersterben würde. Noch einmal ging es vorbei. Doch als sie endlich im Stuhl aufsaß, wußte man, daß sie nie wieder die Alte sein würde. Sie war gleichgültig gegen den Alltag und eigensinnig nach innen gewandt. Alles mögliche fuhr ihr durch den Kopf. Hatte sie es damals um dreiviertel elf recht gemacht und an jenem andern Spätnachmittag falsch? Wenn man wie sie schon die Engel durchs offene Tor singen hörte, wußte man unerbittlich, daß einmal Rechenschaft über jeden Umstand abzulegen war. »Eines tut not«, sagte auch der Herr Pfarrer, der die immer noch Kränkelnde besuchte. Wohlan. Doch Tobias kam mittags mit hungrigem Magen heim, und auf dem Tisch stand kein Essen. »Wozu kochen?« sprach die Mutter verrätselt. »Im Wirtshaus wird sowieso gekocht; es ist einfacher, du läßt von dort etwas holen.« Und doch war es Tobias nicht an der Wiege gesungen, daß er von der gesunden Hausmannskost abgehen mußte. Ja, die Mutter hatte ausgelassen. Jetzt fehlte freilich die Schwiegertochter, die das Haus zusammenhielt, an allen Ecken und Enden. »Ich bin alt«, sprach die Mutter. »Du solltest endlich ans Heiraten denken.« – »Da es nicht Therese werden konnte, wird es niemand.« – »Ich hätte euch nicht im Wege stehen sollen.«

Die Mutter schickte den Herrn Pfarrer zu Theresens Eltern, man möge um Gottes willen die Tochter, die wahrlich das Herz auf dem rechten Fleck habe, heimkommen lassen. Dort war es nicht unerwünscht, daß Therese die Genugtuung widerfuhr. Aber nach Aussage des Vaters hatte sie ihren eigenen Willen, in den ihr niemand mehr hineinreden wollte. Immerhin schrieb er, und schrieb vielleicht so, daß Therese nein sagte. Denn das tat sie.

Nach diesem Nein konnte sie es fast nicht mehr aushalten in der Fremde. Wollte sie denn alt werden in der Großstadt, bis man sie nicht mehr brauchen konnte? Wie überdrüssig dehnte sich jeder Tag. Die Vögel sangen nicht wunderschön. Der Morgen war ohne Adel. Die Menschen sprangen nicht an ihre Arbeit wie eifrig bellende Hunde, und die Werkstätte war nicht ihr Erdenfleck, in der sie Herr über ihrer Hände Werk waren; beargwöhnt und beaufsichtigt hackten sie ihr Pensum herunter in hetzender fremder Fron. Selbst der ehemals vertraute Himmel war hier von Kaminen verstellt.

Die Mutter wartete mit Ungeduld. Dann fiel ihr ein, daß es vielleicht nicht richtig war, es durch den Herrn Pfarrer zu machen. Diesmal fand sie eigene Worte, es rührte sich was. Ja, wenn man den Brief so ohne Vorbereitung las, sah er einem Notschrei zum Verwechseln gleich, so daß selbst die stolze Therese nicht länger stolz bleiben wollte. Sie schrieb zurück: »Ich müßte mich ja Sünden fürchten, wenn ich Tobias verkommen ließe.«

Zurückhaltend und doch erlöst erschien sie den Ihren. Eine tiefe Freude krönte sie, wenn sie durch die Gassen ging, in denen niemand sie mehr vertrieb, und im Vaterhause die Dienste tat, die ihr keiner verwehrte. Wie arm war sie gewesen, und wie reich waren die Menschen hier! Die alten Stuben waren etwas Gewachsenes, nicht sonstwie Entstandenes, die ihre Bewohner wie das Kind im Mutterleib bargen. Die Stiegen summten unter den Tritten der

Eilenden wie willige Leitern zur von alters her gewollten Ordnung. In der Mitte senkten sie sich leise zu einer rührenden Mulde. Hier hatten sie unter der Sohle der Jahrzehnte nachgegeben, und Therese blieb daran wie vor einer Liebkosung stehen. Schwielen an der Hand der Mutter können nicht heiliger sein. Sie fühlte es wie eine Würde.

Wenn bloß Tobias, der Patzer, nicht diesen harten Schädel aufgehabt hätte! Mit seiner Störrischkeit machte er wahrhaftig wieder das, was die Mutter für ihn baute, zuschanden. »So glaube es endlich, daß der Lehrer damals erfunden und erlogen war. Sie wollte dir bloß nicht schaden.« Ho, für Tobias büßte dadurch ein Lehrer, an den er lange Zeit geglaubt hatte, nichts an Wirklichkeit ein. Therese wäre wohl oder übel einschichtig geblieben, wenn nicht der Zeltenbeck und die Meisterschafttorte waren. Und das kam so: Tobias hatte dereinst bei einer Meisterschaftsaustragung auf Langstrecke so vorzüglich geschwommen, daß der sportbegeisterte Zeltenbeck sich getrieben fühlte, ihm eine Torte zu stiften. »Ich nehme sie unter der Bedingung an«, sprach Tobias, »daß sie mir gut bleibt, bis ich sie einmal brauche.« Auf dies Abkommen berief sich die Mutter und ließ kurzerhand den längst gestifteten und natürlich frisch gebackenen Ehrenpreis an Therese schicken, so daß der Zeltenbeck doch noch um seine Torte kam.

Tobias geriet ins schönste Schwitzen, als er brühwarm die Geschichte von seinem angeblichen Auftrag erfuhr. Nun mußte ja jedes Kind sehen, wie es um den Flunkerer Tobias stand, der zwei Jahre lang eine Torte für Therese aufgehoben hatte. Und das Schönste war, daß der schwerfällige Liebhaber eben diese Absicht seit zwei Jahren in seiner innersten Herzkammer verwahrte. Nun einmal das Unglück passiert, hätte er Therese einen Tort angetan, wenn er nicht schnurstracks an ihrem Haus vorbeigegangen wäre, und Therese wäre direkt undankbar für die Torte

gewesen, wenn sie ihm nicht vor aller Leute Augen um den
Hals gefallen wäre.

»Aber weißt du, für deine Verstocktheit müßte man dich
an den Ohren ziehn«, sagte sie in einer Atempause, und Tobias glänzte wie ein neuer Pfennig vor Wonne, weil er endlich über seinen Schatten sprang.

Fern

Anna Katharina Hahn
Hier ist es still

Der Sandsteinlöwe am Türportal von Nr. 112 zieht die
Mundwinkel so eingebildet hoch wie an jedem Morgen.
Gemeißelte Arroganz, trotz heraushängender Zunge. Er
riecht, daß ich nicht von hier bin, »rei'gschmeckt«, rümpft
die Nase, obwohl seit drei Monaten keine Berliner Luft
mehr in meinen Klamotten hängt, der kreidige Staub der
Frankfurter Allee unter den Hacken längst abgetreten ist,
Benzin- und Lindengestank des Besarinplatzes verflogen
sind. Ich sehe über die Schulter zurück. Mein Weg zum Job,
eine stille Villenstraße im Stadtzentrum, liegt im strahlenden Licht eines frischgewaschenen Montagmorgens, kein
Mensch weit und breit. Kurzentschlossen drücke ich dem
Löwen meinen halbgegessenen Frühstücksapfel – Cox
Orange vom Bodensee – in die Fresse. Ein Stück bricht ab
und fällt auf den sauber gekehrten Gehweg. »Trottwar«
sagen sie hier. Der Löwe schweigt. Er könnte doch fau-
chen, das dauergewellte Haupt schütteln, schwäbische
Grobheiten brüllen: »Lausige Krot, kreuzliedrige, alte Sau-
butzel, Drecksuckel, elende!« Diese Liste einheimischer
Verbalinjurien hat mir Marcel, mein neuer Kollege, schon
am zweiten Tag gemailt. »Damit du entsprechend rausge-
ben kannst, falls die Ureinwohner dir dumm kommen.«
Marcel ist ein Wirtschaftsflüchtling wie ich, allerdings
nicht aus der krisengeschüttelten Hauptstadt, sondern aus
dem Saarland. Sein Heimweh ist längst verflogen. Er ißt
mit Begeisterung saure Kutteln und Gaisburger Marsch,
sagt bei jeder Gelegenheit »Grüß Gott«, »Ade«, sogar
»Tschaule« und verkündet ständig, daß die Schwabenme-

tropole bundesweit die höchste Lebensqualität aufzuwei-
sen habe.

Seit ich hier bin, hat es nur nachts geregnet. Jeder Tag
bietet eine optimistische blaue Kulisse für diese lange Reihe
unzerbombter Bürgerhäuser. Jahrhundertwende, satt und
schwerfällig. Sie strecken ihre Erker wie feiste Bäuche
vor, durchbrochen von Säulenbalkonen, bekrönt von Fach-
werktürmchen, geschmückt wie Pfingstochsen an den Fas-
saden. Da steht St. Urban kniehoch im Rebendschungel
und winkt mit Weintrauben, dort jagen fette Putten ein
Schwein durch Rosenranken, und weiter hinten webt eine
Spinne ihr steinernes Netz in einem Dachgiebel.

Ich kneife die Augen zusammen, die Sonnenbrille liegt
noch auf dem Küchentisch, zu Hause. Diese beiden Wörter
sind sogar in Gedanken ein Wagnis: Zu Hause. Zu Hause
hätte dieser eingebildete Löwe längst eine rotgesprayte Nase und geschwärzte Stirnlöckchen, und die schmerbäuchi-
gen Nixen, die sich auf der Fassade von Nr. 134 gelbe Sand-
steinwellen über die Schwänze gießen, rosa Brustwarzen
und »Dumm-fickt-gut«-Tattoos. Graffitti auf allen erreich-
baren Flächen: »Bush abfackeln!«, »Nazinasen brechen!«,
»Jana ist der Arsch der Revolution«. Das fand man auf den
in Wessi-Wohlfühl-Pastell gestrichenen Hauswänden ebenso wie auf den unrenovierten, die ihr Ofenheizungsgrau
und die Einschußlöcher vom Mai 45 so stolz tragen wie ein
bejahrter Knastvogel seine Kampfnarben. »Das, was du
kennst, das ist doch nicht Berlin!« hat Tobias gesagt. Selbstverständlich ist er vor der Wende hergezogen, nicht so wie
ich Weichei, das von Anfang an vom Zoo bis Bahnhof
Friedrichstraße durchfahren konnte, ohne je mit Geister-
bahnhöfen, Zwangsumtausch und Ketwurst in Berührung
gekommen zu sein. Aber die Straßenbahnen quietschten
noch durch Friedrichshain und Prenzlauer Berg, die Schrip-
pen waren pappig wie feuchte Kartonagen, und auf dem
Alexanderplatz lauschte ich dem »dit«, »ikke« und »janz

jenau« so verzückt wie ein junger Anthropologe seiner ersten Eingeborenenvokabel. Jetzt stehe ich auf einer südlichen Straße, kicke den Apfelrest in den Rinnstein und gehe schnell auf das glänzende Messingschild am Haus Nr. 148 zu: »Brainstormers – Media Solutions«.

Im Treppenhaus herrschen mindestens 25 Grad; die Agentur hat vier Stockwerke gemietet, alle Eingangstüren bleiben angelehnt, und 30 Computer, zehn Espressomaschinen und zahllose verschnörkelte Gründerzeitheizkörper strahlen ihre Energie nach draußen ab. Auf der zwölften Stufe treffe ich Fadile, unsere Marketing-Lady. Sie trägt heute einen Rock aus babyblauer Wildseide, farblich passende Stöckel-Schuhe und in den Ohren rosa Glasfische. Ihre Sonnenbrille ist bombastisch. Jetzt hebt sich eine zum Strich gerupfte Augenbraue über den schweren Hornrahmen. »Was hast du mit Marcel gemacht? Er hat ja obermiese Laune. Das ändert aber nichts daran, daß der Pizza-Flyer heute nachmittag präsentiert werden muß.«

Ich drücke meine in geringelte Baumwolle verpackten Cup-D-Brüste in einem darwinistischen Impuls nach vorne, wie immer, wenn ich mit diesem Hungerhaken zusammentreffe. »Wir waren in der Oper. Nozze.« Sie zieht warme Treppenhausluft durch die winzigen Nüstern ein und klappert die Treppe hinunter. Mit »Nozze« kannst du jeden wegpusten. Man sagt nicht »Die Hochzeit des Figaro«, auch nicht »La Nozze di Figaro«. Ein hingeschleudertes »Nozze«, und der Soap-Gucker zieht den Schwanz ein, auch wenn er, wie Fadile, gar keinen hat.

Die Oper ist schön mit ihrer oxidierten Kupferkuppel, den alten Kastanienbäumen und dem schwanenbewehrten Teich. Marcel hat mich in der ersten Arbeitswoche hingeführt. Es gab einen Ballettabend, Wiener Lieder vom Band und melancholische Verbiegungen. Ich habe im Foyer hinter einer Säule geheult, während Marcel in der Getränkeschlange stand. Er hat mir auch die Staatsgalerie gezeigt, mich durch die Drehtür über den giftgrünen Noppenboden geschoben, die Rampe hoch, vorbei an der Großen Stehenden und Beuys' goldenem Hasen, der ungerührt in seiner Vitrine glitzerte. In einem abgedunkelten Raum steht Schlemmers Triadisches Ballett. Marcel fuchtelte begeistert mit den Armen. »In Ossi-Town mußt du stundenlang mit der versifften U-Bahn fahren, um so was zu sehen. Hier kannst du zu Fuß hin.« Jetzt komme ich öfter, immer alleine, nach dem Lunch-Döner, mit Zwiebelstückchen zwischen den hinteren Molaren und nur für zehn Minuten. Außer dem Wachdienst ist niemand hier; ich stelle mich direkt vor die Figurinen und warte, die Schwärze des Raumes im Rücken. Das ist der Türke mit Turban und geringeltem Bauch, wie ein Michelinmännchen aus farbiger Knetmasse. Das ist die Dame, tanzende Silberdrahtwolken um Kopf und Hüften. Das ist der Abstrakte, den kubistischen Kopf rot-weiß abgeteilt, in der Linken einen goldglänzenden Prügel. Die Dunkelheit schluckt jedes Geräusch und alle Sonnenstrahlen, die Türkenbauch und Rotkopf gefährlich bleichen wollen. Früher haben die Tänzer im Tageslicht gestanden, das durch die gläsernen Decken bricht. Mir ist es so lieber. Die künstliche Beleuchtung produziert Schatten und Bewegungen, es dreht sich die Drahtdame, wippt der Türkenhut. Sie setzen die Füße in abgezirkelten Schrittfolgen, nicken mit den Köpfen, posieren eckig und langsam. Ich sehe ihnen zu. Wenn ich Glück habe, wird mein Kopf so leer wie der Morgenhimmel über den Protzpalästen und genauso still. Das Berliner Gequassel hört auf, es gibt keinen Tobias mehr, der mir die Hand unters Kinn legt und sagt: »Ich weiß auch nicht, warum ich mich so für dich begeistere«, keine Linie 23, die mit zerschlitzten Sitzpolstern dem Ziel »Warschauer Straße« entgegenkeucht, und keine rolligen Katzen, die im Hinterhof singen. Berlin-Friedrichshain versinkt unter den lautlosen Schritten der stummen Tänzer wie Venedig im aqua alta, und ich kann kurz die Augen schließen.

Ich hole mir einen O-Saft aus der Küche. Marcel sitzt in seiner Fensterecke, dunkelblaue Burlington-Rauten spannen sich über die schmale Brust. Er schaut nicht hoch. Ich lese meine Mails und finde ein »Betr.: Nozze. Tieftraurig. *Le spectre de la rose* ist bereits gebunden, bezeichnete alles als ›netten Ausrutscher‹ und flog im Morgengrauen davon. Immer dasselbe. Bin nicht in Pizza-Stimmung.« Ich hacke ein paar Trostformeln herunter, dann werfe ich Foto-Shop an, färbe Hintergründe tomatenrot und pistaziengrün, verschiebe Oliven und Salamischeiben und lasse Mozzarella cremig von knusprig gebräunten Teigrändern tropfen.

Le spectre de la rose war eine Paraderolle von Nijinski, dem Tänzer, der die höchsten Sprünge vollführte, die ein Mensch je getanzt hat. Starb in einem Schweizer Irrenhaus als debiler Tattergreis, zittrige Schritte auf dem letzten Film, ein alter Mann, der in der Geräuschlosigkeit eines Schwarz-Weiß-Streifens herumtapert und lächelnd auf seine Füße blickt. »Nach seinem Tod hat man festgestellt, daß seine Sprunggelenke gebaut waren wie bei einem Vogel.« Der Junge sah zu Marcel auf, die volle Oberlippe wie eine weiche rosa Molluske am Rand des Sektglases festgesaugt, das wir ihm in der Pause spendiert hatten. Gerade achtzehn geworden, steht kurz vor dem Abitur und der Abschlußklasse an der hiesigen Ballettakademie. Sein schmaler Hals wuchs hoch zwischen kitzlig langen Kragenecken mit orangefarbenen Streifen, der Rücken war kerzengerade, die Beine muskulös. »Ziemlich niedlich«, bestätigte ich Marcel, als wir in die Loge zurückkehrten. Ich nahm seine Hand, lehnte mich an seine warme Schulter, roch sein After shave, zimtbitter. Der junge Tänzer saß uns genau gegenüber, sicher auf Dienstkarte, und während das Licht langsam dämmrig wurde und Susanna mit dem geilen Grafen im Schlepptau auf die Bühne trat, verdrehte er die Augen. Fadile und Jenny tun das auch häufig, sie kichern dabei: »Typische Schwulenmutti, vielleicht klappt's ja mal, wenn Marcel einen sitzen hat.« »Glaub ich nicht, bei den Titten, die merkt er auch im Koma.«

Der Sopran der Gräfin Almaviva schwang sich todtraurig bis unter die goldenen Stuckgirlanden und schluchzte sich aus. Susanna fiel tröstend ein, gemeinsam webten sie ihre Intrige. Ich kuschelte mich an Marcel, und Zimtbitter legte sich über mich. Es hängt auch zwischen den knittrigen Laken meines Berliner Schlafzimmers. Nachmittagssonne rollt sich als helle und unempfindliche Auslegeware über die staubigen Dielen, Tobias langes Haar fällt über seine Schultern, den verblaßten Anarcho-Stern und den schief grinsenden Mao, kitzelt meine Brüste. Ich ziehe ihn an mich, er stöhnt, haut dann die Faust ins Kopfkissen. »Ich geh nicht weg aus Berlin, nur wegen der Kohle. Schon gar nicht da runter, zu den Spätzlespießern.« Das Finale brauste dem Ende entgegen, alle sind glücklich. Das Licht ging an. Der Junge winkte Marcel zu.

Marcel wohnt in der Bopserwaldstraße. Man muß 105 Stufen hochsteigen, um vor seiner Haustür zu hecheln. »Staffele« sagen sie hier. Der Junge sah sich um, bewunderte stumm die Retrolampen, den knallroten Loveseat aus butterweichem Leder, die stahlgerahmten Warhol-Drucke. Lächelte und drehte eine Pirouette. Natürlich ahnte er nicht, daß Marcel ein fettes Minus auf dem Konto hat, genau wie ich. Wir hauen alles raus. Marcel, weil er jetzt lebt, wie er immer sagt, und ich, damit ich nichts übrig habe für eine Fahrkarte nach Berlin-Ostbahnhof.

Ich sah den beiden zu, während der Soundtrack zu Greenaways »Drowning by numbers« aus den Boxen flutete. Der junge Tänzer rauchte, begleitete diese sichtlich ungewohnte Handlung mit schwungvollen Gesten, wahrscheinlich aus der Gauloises-Werbung. *Liberté toujours.* Er sah Marcel in die Augen, ließ den Rauch ausströmen. Irgendwann hatte er nur noch seinen Strohhut auf, ein nostalgisches Exemplar mit gestreiftem Seidenband. Sah erst stolz auf seinen eleganten gebogenen Schwanz herab, dann in einen Art-Déco-Spiegel, fing meinen Blick auf und sagte: »Ich find mich halt hübsch.« Ich schaute zu Marcel, der aus seiner Cordhose stieg und langsam beide Arme um die Hüften des Jungen schlang, stark behaart, sie lagen wie eine Pelzschärpe auf der weißen Haut. Über die schmale Schulter hinweg grinsten wir uns an. Grinsten wie zwei alte verfilzte Kater, zwischen deren Tatzen das Mäuschen seinen letzten Sprung macht. Wir sind über dreißig, fahren geleaste Sportwagen und werden morgen zusammen den Pizza-Flyer fertig machen. Das junge arrogante Gesicht verschwand aus meinem Blickfeld, es gab nur noch Marcel, der den Kopf zurücklegte, die Augen genießerisch geschlossen. Ich dachte an Tobias und schob ihn vor Marcel, mich vor den anderen, lehnte mich in das rote Leder zurück. Später war die CD abgespielt, man hörte das müde Rauschen der Anlage im Standby und unseren Atem. Ich nahm meinen Mantel und schlich nach draußen.

Quattro stagioni, Funghi e Parma, Gorgonzola e Ruccola strahlen vom Beamer. Marcel bietet unser Werk schwungvoll und überzeugend dar, er hat wohl auf Autopilot geschaltet. Ich klicke auf Handzeichen die Graphiken an und lasse Schriftzüge aufleuchten. Fadile nickt, die rosa Glasfische schaukeln im Takt.

Nach der Präsentation stelle ich mich mit meinem blöden kanariengelben Handy auf den Balkon der Teeküche. Wähle 030 und den bekannten Rest. Es dauert lange, bis Tobias sich meldet. »Wann kommst du?« Er atmet aus, ich höre sein Feuerzeug schnippen, sehe die blaue Untertasse voller Kippen, Marlboro, pedantisch abgeraucht und ausgestippt. Bestimmt knallt die Nachmittagssonne in die Küche, beleuchtet die Tomatensoßenflecke vor dem Herd, den riesigen Busch Basilikum auf dem zerschrammten Holztisch. Seine hellen Blütendolden schwanken über dem Grün, eine verirrte Hummel strampelt darin, reibt Duft aus den breiten Blättern. Tobias Feuerzeug ist aus Plastik, darauf steht »Prater. Berliner Speiselokal mit Gartenwirtschaft seit 1878«. Die Kastanienallee, weißlicher Staub auf den lackierten Zehennägeln, Engelstrompeten wuchern über die bröckelnden Balkone, die Regenbogenfahne zittert im Wind, ein Typ spielt Saxophon. Tobias bestellt Reibekuchen. Unsere Hände sind schweißig, trotzdem lassen wir uns nicht los. Ich wiederhole meine Frage. Tobias seufzt. »Morgen geht ein ICE, 17:10 Uhr ab Ostbahnhof.« Ich weiß, daß er jetzt aufsteht, den Hörer an der stoppeligen Backe, zum Fenster geht und in den Hof schaut, über das Farbspektrum der Bio-, Glas- und Papiertonnen hinweg, die hellgelbe Wand des Hinterhauses entlang bis zu dem Dachfirst, wo als festgeleimter Scherenschnitt gegen den hellen Himmel eine Amsel sitzt. Sie singt sehr laut. Ich klemme das Handy zwischen Hals und rechtes Ohr, suche in der Hosentasche nach Zigaretten und Streichhölzern. Tobias atmet und raucht. Die Amsel singt in Berlin. Hier ist es still, alle sind zum Essen gegangen. Ich reiße ein Streichholz an, halte es an die Zigarette, mache einen, zwei Züge. Höre zu. Irgendwann legt Tobias auf.

Cees Nooteboom
Stockholm – Barcelona – Stockholm

Schnell, eigentlich übertrieben eilig ging der Neger auf die Vorhänge zu – doch genau im letzten Moment, bevor er sie aufziehen würde, hielt er den Arm an (ein ohnmächtiges Standbild) und lachte. Oder jedenfalls ... lachte ... das weiß man natürlich nicht genau – aber *falls* er lachte, dann über sich selbst, eine Entschuldigung für den Gedanken, der ihm gerade kam. Er drehte sich um und ging auf Zehenspitzen, wie um niemanden – aber da war doch auch niemand? – zu wecken. An der Tür löschte er das Licht und ging wieder zum Fenster, tastend und unsicher im Dunkel des Zimmers. Er schob die Vorhänge zurück.

Der Regen machte ein hinreißend glänzendes Grau aus den Abendhäusern. Mit dem Licht der Dämmerung, die nun Schritt für Schritt das Zimmer eroberte, drang ein schwerer Hauch von Meer und Herbst herein. Der Neger rief die Zeitansage an. Er konnte bereits genug Schwedisch, um »sieben Uhr achtundvierzig« verstehen zu können. Er legte den Hörer nicht auf den Apparat, sondern drückte mit dem linken Zeigefinger auf die Gabel und lauschte einen Augenblick dem Summton. Dann las er eine Nummer von einem Stück Papier ab, das er die ganze Zeit in der Hand gehalten hatte. Fast im selben Moment wurde der Hörer am anderen Ende der Leitung abgenommen. Eine dunkle, sehr sanfte Stimme (man würde sagen, von einem Jungen, aber das weiß man nicht genau, das nicht) sagte etwas, ein paar Worte. Der Neger lauschte zufrieden, antwortete nicht. Die Stimme sprach wieder, fragend, dann etwas lauter, fragend, heftiger. Danach wieder Stille. Der Neger nickte, und vorsichtig, sehr vorsichtig legte er den Hörer auf.

»Du gewinnst.«

»Du gewinnst«, sagte er höflich zur Nacht, die hinter dem Fenster die Dämmerung zu vertreiben begann. Er machte das Licht wieder an, schloß die Fenster und zog fröstelnd seine etwas zu weite knallblaue Jacke an. Die Trompete, die auf dem Nachttisch lag, verstaute er mit einer gewissen Ehrfurcht in dem schwarzen Köfferchen und verließ das Zimmer, ohne die Tür abzuschließen. Als er ins Freie trat, hielt der Regen sich zurück. Federnd, in einer langen, schwingenden Bewegung, lief er zum nächstgelegenen Taxistand. Der Fahrer warf einen Blick auf den Straßennamen auf dem Zettel, den er ihm hinhielt, und nickte. Stockholm war großzügig mit Licht und Farben von Licht im Glanze der Regenstrahlen – doch die Fahlheit nahm zu, je näher das Taxi den Außenbezirken kam. Das Licht wurde karger, die Häuser einsamer in ihrer langen, einförmigen Schlachtordnung.

»Diese Straße muß es sein«, sagte der Fahrer und drehte sich fragend um. Der Mann auf der Rückbank gab ihm ein Zeichen zu warten, den Motor abzustellen. Es hatte erneut zu regnen begonnen, und die beiden Männer lauschten dem freudlosen Geräusch der Tropfen auf dem Autodach, skandiert vom Ticken des Taxameters. Sie hörten beide das Zuschlagen der Tür. Der Mann auf der Rückbank bewegte sich kurz. Der Fahrer sah sich fragend zu ihm um und deutete auf den Zähler, doch der Neger blieb sitzen, ohne etwas zu sagen. Erst als das Mädchen um die Straßenecke verschwunden war, zahlte er und stieg aus. Der Fahrer sah, wie er sie einholte und dann neben ihr ging. Sie schienen nicht miteinander zu sprechen.

Er wird naß, dachte sie. Aber was kann ich machen. Vielleicht geht er ja immer ohne Regenmantel. Sein Gesicht verstehe ich nicht. Ich kenne es im übrigen nicht mal. Seit zwei Monaten sehe ich ihn jeden Abend spielen, aber ich verstehe sein Gesicht noch nicht, ich *kenne* es nicht. Es gibt auch keinen Grund, es verstehen zu wollen, abgesehen von der Spannung, mit der er mich manchmal ansieht, und abgesehen von dem jetzt, natürlich. Aber er hat noch nie etwas zu mir gesagt.

»Heute abend letzter Abend«, sagte er.

Sie sah ihn aufmerksam von der Seite an. »Woher kanntest du meine Adresse?«

»Morgen spielen wir nicht mehr hier.«

»Dieses Taxi, an der Straßenecke, hast du darin gewartet?«

»Dann gehen wir nach Barcelona, da ist es jetzt warm. Die Mandel blüht jetzt in Spanien. Ha!«

»Du bist es natürlich auch, der manchmal anruft und

dann nichts sagt, wenn ich abnehme.« Sie besann sich plötzlich. »Wenn das stimmt, dann finde ich das nicht gut. Es ist
nicht normal. Ich nenne das Belästigung.«

»Hast du schon mal die Mandel in Blüte gesehen? Das ist
weiß, ganz weiß, überall, so weiß wie ...« (Er suchte nach
einem Vergleich, kam aber nur auf Schnee)... »Wie Möwen«, versuchte sie vorsichtig.

»Ja, wie Möwen, wie ein Schwarm Möwen«, sagte er ent-
zückt. »So ist es. Wie die Flügel von ganz vielen Möwen.
Ich würde dir gern einen blühenden Mandelzweig schenken.«

Sie blieb stehen.

Er kam näher, berührte sie jedoch nicht.

»Ja«, sagte er, »wir würden auf den Ramblas in Barcelona spazierengehen oder in einem kleinen Dorf an der Costa
Brava – in Mataró oder Badalona.«

Sie gingen weiter. Ich würde lieber hinter ihr gehen,
dachte er, sehen, wie sich ihr langes Haar bewegt, wenn sie
geht.

»Warum kommst du jeden Abend«, fragte er. »Es ist da
nicht schön. Meistens müssen wir Musik spielen, die wir
nicht mögen. Es ist sehr verraucht. Manchmal sind viel zu
viele Leute da, und manchmal bist du fast die einzige. Du
hast wenig Geld, denn du sitzt unheimlich lange bei *einer*
Bestellung – und du bist immer allein.«

Sie erwiderte nichts.

Er sah sie an und schwang den Arm mit dem Köfferchen
hoch, als wollte er einen Angreifer abwehren. »Ah, shit«,
flüsterte er sehr scharf und zuckte mit den Achseln.

»Warum kommst du?« wiederholte er.

Du kannst es nicht sagen, dachte sie, es geht ihn nichts
an. Solange du die Dinge nur tust, sind sie einfach. Sobald
du darüber nachdenken müßtest, und gar noch *sprechen*,
zeigt sich plötzlich, daß es Unsinn ist. Etwas, das keine Kälte, keine Objektivität erträgt. Untreue, Mangel an Liebe,

nichts entkommt. Ein unsinniges Leben mit ein paar Ritua-
len, damit es wenigstens nach irgendwas aussieht. Zum Beispiel: abends dort hingehen.

Sie näherten sich dem Zentrum. In dem Nachtclub, in
dem seine Band spielte, war es voller als sonst. Sonst war
sie meist die erste oder zumindest eine der ersten, aber dies
war der letzte Abend, die Fans wußten es. Die Musik war
kühl und kümmerte sich kaum und sehr viel, drängend,
um die Leute. Die spielenden Männer glichen Priestern,
lediglich Medium beim Vollziehen der geweihten Handlung. Sie spielten und gingen auf der kleinen Bühne aufein-
ander zu und nebeneinander her und voneinander weg,
je nachdem ob sie ein Solo spielten oder übergaben –
in einer gespannten Gebundenheit, deren Notwendigkeit
auch das Publikum – weiße lauschende, starre Gesichter –
beherrschte.

Ob sie ihn ansah, wußte er nie. Ihre viel zu große Brille
fing das Licht, reflektierte es und verbarg so ihre Augen.

»Ich muß dich mal kurz sprechen«, sagte er zu dem Pia-
nisten, der die Gruppe leitete. Es war die letzte Pause vor
dem Schluß.

»Ich kann morgen nicht mit dem Wagen nach Barcelona
mitfahren. Ich komme später, mit dem Zug, oder wenn das
zu lange dauert, mit dem Flugzeug. Ich muß morgen noch
in Stockholm sein.«

Er begleitete sie bis zu ihrem Haus. Sie wollte nicht, daß
er ein Taxi für sie bestellte. Es war etwas windig, das war
alles. Es regnete nicht mehr, Leute waren kaum unterwegs –
und weil nichts würde gesagt werden können, wodurch
was auch immer (er, sie, die Nacht) *anders* werden könnte,
überließen sie die Welt dem Wind und ihren Schritten. Sie
nahm seine Einladung an, am nächsten Abend irgendwo
in der Stadt mit ihm zu essen.

Während sie (fast die ganze Zeit schweigend) auf den nächsten Gang warteten, gab er ihr den Umschlag. Sie wollte
ihn nicht öffnen.

»Was ist da drin?«

»Das kannst du sehen, wenn du ihn aufmachst.«

»Mir wäre es lieber, du sagst es mir erst.«

»Wenn ich es sage, gibst du mir den Umschlag vielleicht
wieder geschlossen zurück.«

»Ist es Geld?«

»Nein.«

»Ich habe vor so etwas Angst. Ich mag das nicht.«

»Mach ihn auf. Auch wenn du es jetzt annimmst, verpflichtet es dich zu nichts. Hör mir gut zu. Ich gehe fort, der
Rest ist deine Angelegenheit. Aber nichts verpflichtet dich
zu irgend etwas.« Sie schnitt den Umschlag mit ihrem Messer auf. Es war eine Fahrkarte 2. Klasse Stockholm – Barcelona. Bevor sie etwas sagen konnte, legte er seine große
Hand auf ihre Hände, auf die Karte, und sagte:

»Sag nichts. Ich hab dir gesagt, es verpflichtet dich zu
nichts. Die Fahrkarte ist vierzehn Tage gültig. Ich weiß
nichts von dir. Vielleicht willst du nicht. Vielleicht findest
du mich lächerlich. Vielleicht verkaufst du die Fahrkarte.
Vielleicht gehörst du schon zu jemand. Weiß ich nicht.
Aber dies ist die sichere, die schmerzlose Methode.« Sie
sprachen nicht mehr darüber. Er fühlte sich befreit. Selbst
wenn sie nicht käme, würde er es nur merken, nicht hören,
nicht sehen. Am selben Abend noch ging sein Flugzeug, ungefähr eine Stunde, nachdem sie gegessen hatten. Sie verab-
schiedeten sich vor der Tür des Restaurants.

Ich denke, es war ungefähr sechzehn Tage später, als der
Neger aus einem gelben alten Taxi vor dem Estación de
Francia in Barcelona stieg. Wenn sie den letzten Zug aus
Stockholm genommen hatte, den sie mit ihrer Fahrkarte
nehmen konnte, bevor sie ihre Gültigkeit verlor, war *dies*
die Stunde, in der sie ankommen würde.

Er kaufte eine Bahnsteigkarte und trank in der Bahnhofsbar einen Anis. Dann ging er zum Ende des Bahnsteigs, auf dem der Expreß aus Paris ankommt. Der Bahnhof von Barcelona ist so gebaut, daß eine Reihe langer, schmaler Bahnsteige im rechten Winkel zu einem großen liegen. An einer Ecke dieses großen Bahnsteigs stand er, an einen Gepäckwagen gelehnt, einfach so, ein amerikanischer Neger in einem beigen Anzug aus leichtem Stoff, der die Leute ansah, die ausstiegen. Nachdem klar war, daß die letzten Reisenden den Zug verlassen hatten, schlenderte er hinter ihnen her, ins Freie, und nahm ein Taxi zu seinem Hotel. Einige dieser Reisenden, blonde, gutgekleidete Menschen, hätten ihm möglicherweise erzählen können, daß sie zu Beginn ihrer Reise, vor zwei, drei Tagen in Stockholm, ein Mädchen mit einer großen Brille gesehen hatten, das sich offenbar erst in diesen Tagen das Haar sehr kurz hatte schneiden lassen, so kurz wie ein Junge. Zwei Koffer hatte sie dabeigehabt, aber als ihr jemand beim Einsteigen hatte helfen wollen, hatte sie gesagt: »Danke. Ich warte noch einen Moment.«

Worauf? Diejenigen, die Zeit gehabt hatten, auf sie zu achten, hatten gesehen, daß sie stehengeblieben war, als der Zug langsam aus dem großen Bahnhof fuhr. Nur die Leute im Bahnhof hatten gesehen, wie sie danach mühsam ihre beiden Koffer wieder ins Freie schleppte.

Sie wird ungefähr um die Zeit zu Hause gewesen sein, als sich der Expreß Norrköping näherte.

Peter Bichsel
San Salvador

Er hatte sich eine Füllfeder gekauft.

Nachdem er mehrmals seine Unterschrift, dann seine In-
itialen, seine Adresse, einige Wellenlinien, dann die Adresse
seiner Eltern auf ein Blatt gezeichnet hatte, nahm er einen
neuen Bogen, faltete ihn sorgfältig und schrieb: »Mir ist
es hier zu kalt«, dann, »ich gehe nach Südamerika«, dann
hielt er inne, schraubte die Kappe auf die Feder, betrachtete den Bogen und sah, wie die Tinte eintrocknete und
dunkel wurde [in der Papeterie garantierte man, daß sie
schwarz werde], dann nahm er seine Feder erneut zur
Hand und setzte noch seinen Namen Paul darunter.

Dann saß er da.

Später räumte er die Zeitungen vom Tisch, überflog dabei
die Kinoinserate, dachte an irgend etwas, schob den
Aschenbecher beiseite, zerriß den Zettel mit den Wellenlinien, entleerte seine Feder und füllte sie wieder. Für die Ki-
novorstellung war es jetzt zu spät.

Die Probe des Kirchenchores dauert bis neun Uhr, um
halb zehn würde Hildegard zurück sein. Er wartete auf Hildegard. Zu all dem Musik aus dem Radio. Jetzt drehte er
das Radio ab.

Auf dem Tisch, mitten auf dem Tisch, lag nun der gefaltete Bogen, darauf stand in blauschwarzer Schrift sein
Name Paul.

»Mir ist es hier zu kalt«, stand auch darauf.

Nun würde also Hildegard heimkommen, um halb zehn.
Es war jetzt neun Uhr. Sie läse seine Mitteilung, erschräke
dabei, glaubte wohl das mit Südamerika nicht, würde dennoch die Hemden im Kasten zählen, etwas müßte ja geschehen sein. Sie würde in den »Löwen« telefonieren.

Der »Löwen« ist mittwochs geschlossen.

Sie würde lächeln und verzweifeln und sich damit abfinden, vielleicht.

Sie würde sich mehrmals die Haare aus dem Gesicht streichen, mit dem Ringfinger der linken Hand beidseitig der Schläfe entlangfahren, dann langsam den Mantel aufknöpfen.

Dann saß er da, überlegte, wem er einen Brief schreiben könnte, las die Gebrauchsanweisung für den Füller noch einmal – leicht nach rechts drehen –, las auch den französischen Text, verglich den englischen mit dem deutschen, sah wieder seinen Zettel, dachte an Palmen, dachte an Hildegard.

Saß da.

Und um halb zehn kam Hildegard und fragte: »Schlafen die Kinder?«

Sie strich sich die Haare aus dem Gesicht.

Treulos

Jürg Federspiel
Eine Geschichte über Rache

»Ich kann nicht schlafen«, sagte sie, zum dritten Mal, und diesmal laut in die Finsternis des Hotelzimmers.

Der junge Mann, der neben ihr auf dem Bett lag, grummelte schläfrig und wurde wach. »Was meinst du?«

»Ich kann nicht schlafen.«

Seine Hand tastete nach der Nachttischlampe. »Laß das«, bemerkte sie unwirsch, »soll ich bei Licht vielleicht müder werden? Ich sag' nur, ich kann nicht schlafen, ja?«

Er riß unsanft an ihrem Kopfkissen, und sie versetzte ihm einen ebenso unsanften Rippenstoß mit dem Ellbogen.

»Was soll das?«

Er tastete mit der Hand wieder nach der Lampe.

»Untersteh dich, kein Licht.«

»Zum Kotzen«, sagte er, seine Stimme klang beleidigt.

»Müssen wir schon in der ersten Nacht, in der wir wirklich allein und unbehelligt sind, streiten?«

»Du redest, als könnte dein Mann jeden Augenblick hereinstürmen und mich umbringen. Oder dich.«

»Vielleicht.«

Draußen begann der Wind die Äste aufzurichten und wieder fallen zu lassen. Die Zweige der Äste rieben sich an den Mauern.

»Untersteh dich, gleich wieder einzuschlafen. Haben wir nicht mit viel Mühe ausgerechnet, daß du 22 Jahre jünger bist?« sagte die Frau und lachte. »Wozu sind wir extra auf diese blöde Insel geflogen? Um allein zu sein, oder? Wie heißt sie schon wieder, die Insel?«

»Gozo«, antwortete er. »Gozo.«

»Gozo, richtig! Maltas hübsche Schwesterinsel, die in der Zeit stehengeblieben zu sein scheint. Neun Meilen lang oder so, hab' ich vor zwei Stunden in einem alten Reiseführer gelesen.«

»Warum liest du Reiseführer?«

»Macht vielleicht der Generationsunterschied.«

Sie gähnte künstlich.

»Stell dir vor, *ich* hätte gegähnt, jetzt in diesem Augenblick«, sagte er.

»Ein Mann gähnt nicht, wenn er mit einer Frau im Bett liegt, und schon gar nicht ein junger Mann«, antwortete sie.

»Ich liebe dich«, sagte er, »ich liebe dich wirklich, ich liebte dich vom ersten Augenblick an, als ich dich in der Galerie erblickte.«

Sie küßte ihn mit gespitzten Lippen.

»So«, sagte sie schließlich sachlich, löste ihre Lippen von seinen Lippen und breitete ihren Körper aus, »und jetzt überzeuge mich vom Generationskonflikt.«

Eine der Kirchen Gozos im Städtchen Sannat hat zwei Türme und jeder Turm eine Uhr. Die Zeiger der einen Uhr geben die für Gozo geltende richtige Zeit an, die der anderen eine imaginäre, falsche. Die verschiedenen Zeitangaben sollen den Teufel verwirren. Er ist gekommen, um eine arme Seele abzuholen, doch die verschiedenen Zeiten der Kirchturmuhren bringen ihn durcheinander. Und zeternd zieht er wieder ab, hinunter in das Höllenreich, den Gestank von Fußschweiß hinterlassend, und die armen Leute, von denen es früher eher mehr als weniger gab, nahmen den Geruch dieses Fußschweißes immer als Beweis dafür, daß der Teufel sie hatte holen wollen.

»War's überzeugend?« fragte er und knipste das Licht an.

Sie hatte sich aufgesetzt, und er küßte ihren Nacken und ihre linke Schulter. Sie entwand sich und trippelte auf nackten Zehenspitzen zum Badezimmer, fast kleinmädchenhaft, trotz des stolzen Hinterns. Er hörte, wie sie die Zähne schrubbte und gurgelte. Dann kehrte sie zurück. Sie hatte dunkle Haare, die zu den wenigen weißen Haaren eine Art Quantitätskontrast bildeten.

»Was soll das heißen: Quantitätskontrast, Herr Künstler?«

»Das ist ein Begriff bei Kandinsky. In deinem Fall bedeutet es, daß die wenigen weißen Haare so stark sind wie die übrige schwarze Haarpracht. Die hellen Augen sind auch ein Quantitätskontrast zu den Haaren – ich hab' die Theorie ein bißchen frisiert.«

Sie beugte sich über ihn, küßte seine Gurgel und ließ ihn ihre Zähne fühlen.

Er lachte etwas beängstigt und rieb mit den Daumen die Haut auf ihren Brustrippen.

»Das mag ich«, seufzte sie. »Ein Künstler eben.«

»Ich bin kein Künstler«, sagte er ernsthaft, »ich bin Graphiker. Ich kann das Wort Kunst nicht mehr hören, schon gar nicht ›Künstler‹.«

»Oh, entschuldige bitte, und bitte erklär mir den Unterschied, ja?« Er schien zu überlegen, mußte sich zu einer Antwort entschließen, da nun sie ihn zu streicheln begann.

»In zwanzig Jahren gibt es nur noch Graphik und religiöse Kunst. Die sogenannte Kunst wird weggefegt, einfach weggefegt. Jawohl.«

»Mein Gott, religiöse Kunst! Und das im Zeitalter der Pornographie.« Sie lachte herzlos und schallend. »Sieht das dann so aus: Jesus nimmt Maria von hinten?«

»Blöd. Saublöd«, bemerkte er und griff nach der Zigarettenpackung auf dem Nachttischchen.

»Was erwartest du eigentlich von einer Modeeinkäuferin, die sich in eine Vernissage verirrt und in einen, ja, trotzdem: *Künstler* verliebt? Und dem Künstler mit den breiten Schultern und den etwas kurzen Beinen ging es angeblich ebenso.«

Er schwieg eine Weile und sagte dann:

»Dein Mann ist Chemiker.«

»Mmh.«

»Ist er älter als du?«

»Zwei Jahre.«

»Ist er gut im Bett?«

»Frag seine Freundin, die ist übrigens auch Graphikerin, vielleicht würdet ihr euch glänzend verstehen.«

»Wo hast du ihn kennengelernt?«

»In Stuttgart. Da bin ich geboren, aufgewachsen, habe die Nachkriegszeit als Kind erfahren müssen, und in meiner Erinnerung höre ich sogar noch das Krachen der Bomben. Sonst noch Fragen?«

Sie rollte sich zur Seite und schwieg. In ihrem schweren Atmen entlud sich Ärger. Sie zerrte das Leintuch bis zum Hals und versuchte, ihren Körper in einen embryonalen Zustand zu bringen, indem sie ihre Knie hochzog.

Er begann sie zu streicheln, ließ sich nicht abhalten von ihren abweisenden Zuckungen und drehte sie schließlich auf den Rücken. »Es regnet«, stöhnte der junge Mann in der Umklammerung ihrer Schenkel.

»Was soll das wieder?« fragte sie unwillig und löste sich von ihm. »Ein Wetterbericht?«

»Es regnet«, beharrte er, »es regnet auf meinen Rücken. Fühl mal, mein Rücken ist naß.«

»Tatsächlich!« Sie schreckte auf, und er erhob sich. »Wo kommt der Regen her?«

»Von oben, wie gewöhnlich.«

Beide starrten ungläubig zur Decke des Zimmers. Man sah keine Tropfen, fühlte sie bloß auf die Haut fallen.

Es *war* Regen.

Im Fenster sah man Blitzschläge, deren nachfolgende Donnerexplosionen an nahes Artilleriefeuer gemahnten. Nun begann es. Fensterläden und Türen im Hotel knallten zu, wurden wieder aufgerissen und von neuem zugeknallt.

»Gewitter sind kurzlebig«, sagte sie, »aber vielleicht sollten wir trotzdem aufstehen und uns anziehen.«

Claude de Sangle, Ritter des Johanniterordens, der Malta, Comino und Gozo, die zwei Schwesterinseln, von 1553 bis 1557 regierte, »voll Uneigennützigkeit und Biedersinn«, mußte 1556 einen Sturm erleben, »der in der Geschichte der Naturereignisse beinahe einzig dasteht«, berichtete 1833 ein später Chronist namens Karl Falkenstein. »Am 23. September jenes Jahres 1556 erhob sich ein so furchtbarer Sturmwind, verbunden mit wolkenbruchartigem Platzregen, daß viele Schiffe im Hafen zertrümmert, vier Galeeren mit vielen Soldaten und Offizieren in den Grund gebohrt und die meisten Häuser zertrümmert wurden.« Jener Claude de Sangle, Ritter des Johanniterordens, war ein mutiger Mann. Er schwamm hinaus und entfernte Seitenbretter einer umgestürzten Galeere, aus deren Innern klägliches Geschrei zu vernehmen war, und »so gelang es ihm, dem Ritter von Esküre, bekannter unter dem Namen Romegas, welcher die ganze Nacht bis ans Kinn im Wasser zugebracht und nur mit der größten Anstrengung, den Kopf im Kielwerk haltend, sein Leben gefristet hatte, dieses zu retten.« Die Galeerensklaven erwähnt der Chronist mit keinem Wort. Sie waren alle ertrunken. Der gerettete Ritter von Esküre – berichtet der Chronist weiter – habe eigentlich niemals Mitgefühl gehabt; er prahlte damit, die islamischen Gefangenen jeweils gezwungen zu haben, seinen Namen auszusprechen, bevor er sie eigenhändig köpfte und dazu gar lustvoll rülpste ...

Hat je ein Historiker eine Geschichte der Rache geschrieben? Nein? Die Weltgeschichte ist eine Geschichte der Rache.

In der Bar unten saßen und standen anderthalb Dutzend Menschen, meist Deutsche und Schweizer, darunter ein paar Engländer, ältere, die der ehemaligen Kolonie nostalgische Besuche abstatteten.

Fast alle hatten verstrubbeltes, nasses Haar, trugen ihre herbstlichen Kleider, durchnäßte Pullover oder bloß Morgenmäntel und einen Schal um den Hals, die nackten Füße in den Schuhen oder auch bloß in Socken. Die meisten Gesichter waren verschlafen und doch nicht ohne Lust, vielleicht fröhlich wegen des unerwarteten Abenteuers.

Die maltesischen Kellner wieselten mit Servierbrettern voller Drinks zwischen den Leuten herum, erhielten unerwartete Trinkgelder, die man ihnen in die Ärmel schob oder zwischen Hose und Gürtel steckte, und bei jedem neuen Blitzschlag brach Beifallsgelächter aus. »*It's like the bloody war fourty years ago!*« rief ein Gentleman einem andern zu, man hob das Glas, toastete und scherzte.

»Komm«, sagte sie, »wir setzen uns an das Tischchen bei der Bar.« Es war das einzige leere Tischchen, Aschenbecher qualmten vor sich hin, offenbar hatten sich auch seit Jahren entwöhnte Raucher wieder in den Pfuhl des Tabakgenusses begeben und inhalierten, als gälte es das Leben. Sogar ihre Frauen schienen sich über die wiedererwachte Normalität der Ehegatten zu freuen. Erotik war nicht zu verkennen. Sie war einfach da.

Plötzlich da. »In einer Viertelstunde beginnen sie sich auszuziehen«, sagte die Frau zu dem jungen Geliebten. Sie hatte ebenfalls eine Zigarette in den Mund gesteckt und ließ sich Feuer geben. »Wodka? Gin? Whiskey? Coffee?« fragte ein Kellner. Sie entschieden sich beide für Wodka mit Tonic.

»Du siehst entzückend aus«, sagte der junge Mann und drehte mit den Händen ihr Gesicht zu sich hin.

Sie sah ihn lange an und lächelte.

Der Regen trommelte rhythmisch, brach kurze Zeit ab, der Wind jaulte.

Die Gesellschaft schwieg für einen Augenblick: man hörte und sah durch die Fenster, wie einer der Bäume in den Wurzeln zu brechen begann, quietschend, leidend, die Blätter flogen von den Ästen und klebten an den Scheiben. Der Baum fiel nach weniger als zwei Minuten und schlug dumpf auf Metall. Es waren die Autos. Eine Diebstahl-Sirene heulte auf und brach ab.

Für einige der Männer schien dies die höchste Alarmstufe zu sein. Sie ließen ihre Gläser fallen und drängten zum Ausgang, Angst und Erregung im Gesicht. Einer begann zu schluchzen. Es klang wie Wasser, das durch verrostete Rohre dringt.

Sie ließ die Asche von der Zigarette fallen und begann zu lachen, zu husten und zu lachen.

Zwei Männer in Uniform hielten die Hinausdrängenden zurück. »*It's too dangerous*«, riefen sie, »*it's too dangerous! Don't push, don't push!*«

Der Hoteldirektor zwängte sich durch die Ringerei zwischen Autobesitzern und Uniformierten hindurch, erhielt dabei den Schlag eines Ellbogens an die Schläfe und taumelte zu ihrem Tischchen. »*Mrs. Schröder, you are Mrs. Schröder, aren't you –? Well –*« Er suchte nach Worten. Ihre Schwester habe angerufen, »*your sister, I think*«, und sie möge sofort diese Schwester anrufen, Stuttgart, Germany.

Sie drückte die Zigarette aus und erhob sich sofort.

»Wahrscheinlich ist mein Vater gestorben«, sagte sie, »*Where is the phone?*« Ihre Stimme klang nicht verängstigt.

»*You have to wait*«, versetzte der lädierte Hoteldirektor verlegen und suchte nach Worten. Die Telephonleitung sei seit einer halben Stunde unterbrochen, bedauerlicherweise, der Sturm eben, der Regen.

Er massierte nun mit den Daumen beide Schläfen, als hätte ihn ein Migräneanfall getroffen.

Der junge Mann lachte. »Warum hat er sich überhaupt durch den Eingang gekämpft?«

»Ach, sei still. Ist doch nett von ihm.«

»Ihre Betten sind bereits frisch überzogen. Sie können also jederzeit Ihr Zimmer beziehen«, sagte der Hotelbesitzer.

»Könnten wir noch einen Drink haben?« fragte sie.

Der Hoteldirektor wandte sich um. Die Autobesitzer hatten sich erfolgreich durchgesetzt und waren draußen verschwunden. Einer der Uniformierten blutete aus der Nase. »Ich werde Ihnen selbst welche besorgen«, sagte er, »was darf es sein? Mrs. Schröder? Und Ihr Begleiter?«

»Wodka mit Tonic.«

»Zweimal doppelter Wodka mit Tonic«, wiederholte er. »Mit Eis?«

»Mit Eis.«

Der Kellner brachte alsbald die Getränke und bemerkte, man habe bereits einen Schlaftrunk in ihr Zimmer gebracht.

Schließlich gingen sie nach oben. Eine Flasche Wodka mit Tonic und Eis stand auf dem Tisch. Eine höfliche Geste des Hotels.

Sie füllte ein Glas fast bis zum Rand und goß gedankenverloren ein paar Tropfen Tonic dazu.

»Symbolisch«, sagte der junge Mann. »Ist etwas passiert?«

»Vermutlich, nein, sicher sogar, ist mein Vater gestorben –« Sie setzte sich auf den Bettrand. »Das tut mir leid.«

»Würde es dir schrecklich viel ausmachen, dich noch eine Stunde unten in die Bar zu setzen? Männergespräche, vielleicht eine einsame Dame anmachen, nicht zu alt, versteht sich –«

Er ging wortlos hinaus.

Sie versuchte zu telephonieren, doch die Leitung war

noch immer unterbrochen. Vor acht Uhr morgens sei wohl nichts zu machen, der Sturm habe die ganze Insel verheert, mehrere Tote auch, teilte man mit.

Sie stellte das Glas mit dem Wodka auf ihr Nachttischchen und griff nach den Zigaretten. Ihr Vater war als sehr reicher Mann gestorben. Sie stand wieder auf, suchte in ihrer Tasche nach der Packung Valium, knipste eines aus der Folie und brachte es mit einem Schluck Wodka hinunter.

Es war zwei Jahre nach Kriegsende. Sie war vier Jahre alt. Die meisten Häuser an ihrer Straße waren zerstört. Ihr Vater war in Rußland verschollen, gefallen, sagte man. Über ihrem Kinderbett hing ein großes Photo von ihm, in Uniform, eine Leutnantsuniform. Vor dem Schlafen betete sie kurz vor dem Bild und küßte es.

Ihre Mama war dreiundzwanzig Jahre alt, sehr hübsch und sehr blond, und sie verkörperte das, was die amerikanischen Besatzer als ›Fräuleinwunder‹ bezeichneten. Und da kam auch oft ein nicht mehr so junger amerikanischer Offizier vorbei, vor allem gegen Abend, und sie nannte ihn ›Onkel‹. Er war lieb zu ihr, und sie mochte ihn gern. Er brachte Spielzeug, Süßigkeiten und Kaugummi. Er stammte aus Ohio, Illinois, worüber sie anfangs immer lachen mußte, weil er schon unter der Tür rief: »Wer ist da? Wer?« Und sie rief übermütig: »O-hei-O, O-hei-O, O-hei-O!« Ein paar Monate lang versuchte er ihretwegen sein Deutsch zu verbessern, doch es gelang ihm nur schwer. Er merkte, wieviel leichter es war, dem kleinen Mädchen Englisch beizubringen, und so verbrachten sie jeden Abend geraume Zeit damit, Englisch zu lernen, Amerikanisch, während ihre Mutter in der Küche Abendessen kochte. Es machte ihr Spaß, und um sich wichtig zu machen, quatschte sie mit ihren Spielkameraden oft ihr eigenes Englisch, echtes und erfundenes. Sie liebte Onkel Ohio, und sie spürte auch, wie Onkel Ohio ihre Mama liebte und Mama Onkel Ohio.

Manchmal fuhren sie am Sonntag mit dem Jeep zu ihrer Tante und ihren zwei kleinen Cousinen, die ebenfalls keinen Vater hatten. Sie war stolz auf den Jeep, stolz auf Onkel Ohio, und sie war glücklich. Daran konnte sie sich noch heute erinnern, genau sogar.

Dann, an einem Nachmittag des folgenden Jahres, saß sie am Fenster ihres Zimmers, wo sie eine Katze zu zeichnen versuchte. Es war der elfte August und fünf Uhr nachmittags: Ein Mann kam daher, unten auf der Straße, schlurfend und mit gebeugten Schultern. Er trug eine Wehrmachtsmütze, seine Hosen waren zerschlissen, die Schuhe zu groß, und die Sohlen klafften.

Ihr kleines Herz begann zu pochen. Sie kletterte vom Fenstersims herunter, rannte zum Photo über ihrem Bett und wieder zum Fenster, zurück, wieder zurück, noch einmal zurück. Es war ihr Vater.

Sie stürmte die Treppe hinunter, riß die Haustüre auf und rannte dem zerlumpten Mann entgegen: »Papa! Papa! Papa!«

Der Mann sank in die Knie, weinte und hielt die Arme geöffnet: »Du, das mußt du sein, du, meine kleine Inge!«

»Papa! Papa! Papa! Du bist nicht mehr tot? Du bist nicht mehr tot? Oh, wie schön, daß du nicht mehr tot bist!« Er hielt sie lange umfaßt, und sein Körper schüttelte sich.

Sie erhob sich vom Bett, weinend, versuchte zu telephonieren. Vergeblich.

Dann durchwühlte sie ihre Handtasche, warf den Inhalt auf den Boden, bis sie eine Packung *Dormicum* fand, gleich zwei der blauen Tabletten herausklaubte, in den Mund steckte und mit Wodka bis zum letzten Tropfen nachspülte.

Sie warf sich wieder aufs Bett, entspannte sich, keuchte laut und nahm den Erinnerungsfetzen wieder auf:

Sie saßen am Küchentisch, ihr Vater schnetzelte an einem Stück Wurst herum, schluckte und schien sich beinahe zu übergeben, lachte, um das kleine Mädchen zu trösten, fragte und fragte und erhob sich schließlich, sah sich unschlüssig um. »Es ist die Türe dort«, sagte Inge. Die Türe der Toilette. Doch in diesem Augenblick kamen ihre Mutter und Onkel Ohio herein. Sie blieben stehen, sprachlos.

»Bernd«, schrie die Mutter, »Bernd! Du lebst? Du lebst?«

Und nach einer Pause sagte sie: »Darf ich dir Colonel Loods, James Loods, vorstellen?«

»Onkel Ohio«, erklärte Inge und wollte ihn küssen. Er schob sie sanft von sich.

»*I'm sorry, Sir*«, sagte Colonel Loods, »*I thought you're dead. I'm really sorry! I'm desperate! Good bye! If you need any help, please call me!*« Er salutierte mit unsicherer Hand und ging zur Tür.

»*Ohio!*« schrie die Frau, »*Ohio! Ohio! Please don't go!*«

Sie schloß ihre Arme um ihn, so, als wolle sie ihn gefangenhalten. Onkel Ohio löste sich aus der Umarmung, umklammerte ihre Handgelenke und hielt seine Augen auf die ihren gerichtet: »*I feel sorry for you and I feel sorry for him and I feel sorry for myself.*«

Und damit verließ er das Haus.

Am nächsten Morgen lag ein großer Pappkarton vor der Haustüre: Marshmallows, Karamelschokolade, Kaugummi und ein riesiger Goofy aus Samt. Sie hörten nie mehr von ihm.

Sie hob den Kopf wie jemand, der aus einem Traum gerissen wurde, sah sich um, schob dann das Ende des Pulloverärmels zurück und guckte auf die Armbanduhr. Sie war erstaunt, nicht mehr als zehn Minuten waren vergangen, seit sie ihn aus dem Zimmer geworfen hatte. Sie begann wieder zu dösen, rief jene Jahre zurück, nachdem Onkel Ohio fortgegangen war. Sie hatte nie mehr von ihm gehört.

Vater trug in wenigen Jahren zu dem bei, was man auf

der Welt das ›deutsche Wirtschaftswunder‹ nannte. Er hatte das Baugeschäft seines in Rußland gefallenen Bruders übernommen und wurde in wenigen Jahren wohlhabend, dann reich. Tagsüber sah sie ihn nie, er aß auswärts und kam meist gegen neun Uhr in ihr Zimmer, küßte sie, erzählte ihr eine Geschichte und ging wieder fort. Nachts hörte sie die Mutter stundenlang weinen, auch tagsüber weinte sie manchmal, sagte: »Ich habe Schande über mich gebracht, Schande!« Vater sprach nur über das Nötigste mit ihr, kühl und höflich – so erzählte die Mutter später. Er verweigerte sich.

Doch die Rache kam erst später, die eigentliche Rache. Eines Morgens an einem Samstag holte er sie und ihre Mutter in seinem Mercedes ab und fuhr mit ihnen zum Stadtrand, wo es noch Wiesen gab und unbebaute, unberührte Hügel und nicht so ferne Wälder. Hier hatte er ein wunderbares Haus bauen lassen, sogar mit Schwimmbad.

Er zeigte Inge ihr Zimmer, und wortlos zeigte er auch der Mutter ihre zwei Zimmer, die Küche, das Wohnzimmer und den Keller. Der größere Teil des Hauses gehörte ihm, war für ihn da. Es war wie ein großes Gästehaus.

Doch es kamen selten Gäste. Meist brachte er am späteren Abend ein Mädchen nach Hause, ließ das Badewasser fließen, man hörte Lachen von ihm und seinen Gespielinnen, Händeklatschen und Freudenschreie. Sein Schlafzimmer war vom Schlafzimmer seiner Frau nur durch eine Wand getrennt, und er hatte diese Wand so dünn bauen lassen, daß sie alles hören mußte, was in seinem Schlafzimmer vorging.

Ja, sonst hatte er ihr einen goldenen Käfig gebaut. Sie konnte sich kaufen, was immer sie wünschte, schöne Kleider, Schuhe, alles. Zuweilen legte er ihr auch Schmuck auf die Türschwelle, nur Auserlesenes, Teures.

Seine Nächte aber mußte sie erdulden. Und sie erduldete sie. Sie alterte frühzeitig, wurde auch ein bißchen blöde und prahlte bei Kaffee und Kuchen vor weiblichen Gästen mit Silber, Gold und Kristall.

Sie kannte die Bedingungen, die von ihm nie ausgesprochen worden waren: Die Nächte hatte sie immer im Zimmer neben dem seinen zu verbringen. Und im Sommer war ihr der Garten mit dem Schwimmbad verboten. Sie durfte durch die Vorhänge spähen, zuhören – wann immer sie wollte. Sie hatte ihre Freiheit, tagsüber; nachts hatte sie zu Hause zu sein. Kein Fernsehen, keine Musik, keine Gäste.

Er ließ ihr nicht viel mehr als die Gewißheit, daß *er* das Leben genoß.

Das war seine Rache.

Sie war sicher, die Schwester hatte angerufen, um seinen Tod zu melden.

Die Telephonleitung war noch immer unterbrochen. Sie schluckte ein zweites *Dormicum*; kritzelte noch auf einen Zettel ein paar Worte: »*Möchte nicht geweckt werden, bitte, bitte sehr!!!!*«

Sie goß das Glas noch einmal voll, diesmal ohne Tonic, leerte es in einem Zug.

Als sie spät am Morgen erwachte, etwas umnebelt von den Nachwirkungen des Wodkas und der Schlafmittel, bemerkte sie als erstes, wie säuberlich aufgeräumt das Zimmer war. Sie sah zum Schrank, dessen Türe offenstand. Der junge Mann hatte seine Habseligkeiten eingepackt und war gegangen. Sie versuchte, ihre Schwester anzurufen – die Leitung war noch immer unterbrochen, wie sie vom Desk des Hotels vernahm.

Angeles Mastretta
Tante Carmen

Als Tante Carmen erfuhr, daß ihr Mann einem anderen weiblichen Duft und anderen weichen Armen verfallen war, da war er für sie augenblicklich gestorben. Schließlich lebte sie nicht umsonst fünfzehn Jahre an seiner Seite, sie kannte ihn in- und auswendig, und auf der langen Liste seiner Tugenden und Fehler, die aufzählen zu wollen müßig wäre, war die Neigung, anderen Frauen nachzusteigen, bisher nicht vorgekommen. Das war ihm ja viel zu anstrengend, dessen war sich Carmen sicher gewesen, eine solche Mühe war ihm bis in die Seele zuwider. Es war schlicht unvorstellbar gewesen, daß ihr Mann es auf sich nehmen sollte, noch einmal, und sei es auch nur halbherzig, den Geburtstag und die Vorlieben und Abneigungen einer anderen Frau herauszufinden. Er mochte seine Zeit damit verschwenden, Karten zu spielen oder die politischen Rahmenbedingungen der Politik zu verbessern, er mochte sich damit ihretwegen sogar Nächte um die Ohren schlagen, aber daß er zu einer anderen Frau ging, ihr zu gefallen suchte, ihr zuhörte, das war ganz ausgeschlossen, und das eben war unerträglich. Trotzdem, geklatscht wurde in diesem Sinne, und die schwer nachprüfbare Wahrheit traf sie wie eine Beschimpfung. Also kleidete sie sich als erstes schwarz und tat, als ob er gar nicht vorhanden wäre, und hörte als zweites auf, sich um seine Hemden, Zweireiher, Schlafanzüge zu kümmern, seine Schuhe zu putzen, ihm das Frühstück hinzustellen und schließlich sogar, seine Kinder wahrzunehmen. Sie strich ihn so radikal von der Liste der Lebenden, daß nicht nur Schwiegermutter und Schwägerin, sondern sogar ihre eigene Mutter zu der Auffassung kamen, sie gehöre in eine Nervenanstalt eingeliefert.

Dort landete sie denn auch, ohne sich allzu heftig zu wehren. Die Kinder kamen zu ihrer Cousine Fernanda, in deren Herzen es zur gleichen Zeit so verworren zuging, daß sie zwecks Luftzufuhr ihre Haustür sperrangelweit offen ließ, so daß jeder, ohne anzuklopfen, bei ihr eintreten und sie um Gefälligkeiten und um ihr Mitgefühl bitten konnte.

Fernanda war auch Carmens einziger Besuch in der Nervenklinik. Sonst kam nur Carmens Mutter, aber die wäre am besten gleich selber dortgeblieben, denn sie jammerte nur immerzu um ihre armen Enkelkinder, knabberte mit ihren fünfundsechzig Jahren an ihren Fingernägeln und raufte sich die Haare, daß ihre Tochter nicht die Einsicht und Kraft besaß, für die Kleinen zu sorgen, wo die Männer, einer wie der andere, doch nun einmal so waren.

Tante Fernanda, die sich damals gerade in dem Dilemma befand, zwei Männer auf einmal zu lieben, ging auch darum ins Irrenhaus, weil sie überzeugt war, daß bei ihr nur an einem Schräubchen gedreht werden müßte, und es gäbe Gründe zuhauf, auch sie einzuweisen. Um das Risiko möglichst gering zu halten, nahm sie immer viel Handarbeit mit zu den Besuchen; das war gut, um sich und ihre arme Cousine abzulenken.

Da Tante Carmen anfangs nicht ansprechbar war und zwei linke Hände hatte, taten sie zunächst nichts anderes, als je hundert Perlen auf eine Schnur zu fädeln, die Kette zu schließen und zum Verkauf in ihrem Spezialgeschäft zugunsten der mittellosen Insassinnen der Nervenklinik Sankt Kosmas beiseite zu legen. Das Krankenhaus Sankt Kosmas war ein Hort des Grauens, kein normaler Mensch blieb dort länger als zehn Minuten, ohne selber verrückt zu werden. Beim Perlenzählen brach es schließlich aus Fernanda heraus, und sie erzählte Carmen von ihrem eigenen schweren Kummer.

»Ob man nun einen zuviel oder einen zu wenig hat, gestraft ist man immer. Vernichtend aber ist der Normal-

fall, die genaue Zuteilung. Es ist verpönt, weniger als einen
Mann zu haben, aber tröste dich, mehr als einen zu haben,
ist es noch mehr. Als ob Liebe sich aufbrauchen würde.
Nein, Carmen, Liebe braucht sich nicht auf.« Und Fernanda setzte hinzu: »Du bist nicht verrückter als ich. Also
komm jetzt mit.«

Und noch am selben Abend holte sie Carmen aus der Klinik ab.

Carmen zog also bei Tante Fernanda ein und ging auch
wieder vor die Tür und war in der Nähe ihrer Kinder. Die
waren in dem halben Jahr so gewachsen, daß Carmen
schon bei ihrem Anblick fast wieder vollständig zu Verstand kam. Wie hatte sie nur so viele Monate in der Entwicklung dieser Wonneproppen versäumen können? Nun
spielte sie hoppe hoppe Reiter, Kuh auf der Wiese, König,
Wachhund, gute Fee, wilder Stier und auch faules Ei mit ihnen. Darüber vergaß sie, daß es die Kinder des armen Toten
waren, wie sie ihren Mann nannte, und in der Nacht danach schlief sie zum ersten Mal wieder so gut wie als junges
Mädchen.

Vormittags plauderten Fernanda und Carmen immer
miteinander. Dabei fiel Carmen nach und nach wieder ein,
wie man Reis mit Tomaten kocht und wieviel Zehen Knob-
lauch an die Spaghettisoße müssen. Eines Tages stickte sie
stundenlang an einem Spruch, den sie von einer Klinikin-
sassin gehört hatte und dessen Sinn ihr jetzt erst aufging:
»Verdirb dir die Gegenwart nicht mit Klagen über die Vergangenheit und mit Sorgen um die Zukunft.« Den fertig ge-
stickten Spruch schenkte sie ihrer Cousine mit einem nun
schon mehr mitfühlenden als dankbaren Kuß.

›Es muß aufreibend sein, zwei auf einmal zu lieben‹,
dachte sie, wenn sie Fernanda wie eine Katze an den unmöglichsten Stellen und zu den unmöglichsten Tageszei-
ten schlafen sah. Als sie sie wieder einmal so betrachtete,
atmete sie plötzlich tief durch, und mit diesem Atemzug

erwachte nicht nur ihr toter Mann, sondern sie ertappte sich dabei, daß sie murmelte:

»Armer Manuel.«

Am Morgen darauf mußte sie schon vom Aufstehen an unentwegt »Dich Treulosen lieb ich« singen, und nachdem sie ihre Kinder so routiniert wie in alten Zeiten angezogen, gekämmt und zur Schule geschickt hatte, verbrachte sie drei Stunden damit, sich einzucremen, ihr Haar zu bürsten, ihre Wimpern aufzubiegen und sich für eins der zehn Kleider zu entscheiden, die Fernanda ihr vorgelegt hatte.

»Du hast recht«, meinte Carmen. »Wir haben keinen begrenzten Vorrat an Liebe. Liebe braucht sich nicht auf. Das hat auch Manuel gemeint, als er zu mir sagte, er liebe mich genau wie die andere. Schrecklicher Gedanke! Aber das heißt auch: Was liegt schon daran? Wozu mache ich mir die Hölle heiß wegen der Klatschgeschichten, wo ich doch gut bedient war, und zwar nach Gottes Willen nicht zu häufig und nicht zu selten. Wenn Manuel da noch was übrig hat, soll er es in Gottes Namen doch verschenken. Ich brauchte nicht mehr, als ich bekam, Fernanda. Aber weniger auch nicht. Kein einziges Mal möchte ich missen.«

Carmen hielt diese ganze Rede, während ihr Fernanda die Haare hochfrisierte und ihr zuletzt in jedes Ohr einen hauchdünnen Kreolenring steckte. Danach ging sie zu Manuel und sagte ihm Bescheid, daß zu Hause mittags und zu jeder Nachtzeit eine Suppe auf ihn warte. Manuel lernte die gierigsten Lippen und die klügsten Augen kennen, die er je erlebt hatte.

Und sie aßen Suppe.

Julio Cortázar
Beleuchtungswechsel

Diese Donnerstage bei Anbruch der Nacht, wenn Lemos mich nach der Probe im Radio Belgrano zu sich rief, zwischen zwei Cinzanos seine Pläne für neue Stücke, sie mir anhören müssen, wo ich doch solche Lust hatte, wegzugehen und die Hörspielerei für zwei oder drei Jahrhunderte zu vergessen, aber Lemos war der Autor des Tages, und er bezahlte mich gut für das bißchen, das ich in seinen Programmen zu tun hatte, eigentlich nur Nebenrollen und durchweg unsympathische. Du hast genau die richtige Stimme, sagte Lemos liebenswürdig, wenn der Hörer dich hört, haßt er dich sofort, du mußt nicht erst jemanden verraten oder deine Mama mit Strychnin umbringen, brauchst nur den Mund aufzumachen und halb Argentinien möchte dir mit Hingabe den Schädel einschlagen.

Nicht so Luciana. An ebendem Tag, da unser jugendlicher Liebhaber Jorge Fuentes nach der Sendung von *Rosen der Schmach* zwei Waschkörbe voller Liebesbriefe erhielt und obendrein ein weißes Lämmchen, das ihm eine romantisch veranlagte Gutsbesitzerin aus der Gegend von Tandil geschickt hatte, überreichte mir der kleine Mazza den ersten fliederfarbenen Brief von Luciana. Ans Nichts in jeglicher Erscheinungsform gewöhnt, steckte ich mir den Brief in die Tasche und ging ins Café (nach dem triumphalen Erfolg von *Rosen* hatten wir bis zum Beginn von *Vogel im Sturm* eine Woche frei), und erst beim zweiten Martini mit Juárez Celman und Olive kam mir die Farbe des Briefumschlags in Erinnerung und wurde mir bewußt, daß ich den Brief noch nicht gelesen hatte; ich wollte das nicht vor den anderen tun, denn Leute, die sich langweilen, suchen immer nach einem Gesprächsstoff, und ein fliederfarbener Briefumschlag ist eine Goldgrube; ich wartete also, bis ich wieder zu Hause war, wo die Katze sich jedenfalls für solche Dinge nicht interessierte, ich gab ihr ihre Milch und ihre Portion Zärtlichkeit und machte dann Bekanntschaft mit Luciana.

Ich brauche kein Foto von Ihnen zu sehen, schrieb Luciana, es ist mir egal, daß *Sintonía* und *Antena* Fotos von Míguez und von Jorge Fuentes bringen, doch nie von Ihnen, es ist mir egal, weil ich Ihre Stimme habe, und es ist mir auch egal, daß man sagt, Sie seien unsympathisch und gemein, es stört mich nicht, daß Ihre Rollen alle Leute in bezug auf Sie täuschen, im Gegenteil, denn ich bilde mir ein, daß ich die einzige bin, die die Wahrheit weiß; Sie leiden, wenn Sie diese Rollen spielen, Sie setzen Ihr Talent ein, aber ich spüre, daß Sie sich nicht wirklich mit ihnen identifizieren, so wie Míguez oder Raquelita Bailey, Sie sind ganz anders als der grausame Fürst in *Rosen der Schmach*. Die Leute glauben, sie hassen den Fürsten, aber in Wirklichkeit hassen sie Sie, sie verwechseln die beiden, das ist mir schon bei meiner Tante Poli und anderen aufgefallen, als Sie im vorigen Jahr der Vassilis waren, der Schmuggler und Mörder. Heute nachmittag habe ich mich etwas einsam gefühlt und den Wunsch gehabt, Ihnen dies zu sagen, vielleicht bin ich nicht die einzige, die Ihnen das sagt, und irgendwie wünsche ich's Ihnen, damit Sie sich trotz allem verstanden wissen, andererseits aber wäre ich gern die einzige, die Sie hinter Ihrer Rolle und Ihrer Stimme zu sehen weiß, die sicher ist, Sie wirklich zu kennen, und die Sie mehr bewundert als die mit den leichten Rollen. Es ist wie bei Shakespeare, ich hab das nie jemandem gesagt, aber von Ihnen dargestellt, hat mir Jago besser gefallen als Othello. Fühlen Sie sich nicht verpflichtet, mir zu antworten, ich gebe meine Adresse an für den Fall, daß Sie das wirklich möchten, doch auch wenn Sie's nicht tun, werde ich glücklich sein, Ihnen all dies geschrieben zu haben.

Es wurde Nacht, die Handschrift wirkte leicht und fließend, die Katze war eingeschlafen, nachdem sie mit dem fliederfarbenen Umschlag auf dem Sofakissen gespielt hatte. Seit Brunas Fortgang wurde bei uns nicht mehr richtig zu Abend gegessen, die Katze und ich begnügten uns mit Konserven, und ich mich vornehmlich mit dem Cognac und der Pfeife. Während der freien Tage (danach müßte ich meine Rolle in *Vogel im Sturm* einstudieren) las ich Lucianas Brief wieder, beabsichtigte jedoch nicht, ihn zu beantworten, denn diesbezüglich ist ein Schauspieler, auch wenn er nur alle drei Jahre einen Brief erhält ... Liebe Luciana, antwortete ich ihr am Freitagabend, bevor ich ins Kino ging, Ihre Worte haben mich bewegt, und das ist keine Höflichkeitsfloskel. Es war wirklich keine, ich schrieb, als säße diese Frau, die ich mir eher klein und traurig vorstellte, mit kastanienbraunem Haar und hellen Augen, vor mir und als sagte ich ihr, daß ihre Worte mich bewegt haben. Das übrige fiel konventioneller aus, denn ich wußte nicht recht, was ich ihr nach dieser Wahrheit noch hätte sagen können, nur Füllsel, zwei oder drei Sätze der Sympathie und der Dankbarkeit, Ihr Freund Tito Balcárcel. Aber eine weitere Wahrheit stand im Postskriptum: Es freut mich, daß Sie mir Ihre Adresse gegeben haben, es hätte mich betrübt, Ihnen nicht sagen zu können, was ich fühle.

Niemand gibt es gern zu, aber wenn man nicht arbeitet, langweilt man sich am Ende etwas, wenigstens jemand wie ich. Als junger Mann hatte ich nicht wenige Liebesabenteuer, ich brauchte in meinen freien Stunden nur die Angel auszuwerfen, und fast immer machte ich einen Fang, aber dann kam Bruna, und das währte vier Jahre. Ist man fünfunddreißig, verliert das Leben in Buenos Aires an Farbe und scheint zu schrumpfen, wenigstens für jemanden, der allein mit einer Katze lebt und weder ein großer Leser noch ein Freund von langen Spaziergängen ist. Nicht daß ich mich alt fühlte, im Gegenteil; es ist eher so, als würden die anderen, die Dinge selbst alt und schrundig werden;

wohl deshalb ziehe ich es vor, die Nachmittage zu Hause zu bleiben und den *Vogel im Sturm* zu repetieren, allein mit meiner Katze, die mir dabei zusieht, und mich an diesen undankbaren Rollen zu rächen, indem ich sie zur Perfektion treibe, sie mir in einer Weise zu eigen mache, daß sie nicht mehr von Lemos sind, die einfachsten Sätze in ein Spiel von Spiegeln verwandle, das die Person um ein Vielfaches gefährlicher und faszinierender macht. So war dann zum Zeitpunkt, da ich die Rolle im Radio sprechen mußte, schon alles festgelegt, jede Pause und jede Modulation der Stimme, womit ich den Haß langsam steigerte (wieder einmal war ich eine dieser Personen, die auch verzeihliche Seiten hat, doch mehr und mehr der Niedertracht verfällt, bis zur Schlußszene mit der Verfolgungsjagd am Rande eines Abgrunds und dem finalen Sprung, zur großen Genugtuung der Hörer). Als ich zwischen zwei Mates den Brief von Luciana, den ich auf dem Zeitschriftenregal liegenlassen hatte, wiederentdeckte und ihn aus purer Langeweile noch einmal las, sah ich sie erneut vor mir; immer schon war ich ein visueller Typ, und ich kann mir leicht alles mögliche ausmalen, von Anfang an hatte ich mir Luciana eher klein vorgestellt und etwa in meinem Alter, vor allem mit hellen, nahezu durchsichtigen Augen, und auch diesmal sah ich sie so vor mir, wieder sah ich sie etwas nachdenklich vor jedem Satz, den sie mir schreiben würde, und wie sie sich dann entschloß. Eins war sicher, Luciana war nicht die Frau, die erst einen Entwurf macht, bestimmt hatte sie gezögert, mir zu schreiben, aber dann, als sie mich in *Rosen der Schmach* gehört hatte, waren ihr die passenden Worte eingefallen, man spürte, daß der Brief spontan geschrieben war, und zugleich – vielleicht wegen des fliederfarbenen Papiers – wirkte er auf mich wie ein Likör, der lange in sich geruht hat.

Sogar ihr Haus sah ich, wenn ich die Augen nur etwas zukniff, es mußte so eines mit überdachtem Patio oder

wenigstens mit einer Veranda voller Pflanzen sein, jedesmal, wenn ich an Luciana dachte, sah ich sie an demselben
Platz, und schließlich verdrängte das Bild der Veranda das
des Patios, es war eine Veranda mit Oberlichtern aus farbi-
gem Glas und mit Schiebetüren, die das Tageslicht dämpf-
ten, Luciana saß in einem Korbsessel und schrieb mir, Sie
sind ganz anders als der grausame Fürst in *Rosen der
Schmach,* und sie führte den Füllfederhalter an den Mund,
bevor sie weiterschrieb, niemand weiß das, denn Sie haben
so viel Talent, daß die Leute Sie hassen, das kastanien-
braune Haar umflossen von einem Licht wie auf alten Pho-
tographien, diese aschgraue und dabei doch helle Atmosphäre der Veranda, ich wäre gern die einzige, die Sie hinter
Ihrer Rolle und Ihrer Stimme zu sehen weiß.

Am Abend vor der ersten Folge von *Vogel* mußte ich mit
Lemos und den anderen essen gehen, wir probten einige
dieser Szenen, die Lemos Schlüsselszenen nannte und wir
Scheißszenen, Aufeinanderprall der Temperamente und
dramatische Schimpfkanonaden, Raquelita Bailey sehr gut
in der Rolle der Josefina, dieses hochmütigen Mädchens,
das ich langsam in mein bekanntes Netz von Verruchthei-
ten, worin Lemos keine Grenzen kennt, hineinziehen würde. Die anderen wurden ihren Rollen nur knapp gerecht, alles in allem kein qualitativer Unterschied zwischen diesem
Stück und den achtzehn anderen, die wir schon gespielt hatten. Ich erinnere mich an diese Probe deshalb, weil mir da
der kleine Mazza den zweiten Brief von Luciana brachte,
und diesmal hatte ich Lust, ihn sofort zu lesen, und ich ging
für einen Augenblick in die Toilette, während sich Angelita
und Jorge Fuentes auf einem Ball des Sportvereins Gimna-
sia y Esgrima ewige Liebe schworen, eine dieser Szenerien
von Lemos, die die Begeisterung der Stammhörer auslösten
und deren psychische Identifikation mit den Personen des
Stücks verstärkten, wenigstens laut Lemos und Freud.

Ich nahm ihren schlichten, netten Vorschlag an, sie in

einer Konditorei im Almagro-Viertel zu treffen. Es gab die üblichen albernen Erkennungszeichen, sie in Rot und ich eine zweimal gefaltete Zeitung unter dem Arm, es ging wohl nicht anders, und das übrige war Luciana, die mir wiederum in der Veranda schrieb, allein mit ihrer Mutter oder vielleicht ihrem Vater, von Anfang an hatte ich eine ältere Person bei ihr gesehen, in einem Haus für eine größere Familie, wo sich jetzt aber die Leere ausbreitete und überall die Melancholie der Mutter zu spüren war, weil eine andere Tochter gestorben oder fortgezogen war, weil vielleicht vor nicht langer Zeit der Tod durch dieses Haus gegangen war, doch wenn Sie nicht möchten oder nicht können, kann ich das verstehen, es ziemt sich nicht für mich, die Initiative zu ergreifen, aber ich weiß auch – das hatte sie ohne Emphase unterstrichen –, daß jemand wie Sie über solchen Dingen steht. Und sie fügte etwas hinzu, woran ich nicht gedacht hatte und das mich entzückte, Sie kennen mich nicht, außer durch den früheren Brief, aber ich lebe seit drei Jahren Ihr Leben, ich spüre bei jeder neuen Rolle, wie Sie in Wirklichkeit sind, ich entreiße Sie dem Theater, und Sie sind für mich immer derselbe, sobald Sie nicht mehr die Maske Ihrer Rolle tragen. (Dieser zweite Brief ist mir verlorengegangen, aber das waren genau ihre Worte, so stand es da; indes erinnere ich mich, daß ich den ersten Brief in ein Buch von Moravia, das ich gerade las, gelegt habe, er ist sicher noch dort in der Bibliothek.)

Hätte ich das Lemos erzählt, hätte ich ihm die Idee für ein neues Stück gegeben, ganz sicher würde es nach einigem Hin und Her zu der Begegnung kommen, und dann würde der junge Mann entdecken, daß Luciana genau so war, wie er sie sich vorgestellt hatte, ein Beweis dafür, wie die Liebe der Liebe und die Vorstellung der Wirklichkeit vorauseilt, Theorien, die bei Radio Belgrano immer gut funktionierten. Aber Luciana war eine Frau über dreißig, und sie machte keinen Hehl aus ihrem Alter, sie war gar nicht so klein wie die Frau, die ihm auf der Veranda Briefe schrieb, und hatte prächtiges schwarzes Haar, das ein seltsames Eigenleben bekam, wenn sie den Kopf bewegte. Von Lucianas Gesicht hatte ich mir kein genaues Bild gemacht, ausgenommen die hellen Augen und den etwas traurigen Blick; die Augen, die mir jetzt lächelnd entgegensahen, waren braun und überhaupt nicht traurig unter diesem beschwingten Haar. Daß sie Whisky mochte, fand ich sympathisch, bei Lemos nämlich begannen fast alle romantischen Begegnungen mit Tee (und bei Bruna war es Milchkaffee gewesen, in einem Speisewagen). Sie entschuldigte sich nicht für ihre Einladung, und ich, der ich mich manchmal leicht exaltiert gebärde, weil ich dem, was mir so passiert, im Grunde nicht recht traue, fand mich sehr natürlich, und der Whisky war einmal nicht verfälscht. Es war wirklich sehr schön, so als wären wir uns rein zufällig und ohne vorherige Verabredung begegnet, so wie gute Beziehungen beginnen, wo keiner etwas herauskehren oder verbergen muß; es war nur natürlich, daß vor allem von mir die Rede war, denn ich war bekannt und sie nur zwei Briefe und Luciana, deshalb ließ ich es zu, ohne eitel zu wirken, daß sie mich an mehrere Hörspiele erinnerte, an das, wo man mich zu Tode folterte, an das andere mit den im Bergwerk verschütteten Arbeitern und an noch weitere Rollen. Nach und nach brachte ich ihr Gesicht und ihre Stimme mit meiner Vorstellung in Übereinstimmung, nur schwer löste ich mich von den Briefen, der Veranda und dem Korbsessel; bevor wir auseinandergingen, erfuhr ich, daß sie in einer ziemlich kleinen Parterrewohnung wohnte, zusammen mit Tante Poli, die in den dreißiger Jahren in Pergamino Klavierlehrerin gewesen war. Auch Luciana mußte Korrekturen vornehmen, wie immer bei diesen Blinde-Kuh-Beziehungen, erst zum Schluß sagte sie, sie habe sich mich größer vorgestellt, mit Kraushaar und grauen Augen; das mit dem Kraushaar verblüffte mich, denn in keiner mei-

ner Rollen war ich mir selbst kraushaarig vorgekommen,
aber vielleicht war ihre Vorstellung eine Art Summe, eine
Addition aller Schuftigkeiten und Verrätereien in Lemos'
Stücken. Ich sagte ihr das scherzhaft, aber Luciana sagte
nein, sie habe die Personen so gesehen, wie Lemos sie gezeichnet hatte, doch gleichzeitig sei es ihr möglich, von ihnen abzusehen, schön mit mir allein zu bleiben, mit meiner
Stimme und, wer weiß warum, mit dem Bild von jemandem, der größer ist, von jemandem mit Kraushaar.

Hätte es Bruna noch in meinem Leben gegeben, hätte ich
mich wahrscheinlich nicht in Luciana verliebt; ihr Fortgang war noch zu gegenwärtig, eine Lücke, die Luciana
auszufüllen begann, ohne es zu wissen, und wahrscheinlich, ohne es sich zu erhoffen. Bei ihr hingegen ging alles
viel schneller, von meiner Radiostimme ging sie über zu
diesem anderen Tito Balcárcel mit seinem strähnigen Haar
und weniger Persönlichkeit als Lemos' Ungeheuer; all dies
brauchte kaum einen Monat, es gab zwei Rendezvous in
Cafés und ein drittes in meiner Wohnung, die Katze akzeptierte das Parfüm und die Haut Lucianas und schlief auf
ihrem Schoß, schien sich jedoch zu entrüsten, als sie eines
Abends plötzlich überflüssig war und miauend auf den
Boden springen mußte. Tante Poli übersiedelte nach Pergamino zu einer Schwester, ihre Aufgabe war erfüllt, und Luciana zog in derselben Woche zu mir; als ich ihr beim Einpacken ihrer Sachen half, war es für mich schmerzlich, daß
es keine Veranda, kein aschenes Licht gab, und obgleich ich
wußte, daß ich derlei nicht vorfinden würde, empfand ich
es doch als Mangel, als Unvollkommenheit. Am Nachmittag des Umzugs erzählte mir Tante Poli liebevoll die wenig
interessante Familiengeschichte, von Lucianas Kindheit,
von ihrem Verlobten, der jedoch dem verlockenden Ange-
bot einer Gefrierfleischfabrik in Chicago nicht hatte wider-
stehen können, von der Ehe mit einem Hotelbesitzer aus
Primera Junta und der Trennung vor sechs Jahren, alles

Dinge, die ich schon von Luciana erfahren hatte, aber anders, so als hätte sie nicht wirklich von sich selbst gesprochen, wo sie jetzt, wie es schien, auf Rechnung einer anderen Gegenwart zu leben begann, mein Körper neben dem ihren, die Tellerchen Milch für die Katze, immer wieder das Kino, die Liebe.

Ich erinnere mich, es war ungefähr zur Zeit von *Blut an den Ähren,* als ich Luciana bat, sich ihr Haar aufzuhellen. Zuerst hielt sie das für den Einfall eines Schauspielers, wenn du willst, kaufe ich mir eine Perücke, sagte sie lachend, und dir würde sehr gut eine mit Kraushaar stehen, wie wär's damit? Aber als ich sie ein paar Tage später erneut darum bat, sagte sie, also gut, schließlich sei es völlig gleich, ob sie schwarzes oder kastanienbraunes Haar habe, fast war es so, als ahnte sie, daß diese Änderung der Haarfarbe nichts mit den Launen eines Schauspielers zu tun hatte, sondern mit anderen Dingen, mit einer Veranda, einem Korbsessel. Ich brauchte sie nicht noch einmal zu bitten, es freute mich, daß sie es für mich getan hatte, und ich sagte es ihr immer wieder, während wir uns liebten, während ich mich in ihrem Haar und ihren Brüsten vergrub und mich, Mund an Mund mit ihr, wieder in den Schlaf gleiten ließ. (Am Morgen darauf, vielleicht auch erst, bevor sie einkaufen ging, ich weiß nicht mehr genau, strich ich ihr Haar mit beiden Händen nach hinten und band es ihr im Nacken zusammen, ich versicherte ihr, daß ihr das besser stehe. Sie betrachtete sich im Spiegel und sagte nichts, doch ich spürte, daß sie nicht einverstanden war, und sie hatte recht, sie war nicht die Frau, die sich das Haar zusammenbindet, es war nicht zu leugnen, daß sie besser aussah, wenn sie es offen trug wie zuvor, als sie es sich noch nicht getönt hatte, aber ich sagte ihr das nicht, denn ich sah sie lieber so, sah sie so besser als an jenem Nachmittag, als sie zum ersten Mal in die Konditorei gekommen war.)

Ich habe es nie gemocht, mich im Radio sprechen zu hö-

ren, ich tat meine Arbeit, und damit basta, die Kollegen
wunderten sich über diesen Mangel an Eitelkeit, die bei
ihnen so offensichtlich war; sie mußten denken, und vielleicht zu Recht, daß die Rollen, die ich spielte, nicht der Art
waren, daß ich mich ihrer gern erinnerte, und deshalb sah
Lemos mich mit hochgezogenen Augenbrauen an, als ich
ihn um die Archivbänder von *Rosen der Schmach* bat; er
fragte mich, wozu ich sie brauchte, und ich antwortete ihm
irgend etwas, Schwierigkeiten mit der Aussprache, die ich
überwinden wolle, oder so ähnlich. Als ich mit den Ton-
bändern nach Hause kam, war auch Luciana etwas überrascht, denn ich sprach ihr nie von meiner Arbeit, sie war
es, die mir immer wieder ihre Eindrücke erzählte, die mich
nachmittags im Radio hörte, mit der Katze auf dem Schoß.
Ich sagte ihr das gleiche, was ich Lemos gesagt hatte, aber
anstatt mir die Aufnahmen in einem anderen Zimmer anzu-
hören, brachte ich das Tonbandgerät ins Wohnzimmer und
bat Luciana, noch ein wenig bei mir zu bleiben, ich selbst
machte den Tee und verrückte die Lampe ein wenig, damit
Luciana es gemütlich habe. Warum nimmst du die Lampe
da weg? fragte Luciana, die stand doch gut dort. Sie stand
dort gut, als Gegenstand, aber sie warf ein hartes, zu helles
Licht auf das Sofa, wo Luciana saß, es war besser, sie bliebe
im Dämmerlicht des Abends, ein etwas aschfarbenes Licht,
das vom Fenster her kam und ihr Haar umschmeichelte,
ihre Hände, die mit dem Tee beschäftigt waren. Du ver-
wöhnst mich zu sehr, sagte Luciana, alles für mich, und
du dahinten in der Ecke, setzt dich nicht einmal.

Natürlich spielte ich nur ein paar Szenen aus den *Rosen,*
in der Zeit von zwei Tassen Tee, einer Zigarette. Es tat mir
wohl, Luciana zu betrachten, wie sie dem Hörspiel lauschte
und manchmal den Kopf hob, wenn sie meine Stimme erkannte, mich anlächelte, als störte es sie überhaupt nicht,
daß der elende Kerl, Schwager der armen kleinen Carmen,
seine Intrigen spann, um das Vermögen der Pardos an sich

zu bringen, und daß das schändliche Treiben noch viele
Szenen so weiterging, bis zum unausbleiblichen Sieg der
Liebe und der Gerechtigkeit, laut Lemos. In meiner Ecke
(ich hatte gerade nur eine Tasse Tee an ihrer Seite getrunken und war dann wieder ans andere Ende des Wohnzim-
mers gegangen, so als hörte ich dort besser) fühlte ich mich
wohl, für einen Augenblick fand ich wieder, was mir gefehlt hatte; es wäre mir lieb gewesen, wenn all das noch länger gedauert hätte, wenn das Licht der Abenddämmerung
weiterhin dem auf der Veranda geähnelt hätte. Das war natürlich nicht möglich, und so stellte ich das Tonbandgerät
ab, und wir gingen zusammen hinaus auf den Balkon, nachdem Luciana die Lampe wieder an ihren Platz gestellt hatte,
denn dort, wo ich sie hingestellt hatte, machte sie sich wirklich nicht gut. Hat es dir genützt, dich selbst zu hören?
fragte sie mich und streichelte meine Hand. Ja, durchaus,
ich sprach von Problemen der Atmung, der Modulation
und dergleichen, was sie respektvoll akzeptierte; das einzige, was ich ihr nicht sagte, war, daß in diesem vollkomme-
nen Augenblick allein der Korbsessel gefehlt hatte, und
vielleicht hätte sie auch etwas traurig sein müssen, wie
jemand, der ins Leere blickt, bevor er einen Brief weiter-
schreibt.

Wir kamen mit *Blut an den Ähren* langsam zu Ende,
noch drei Wochen, und ich hätte Ferien. Wenn ich aus dem
Funkhaus zurückkam, las Luciana oder spielte mit der Katze in dem Korbsessel, den ich ihr mitsamt dem dazugehörigen Tischchen zum Geburtstag geschenkt hatte. Das paßt
überhaupt nicht zu den übrigen Möbeln, hatte Luciana
halb belustigt, halb verblüfft gesagt, aber wenn sie dir gefallen, dann mir auch, eine hübsche Garnitur und so bequem. In dem Sessel wirst du besser sitzen, wenn du Briefe
zu schreiben hast, sagte ich. Ja, gab Luciana zu, schon lange schulde ich Tante Poli einen Brief, der Ärmsten. Da es
dort, wo der Sessel stand, nachmittags nicht sehr hell war

(ich glaube, sie hat nicht gemerkt, daß ich die Glühbirne in der Lampe ausgewechselt habe), rückte sie schließlich Tischchen und Sessel nahe ans Fenster, um zu stricken oder sich Zeitschriften anzusehen, und an einem dieser Herbsttage, vielleicht auch etwas später, blieb ich einen Nachmittag lange an ihrer Seite, küßte sie immer wieder und sagte ihr, daß ich sie nie so geliebt hätte wie in diesem Augenblick, da ich sie so vor mir sah, wie ich sie immer hatte sehen wollen. Sie sagte nichts, ihre Hände wanderten durch mein Haar und zerzausten es, ihr Kopf sank auf meine Schulter, und sie war ganz still, wie abwesend. Was konnte ich von Luciana anderes erwarten, jetzt, wo es Abend wurde? Sie war wie ihre fliederfarbenen Briefumschläge, wie die schlichten, fast schüchternen Sätze ihrer Briefe. Von nun an konnte ich mir kaum noch vorstellen, daß ich sie in einer Konditorei kennengelernt hatte, daß sie ihr loses schwarzes Haar, als sie mich begrüßte, kurz zur Seite geworfen hatte, um ihre anfängliche Verlegenheit bei unserer Begegnung zu bezwingen. In der Erinnerung an meine Liebe gab es die Veranda, die Silhouette in einem Korbsessel, die sie von der größeren und lebhafteren Gestalt schied, die morgens durch die Wohnung ging oder mit der Katze spielte und erst mit der Dämmerung wieder zu dem wurde, was ich so gern gehabt hatte, was mich so in sie verliebt machte.

Vielleicht es ihr sagen. Ich fand nicht die Zeit dazu, ich glaube, ich zögerte, weil ich sie mir lieber so bewahren wollte, das Gefühl der Fülle war so stark, daß ich nicht an ihr vages Schweigen denken wollte, eine Geistesabwesenheit, die ich vorher nicht an ihr gekannt hatte, diese Art, mich für Augenblicke anzusehen, als suche sie etwas, ein flattriger Blick, der sich dann jäh auf das Nächstliegende stürzte, auf die Katze, auf ein Buch. Auch deswegen war sie mir lieber, es war die melancholische Stimmung der Veranda, der fliederfarbenen Briefumschläge. Als ich einmal mitten in der Nacht aufwachte und sie neben mir schlafen sah, fühlte ich, daß die Zeit gekommen war, es ihr zu sagen, sie endgültig zu der Meinen zu machen, dadurch, daß sie das langsam gewobene Spinnennetz meiner Liebe völlig akzeptierte. Ich tat es nicht, weil Luciana schlief, weil Luciana wach war, weil wir an diesem Dienstag ins Kino gingen, weil wir auf der Suche nach einem Auto für die Ferien waren, weil das Leben sich mit starkem Scheinwerferlicht einmischte, vor und nach der Abenddämmerung, wenn das aschfarbene Licht während dieser Ruhezeit im Korbsessel seine Vollkommenheit zu erlangen schien. Daß sie jetzt so wenig mit mir sprach, daß sie mich manchmal wieder ansah, als suche sie etwas, das sie verloren hatte, unterdrückte in mir das dunkle Bedürfnis, ihr die Wahrheit zu gestehen, zu gestehen, ihr endlich von dem kastanienbraunen Haar, von dem Licht in der Veranda zu sprechen. Ich fand nicht die Zeit dazu, eine zufällige Änderung der Probenzeiten führte mich eines späten Vormittags ins Stadtzentrum, ich sah sie aus einem Hotel kommen, ich erkannte sie nicht wieder, als ich sie erkannte, ich begriff nicht, als ich begriff, daß sie Arm in Arm mit einem Mann ging, der größer war als ich, ein Mann, der sich ein wenig zu ihr herabbeugte, um sie aufs Ohr zu küssen, um sein Kraushaar an Lucianas kastanienbraunem Haar zu reiben.

Robert Walser
Das Ehepaar

Bei zwei Eheleuten, die bis dahin in unangefochtenem Frieden miteinander gelebt hatten, stellte sich eines Morgens, Mittags oder Abends, wie aus einer Art von weiter Ferne daherkommend, ein junger Mann ein, der durch ein bescheidenes edles Wesen sowie durch vortreffliche Manie-

ren den günstigsten Eindruck auf sie machte, derartig, daß
sie ihn mit der allerschönsten Offenherzigkeit baten, oft
zu ihnen zu kommen, wodurch er ihnen, wie sie ihm sagten, eine große Freude mache. Sowohl Mann als Frau sym-
pathisierten lebhaft mit einem jungen Mann, der bei so
viel Jugend so viel augenscheinliche Ruhe, und bei so viel
augenscheinlicher Kraft und Gesundheit so viel Zartheit
zeigte. Sebastian, so hieß er, rief ganz besonders noch den
Eindruck gründlicher jugendlicher Vereinsamung hervor,
solchermaßen, daß die beiden gutherzigen Leute, indem
sie sein stilles, anmutiges Benehmen bewunderten, ihn
um des zarten Ausdruckes von Kummer, der seinem ganzen Auftreten anhaftete, bemitleiden mußten. Er schien bereits in jungen Jahren mannigfaltige Entbehrungen erlitten,
öfters Gefahren überwunden und vielfachen Entmutigun-
gen Trotz geboten zu haben; genug, er gefiel ihnen, und
da er ihre freundliche Einladung nicht verachtete, sondern
dankbar annahm, so sahen sie ihn öfters in ihrer Wohnung,
und rasch gewöhnten sie sich an seine Erscheinung wie an
die eines liebenswürdigen, vertraueneinflößenden Angehörigen.

Indessen, da der Gatte oft abwesend war und die Frau mit
dem jungen Mann zu zweien zusammen saß, bemächtigte
sich des Frauenherzens eine nicht zurückzudrängende Liebe für Sebastian, und eines Tages gab sie ihm Anlaß, daß
er sie umhalste und küßte, ein Ereignis, über welches sie
vor lauter Freude laut weinte. Der Gatte kam nach Hause,
und es galt nun, vor dem braven Gatten etwas zu verbergen. So sah sich eine edle, gute Frau, ehrbar bis dahin bis
in die Fingerspitzen, in ein Glück ohne Maß und zugleich
in ein Unglück ohne Grenzen geworfen. Sie vergoß zweier-
lei Art von Tränen: Freudentränen, Tränen aus Lust, aber
auch andere Tränen, Tränen aus Gram über den Verlust aller bisher genossenen lieblichen Unbescholtenheit. Ihr war
die Liebe, die sie für ihren jugendlichen Freund fühlte, nicht

so ganz Ein und Alles, daß sie den Wert des guten Rufes gänzlich hätte hintansetzen können. So rasch sie vermochte, eilte sie zum Mann und gestand ihm alles.

»Ich liebe«, sagte sie, »Sebastian. Was mußt nun du, lieber Mann, dazu sagen? Du schweigst, du erbleichst? Freilich hast du Grund zu erschrecken und zu erbleichen über solch ein Geständnis, das alles, was bis dahin so treulich zusammen gewesen ist, auseinanderreißt. Was soll ich tun, und du, was mußt du nun tun? Wie kann ich noch zu atmen wagen, da ich dir einen so großen Schmerz zufüge? Woher nehme ich den Mut, Augen zu haben, die da sehen, wie ich dich kränke? Dich, den ich ehre und liebe. Warum liebe ich auf einmal Sebastian und doch auch immer dich noch zugleich. Warum beleidige ich dich, stoße ich dich ins Unglück, da ich dich wie immer liebe, zugleich aber neuerdings Sebastian? Dies darf nicht sein. Nicht wahr, lieber Mann, dies darf nicht sein. Doch warum nicht? Warum nicht? Warum ist es unmöglich, daß ich euch beide lieben darf, da ich doch den einen wie den andern liebe, dich lieber Mann, wie immer, und ihn ganz neuerdings? Gott im Himmel, mache Licht, mache Licht in dieser Nacht. – Was soll ich tun, daß du nicht verzweifelst, lieber Mann, und daß auch ich selbst nicht verzage und verzweifle? Gibst du mir keine Antwort? Bin ich denn jetzt, weil Sebastian mein Geliebter ist, nicht mehr deine Frau? O doch! Und du nicht mehr mein Mann? O doch! Ist Sebastian dir, lieber Mann, ein Ungeheuer, weil ich ihn liebe? Und ist deine Frau dir ein Ungeheuer, weil sie wünscht, daß du sie liebst, und daß auch Sebastian sie liebt? Sebastian ist mir das Liebste, doch ja du nicht minder. Müßt ihr euch Feinde sein von jetzt an, wo doch ich gerade jetzt an euch beiden meine Freude haben möchte? Rede doch. Dein Schweigen verwirft mich – doch warum solltest du mich verwerfen wollen? Mußt . . . du mich verwerfen? Steht das in den Sternen geschrieben? Ist das unabwendbar?«

Der Mann sagte nichts. Er verbiß, was ihm durch das Innere ging, auf den Lippen, warf den Schmerz, der ihn durchstürmte, hinab in die pochende Brust, begrub den Grimm, verschloß dem Zorn die Pforten, zuckte nur traurig die Achseln, ließ den Kopf hängen, schlug die Augen zu Boden. Dermaßen tat er jetzt jeden Tag. Er sagte nichts, hielt die Lippen fest zusammen, als gelte es, ein furchtbares Geheimnis zusammenzudrücken. In seinem Betragen war er milde und müde, achtsam, doch unsäglich traurig. Und sagte nichts und kam und ging. Kam und ging wie immer, doch völlig wortlos. Was er notwendigerweise zu sagen hatte, war tonlos, war, als rede ein Toter. Kam und ging und sagte nichts, durch ganze tote Wochen, bis dann die gequälte Frau es nicht mehr vor Entsetzen und verstandhinwegfegendem Grausen auszuhalten vermochte. Ihre Liebe zu Sebastian gewährte ihr keine Freude mehr, und sonderbar: in Sebastian wollte alle Zärtlichkeit für seine Freundin dahinschwinden, da er deren Mann sich so männlich aufführen sah, wie dann vielerorten (redet rasch der Verfasser dazwischen) die Liebe der Liebhaber Verwandtschaft mit der Lust hat, den Gegner oder Gatten erbärmlich geschändet zu sehen. Sebastians Neigung zur Frau nahm mit der zunehmenden echten Menschenliebe ab, die er immer lebhafter für den Mann fühlte. Er trat durch sich selber und auch durch seine Geliebte gedrängt bald hernach vom Schauplatz ab, eine unglückliche Frau einem unglücklichen, doch nicht unversöhnlichen Mann hinterlassend. Dieser scheute sich nicht, sich über seine schöne Frau von neuem zu freuen. Sie sank ihm nach einiger Zeit, zerflossen vor seiner Güte und Schonung, zu Füßen. Er hob sie rasch auf, schaute sie freundlich an und sagte: »Es ist nichts geschehen.« Sebastian aber ging in den Strudel der Welt und brachte es mit der Zeit zu Großem.

Spielarten der Liebe

Silvina Ocampo
Geliebte im Geliebten

Manchmal scheinen zwei Liebende ein einziger; ihre Profile bilden ein vielfältiges Gesicht, wenn man von vorne darauf schaut, die vereinten Körper mit den zusätzlichen Armen und Beinen eine Gottheit, die Schiwa ähnelt: So waren diese beiden.

Sie liebten einander voll Zärtlichkeit, Leidenschaft, Treue. Sie versuchten, immer zusammen zu sein, und wenn sie sich aus irgendeinem Grunde trennen mußten, dachte während dieser Zeit jeder so sehr an den anderen, daß die Trennung eine andere Form des Zusammenseins war, subtiler, mit geschärfteren Sinnen, gieriger.

Das erste, was sie taten, wenn sie sich trennten, war, daß jeder seine Uhr auf die genaue Zeit einstellte.

»Ich möchte, daß du um Mitternacht die Verse von San Juan de la Cruz wiederholst, die ich so mag.«

»*O Nacht, die den Geliebten zusammengebracht
mit der Geliebten, die du zum Geliebten gemacht.*«

»Wir werden sie zur selben Stunde sprechen.«

»Um sechs werden dich auf der Uhr meine Augen ansehen.«

»In dem Lippenstift werde ich sein, wenn du dich anmalst, oder im Glas, wenn du Wasser trinkst.«

»Um acht wirst du aus dem Fenster schauen, um den Mond zu betrachten. Du wirst niemanden ansehen.«

»Im Glauben, es sei der deine, werde ich mir in den Arm beißen, um nicht vor Kummer zu schreien. Nicht in den Unterarm.«

»Warum?«

»Weil der Arm empfindlicher ist.«

»An welcher Stelle?«

»An der Stelle, die der Mund erreicht, wenn der Arm mit dem Ellbogen nach oben gebeugt ist, gegen das Gesicht geschmiegt, als wolle er es vor der Sonne schützen. Das ist deine Lieblingshaltung, deshalb ahme ich sie nach, als wäre mein Arm der deine.«

»Am Abend mußt du um fünf vor neun die Augen schließen. Ich werde dich bis fünf nach neun küssen.«

»Das könntest du ruhig länger tun.«

»Aber würden wir nicht schließlich sterben, wenn wir diesen Augenblick unendlich verlängerten?«

»Ich würde mir nichts anderes wünschen.«

Mit diesen und anderen Torheiten nahmen sie Abschied voneinander. Natürlich hielten sie ihre Abmachungen mit peinlicher Genauigkeit ein. Wer würde es auch schon wagen, solch ein Ritual zu brechen? Wer das nicht versteht, der hat nie geliebt oder wurde nie geliebt, und es lohnte auch nicht die Mühe, daß er liebte oder geliebt würde, da die Liebe aus grenzenloser und weiser Narrheit gemacht ist, aus Wahrsagerei und Unterordnung.

Alle die großen und kleinen Mißlichkeiten des täglichen Lebens, all das, was für andere Grund zum Verdruß ist, war für sie leicht zu ertragen.

Die Wohnung, in der sie lebten, war nicht sehr behaglich; sie hatte wenig Licht, weil ihre Zimmer auf einen Innenhof gingen. Eingeweidegeräusche aus den Rohrleitungen waren in allen Stockwerken zu hören. Die Wanne war in einen Schrank gezwängt, die Dusche über dem Abort, die Fenster waren nicht zu öffnen oder zu schließen, je nach Feuchtigkeitsgrad und Witterung, ein Pfad von Kakerlaken unterschied die Küche von den anderen Räumen, aber sie fanden in diesen Unannehmlichkeiten komische Anlässe zur Freude. (Jede beliebige Sache, die sie teilen, wird für Liebende besser, wenn sie glücklich sind.) Ihr Glück ließ sie Sympathie empfinden, Sympathie für den Gemüsehändler, für den Fleischer, für den Bäcker, für den Arzt, wenn man ihn aufsuchen mußte, für die, die mit ihnen in einer Schlange anstanden, wie gedrängt und lang diese auch sein mochte.

Nachts, wenn sie zu Bett gingen, war die Müdigkeit, die sie – engumschlungen – verspürten, eine Belohnung. Er träumte viel, sie träumte nie.

Wenn er zur Frühstückszeit erwachte, erzählte er ihr seine Träume; es waren endlose und unruhige Träume, voller Freude oder Kümmernisse. Er erzählte die Träume gerne, denn fast alle waren (ganz wie Kriminalromane) voller Spannung: Er nutzte den Moment, wenn er einen Schluck heißen Tee nehmen wollte oder ein großes Stück Brot mit Butter und Honig in den Mund steckte, um den aufregendsten Teil des Traumes zu unterbrechen und die Auflösung angemessen hinauszuzögern. »Ich wollte, ich wäre du«, sagte sie voller Bewunderung.

»Ich wollte auch du sein«, sagte er, »aber nicht, daß du ich wärst.«

»Das ist dasselbe«, sagte sie.

»Das ist etwas ganz anderes«, antwortete er. »Das erstere wäre angenehm, das zweite beängstigend.«

»Warum kann ich nie in deinen Träumen sein, wenn ich doch im Wachen bei dir bin!« rief sie aus. »Dir zuzuhören, wenn du sie erzählst, ist nicht dasselbe. Mir fehlen die Luft, das Licht, das in ihnen herrscht.«

»Glaube nicht, daß sie so vergnüglich sind (als Erzähler habe ich mehr Talent denn als Träumer); sie sind besser, wenn ich sie erzähle«, sagte er.

»Dann erfindest du sie also.«

»Soviel Phantasie habe ich nicht.«

»Auf jeden Fall würde ich gerne in deine Träume gelangen, in deine Erfahrungen. Wenn du dich in eine Frau verliebtest, würde ich mich auch in sie verlieben; ich würde lesbisch werden.«

»Ich hoffe, das geschieht niemals«, sagte er.

»Ich auch«, sagte sie.

Eine Zeitlang hatten sie beschlossen, einander bei den Händen zu halten, während sie schliefen, in der Hoffnung, seine Träume würden durch die Hände auf sie übergehen. So unbequem es auch werden mochte, da es unmöglich sein würde, auf der Suche nach Kühle das Kopfkissen zu wenden – dennoch beschlossen sie, mit aneinandergelegten Köpfen zu schlafen. Sie dachten, daß dieser Kontakt effektiver sein würde als derjenige der Hände, aber sie blieb weiterhin ohne Träume.

»Es gibt Menschen, die nicht träumen«, sagte er. »Da kann man nichts machen.«

»Ich wäre dazu fähig, Mescalin zu nehmen, Opium zu rauchen. Ich würde alles tun, um zu träumen.«

»Das fehlte gerade noch«, sagte er.

Eines Morgens im Frühling, zur Frühstückszeit, brachte sie wie immer das Tablett mit den beiden gefüllten Tassen und den Toast mit Butter und Honig. Sie stellte alles auf den Nachttisch. Sie setzte sich auf das Bett, weckte ihn, erstickte sein Lachen unter Küssen und sagte:

»Heute nacht hast du von einem Marienkäfer geträumt. Hier ist er.« Sie zeigte ihm auf ihrem Arm das Tierchen, so rot wie ein Blutstropfen.

Er setzte sich im Bett auf und sagte:

»Das stimmt. Ich träumte, wir wären in einem Garten, wo es statt Blumen Steine gab, Steine in allen Farben.«

»Ein japanischer Garten«, murmelte sie.

»Vielleicht«, antwortete er, »denn in die Steine waren Buchstaben geritzt, die japanisch oder chinesisch zu sein schienen. Über einen Weg mit höheren Steinen, denn alle Steine waren von unterschiedlicher Form und Größe, kamst du gegangen, als bewegtest du dich unter Wasser. Du kamst näher und zeigtest mir den Arm, und ich dachte, du hättest dich mit einer Stecknadel gestochen, aber als ich genau hinsah, merkte ich, daß der Blutstropfen, den ich auf deinem Arm sah, in Wirklichkeit ein *Marienkäfer* war.«

»Es hat also geholfen, daß ich mit meiner Stirn ganz dicht an deiner geschlafen habe«, sagte sie und versuchte dabei vergebens, das rote Tierchen von einer Hand auf die andere spazieren zu lassen. »Bei deinem nächsten Traum werde ich versuchen, etwas Besseres oder Dauerhafteres zu bekommen«, fuhr sie fort, als sie sah, wie das Tierchen einen zusammengefalteten, zusätzlichen Flügel öffnete, den es verborgen hatte, und losflog, um in den Lüften zu entschwinden.

Am darauffolgenden Abend schlief sie eher ein als er. Um fünf Uhr morgens erwachten sie gleichzeitig.

»Was hast du geträumt?« fragte sie bestürzt.

»Ich träumte, wir lägen im Sand, aber ... du wirst böse werden ...«

»Was in einem Traum geschieht, könnte mich nicht böse machen.«

»Mich schon.«

»Mich nicht«, erwiderte sie. »Erzähl weiter.«

»Wir lagen da, und du warst nicht du. Du warst du, und du warst nicht du.«

»Woran hast du das gemerkt?«

»An allem. An der Art zu küssen, an den Augen, an der Stimme, am Haar. Du hattest Nylonhaare, wie die Puppe auf dem Motorrad, die dir in dem Schaufenster in der U-Bahnstation so gefallen hat, dieses gelbe, glänzende Haar. Du hast einmal zu mir gesagt: ›Ich hätte gerne solches Haar.‹«

»Und was hat dich dazu gebracht zu denken, daß diese so anders aussehende Frau ich wäre?«

»Die Liebe, die ich empfand.«

»Du nennst alles mögliche gleich Liebe.«

»Dieses gelbe Nylonhaar, das dem von der Puppe auf dem Motorrad so ähnlich sah, war vielleicht schuld daran. Jede Faser war wie ein Faden aus Gold, den ich liebkoste.«

»So?« fragte sie und zeigte ihm eine gelbe Nylonfaser, die vom Kragen ihres Nachthemdes hing.

Er nahm das Gespräch als Scherz. In Wirklichkeit mochte diese gelbe Nylonfaser schon vorher im Haus gewesen sein, aus allen erdenklichen Gründen. Kamen denn vielleicht nicht die Töchter der Freundinnen mit ihren Puppen zu Besuch, die Haare aus Nylon hatten? Man trägt so viele Kleidungsstücke aus Nylon; konnte da etwa kein Faden von einer Naht abgehen?

Am nächsten Abend mußte er fortgehen, und sie blieb allein zurück. Er kam erst sehr spät wieder; sie schlief. Allmählich begann der Winter, und er brachte ihr einen Strauß Veilchen.

Im Augenblick, als er sich schlafen legte, steckte er in eines der Knopflöcher ihres Nachthemdes ein Veilchen. »Was hast du geträumt?« fragte sie wie immer beim Erwachen.

»Ich träumte, ich fuhr mit einem Schlitten durch einen schneebedeckten Landstrich, wo sich hungrige Wölfe herumtrieben. Ich war in Wolfsfelle gehüllt; das merkte ich an der Art, wie mich die Wölfe ansahen. Ein Kiefernwald zeichnete sich am Horizont ab. Ich hielt auf den Wald zu. An diesem Wald stieg ich aus dem Schlitten, und im Schnee fand ich ein Veilchen, pflückte es und lief rasch davon.«

In diesem Augenblick sah sie das Veilchen im Knopfloch ihres Nachthemdes.

»Hier ist es«, sagte sie.

»Das habe ich dir gestern abend mitgebracht, mit einem Strauß, den ich auf der Straße gekauft habe; ich habe das größte Veilchen herausgesucht und es dir ins Knopfloch von deinem Nachthemd gesteckt.«

»Den Traum hast du erfunden?«

»Wenn ich ihn erfunden hätte, wäre er lustiger.«

»Woher wußtest du, daß du von Veilchen träumen würdest? Du bist ein Lügner. Du willst mich nachmachen, indem du magische Experimente erfindest. Und trotzdem bewirken deine wirklichen Träume für mich doch Wunder«, sagte sie. »Der Marienkäfer, der Nylonfaden, das sind keine Erfindungen gewesen. Ich werde bald mit meinem Photo in die Zeitungen kommen, als die Frau, die Dinge aus fremden Träumen holt.«

»Meine Träume sind für dich fremd?«

»Für die Zeitungen schon.«

Es geschah während eines sommerlichen Mittagsschlafs. Er träumte, daß er mit ihr durch eine unbekannte Stadt spazierte, wo Soldaten paradierten. In einer grünen Tür unter einer Brücke stand Artemidor, der Daldianer, ganz in Weiß gekleidet, mit Hut und Umhang, und rief ihn.

»Wer ist Artemidor?« fragte sie.

»Ein Grieche. Er hat die *Kritik der Träume* geschrieben.«

»Woher weißt du, daß er es war?«

»Ich kenne ihn. Wir haben zusammen studiert«, antwortete er.

Artemidor streckte ihm die Hand entgegen, als zielte er mit einem Revolver auf ihn, aber was er in der Hand hielt, war ein geheimnisvoller Zaubertrank, jener, den Tristan und Isolde getrunken haben. »Wenn du deine Geliebte gleich deinem Herzen in dir tragen willst«, sagte er zu ihm, »dann mußt du nur diesen Zaubertrank zu dir nehmen.«

Als er zur Frühstückszeit erwachte, sagte sie zu ihm:

»Hier ist der Zaubertrank« und zeigte ihm ein winziges Fläschchen.

Er brauchte ihr den Traum nicht zu erzählen.

Er riß ihr das Fläschchen aus der Hand, schaute es verblüfft an, schloß die Augen und trank. Als er die Augen öffnete, wollte er sie wieder ansehen. Sie war nicht da. Er rief nach ihr, suchte nach ihr. Er hörte eine Stimme in sich, ihre Stimme, die ihm antwortete:

»Ich bin du, ich bin du, ich bin du. Endlich bin ich du.«

»Es ist grauenhaft«, sagte er.

»Mir gefällt es«, sagte sie.

»Es ist Gattenmord.«

»Gattenmord ... Und was heißt das?« fragte sie.

»Der Tod eines der beiden Ehegatten, der durch den anderen verursacht wird«, antwortete er.

Abrupt wachten sie auf.

Er träumte im Laufe seines Lebens immer wieder, und sie holte weiterhin Dinge aus seinen Träumen. Aber in den meisten Fällen waren sie ihr zu nichts nutze, denn es sind alles unwichtige Dinge; manchmal gönnt sie ihnen nicht einmal einen Blick. Sie sammelt sie in ihrem Nachttisch. Zum Glück verhelfen sie ihr nur selten dazu, Verwandlungen durchzumachen, wie es mit dem Zaubertrank geschah. Der Ausdruck ›durchmachen‹ ist gut gewählt, denn in jeder Verwandlung liegt Leiden. Manchmal haben sie Angst, nicht in ihren vorherigen Zustand zurückzukehren – in das Heim, in das gewohnte Leben – und sich zu verflüchtigen. Aber ist das Leben nicht seinem Wesen nach voller Gefahren für die, die einander lieben?

Unda Hörner
Blaue Stunde Bielefeld

Wieviel Blödsinn man macht, wenn man nicht weiterweiß. In welche Lage man sich bringt. Nicht mehr du selbst sein. Aber du bist es, du selbst hast es eingefädelt, was dich hierher führte, und jetzt bist du dir fremd. Einen Körper suchen und nicht nach Liebe fragen, nun soll dir einer das Gefühl geben, begehrt zu werden, ein fremder Körper wie ein Radiergummi, er soll die Spur eines anderen, der gegangen ist, einfach auslöschen. Willst dich vollstopfen mit Leben.

Aber so einfach ist es nicht. Nur die Zeit heilt Wunden, Geduld.

Da stehst du und wartest, in einer dieser Bäckereien mit Kaffeeausschank, Fußgängerzone Bielefeld, trinkst Kaffee aus einer klobigen, geblümten Henkeltasse. Kaffee, »ja, einen Pott bitte«, sagst du auf die Frage der Verkäuferin, und du denkst, diese häßliche Vokabel hat sich leider durchgesetzt. Du fragst dich, warum du ausgestiegen bist aus dem Zug. Durch das Schaufenster der Bäckerei fixierst du den Eingang des Hotels schräg gegenüber. Es ist das verabredete Hotel. Männer gehen ein und aus, Männer in Trenchcoats und mit Aktenkoffern, auch er wird so einer sein, Trenchcoat und Aktenkoffer.

Das Internet war noch ganz neu: Du suchtest immer noch nach ›Rechts‹, als Pendant zu ›Links‹; hieltest ›Chat‹, zumindest, wenn du es geschrieben sahst, noch für eine neueröffnete französische Bar, jedenfalls kokettiertest du gern mit deiner Unwissenheit. Da stehst du jetzt, weil du in einer Winternacht am leuchtenden Monitor dachtest, sieh dir das mal an und logg dich ein, auch wenn es so heißt, um Himmels willen, einloggen. Über was reden die da eigentlich so? Besonders tiefgründig war es nicht, ein eher niedriges literarisches Niveau. »Sie scheinen alle mit offener Hose an ihren Rechnern zu sitzen«, hattest du mal gesagt.

Harri war anders. Er kommentierte die Wortbeiträge der anderen, merkte an, daß die virtuellen Räume, wo man einander lockte mit der so frivolen Aufforderung ›Beschreib dich mal!‹, die denkbar hausbackensten Namen trugen: Sie hießen ›Besenkammer‹ oder ›Heizungskeller‹. Besenkammer und sämtliche anderen Räume gehörten zu einer ironiefreien Zone. Du trafst dich immer öfter mit Harri, im Netz: Voyeure, Komplizen, erhaben über die Einfalt der naßforschen, körperlosen Masse. Wie wenig war nötig in jenen Tagen, um dich für jemanden einzunehmen!

Da gingst du bedrückt durch die Welt; dankbar warst du schon, wenn dir ein fremder Mensch im Bus ein Lächeln schenkte. Du erzähltest Harri von dem, der dich im Stich gelassen hatte, und er sagte: »Ja, fehlt dem denn nichts, sieht dich jeden Tag, und dann kennt er dich plötzlich nicht mehr?«

Harri trat als Seelsorger in dein Leben. Nein, in dein Leben nicht, in den Zustand, in dem du dich gerade befandst, er war dir behilflich beim Vergessen. Jemand erkundigte sich wieder nach dir, und du gabst dem fremden Mann, der sagte, daß er sich doch nur Harri nannte, aber im richtigen Leben Martin hieß, deine Telephonnummer. Umgehend rief er bei dir an, sprach mit einer warmen, männlichen Stimme, die selbstbewußt klang und dein Vertrauen weckte: »Ich heiße eigentlich Martin.« Dann kam ein Blumenstrauß bei dir an, Anemonen und Tulpen von Fleurop, den Asparagus entferntest du, bevor du den Strauß in die Vase stelltest, und auf einem Kärtchen mit einem neckischen Hündchenmotiv vorne drauf, das an die Stengel gebunden war, stand: ›Liebe Grüße aus Bielefeld.‹

Er hatte sich deinen Geburtstag gemerkt. Manchmal ließ er sich am Telephon zu schlüpfrigen Bemerkungen hinreißen, aber dann mußte er über sich selber lachen und sagte, er hätte für Anzüglichkeiten kein Talent. Da hatte er recht: Seine Zweideutigkeiten klangen so, daß du wirklich dachtest, er hat sich einen Zettel gemacht und liest sie ab.

Was wußtest du von ihm? Er lebte in einer Doppelhaushälfte in einer Vorortsiedlung von Bielefeld, war zum zweiten Mal verheiratet, hatte einen kleinen Sohn, der gerade eingeschult worden war, war Steuerberater, ein eigenes Büro in diesem Vorort von Bielefeld, ein gutes Dutzend Mitarbeiter. So was Bürgerliches denkt sich keiner aus, das muß stimmen, kein Zweifel. Dafür fragtest du dich, wie ein so aufmerksamer Mann mit so einer Stimme bloß zu einem

Vorortdasein in der Nähe von Bielefeld komme und welche Frau es sich einmal hatte leisten können, einen Mann mit dieser Stimme zu verlassen.

»Du weißt gar nicht, was man mit so einer Stimme anrichten kann«, sagte er. »Wie sie umschlagen kann.« Und nach einer Pause: »Vielleicht sollten wir uns mal treffen.«

Da hast du nur gelacht und das Gespräch rasch beenden wollen. Harri legte immer erst auf, wenn im Hintergrund Motorengeräusche zu hören waren. »Das ist meine Frau«, erklärte er, »sie kommt eben nach Hause. Ich muß Schluß machen.«

Seine Telephonnummer gab er dir nicht. Aber er rief immer an den Dienstagen an, denn an den Dienstagen, abends, ging seine Frau in die Sauna, Damenabend. Manchmal rief er aber auch vom Handy aus an, mal erzählte er, er stehe in einer Parkbucht, mal, das Auto sei gerade in der Waschstraße, einmal sagte er, er gehe gerade auf einem Deich spazieren, auf Geschäftsreise an der Nordsee. Du hast nicht gleich geantwortet. Im Hintergrund hörtest du das Rauschen der Wellen und das Schreien von Möwen. Harri sagte, er sei einer Sitzung ferngeblieben und jetzt schaue er aufs Meer. Da konntest du ihn sehen. Sahst einen sentimentalen Mann, der, das Handy ans Ohr gepreßt, im Strandhafer kauerte und seinen Blick auf den Horizont richtete, einen Horizont im Winterlicht, gerade wie ein Lineal. Da wurdest du neugierig.

»Wenn schon, denn schon«, sagte Harri. »Nicht bloß darüber reden, so wie alle anderen.«

»Meinst du wirklich?«

Aber seit ihr diesen gemeinsamen Plan hattet, fühltest du dich verwegen. Es ging dir wirklich besser.

Du hast nichts zu verlieren in diesen Tagen. Brauchst ein Erlebnis, das dich völlig verrückt macht, einen Hebel umlegt in deinem Kopf und in deinem Herzen, ein Ereignis, das dich vollkommen den Verstand verlieren läßt oder eines, das dich auf den Boden der Tatsachen zurückholt. Du hast dir schließlich eine Fahrkarte gekauft, mit Aufenthalt in Bielefeld und dich in den Zug gesetzt, bist die ganze lange, schnurgerade Strecke nach Westen gefahren durch das flache Land, einen Winter in Schwarzweiß, schon Tauwetter, aber die Elbe noch flach, die leeren Baracken an der Bahnstrecke, Braunschweig, Bückeburg, da denkst du an Bach, dann die Porta Westfalica und nächste Station schon Bielefeld. Hier bist du sonst immer nur durchgerauscht, aber noch nie ausgestiegen, du kennst hier keinen Menschen. Orientierst dich mit dem Finger auf dem Stadtplan, das Hotel ist mitten in der Fußgängerzone. Es könnte überall sein.

Dein Kaffee ist längst ausgetrunken, es wird Zeit. Du zahlst, spiegelst dich im Gehen in einer Schaufensterscheibe, betrittst mit schweren Beinen das Hotel durch eine gläserne Drehtür, die nie stillesteht. Der Portier händigt dir eine Karte mit Magnetstreifen aus, weist mit der Hand zu den Fahrstühlen. Es ist ein großer, anonymer Neubau, gehört zu einer internationalen Kette, das Zimmer liegt ganz oben im sechsten Stock, ganz am Ende eines mit einem Teppichboden ausgelegten, langen Ganges, aus Lautsprechern kommt eine leise Musik, nein, keine Musik, zur Hintergrundberieselung neutralisierte Hits, kaum lauter als das unablässige Gesäusel der Klimaanlage und der Fahrstühle, eine Geräuschmusik. Du steuerst geradeaus auf die Tür zu, zu der die Karte passen soll, das Zimmer mit der Nummer 385. Die Zahl, in fetten Metallziffern an die Tür genagelt, schon von weitem gut zu erkennen, und du denkst: Wenn er ein Schwein ist, hört dich hier keiner. 385 ist dann die Falle. Aber du öffnest und gehst hinein. Die schwere Brandschutztür fällt hinter dir zu. Du bist jetzt verwahrt in einem Safe; eine Tür ohne Loch, nur ein schmaler Schlitz für die Karte, hier kommst du nie mehr raus. Ein graubrauner Plastikteppichboden, ein breites Bett mit dem üblichen Gepinsel darüber, ein dunkler Einbauschrank, Tischchen, zwei Sessel, Minibar, das Badezimmer mit allem, was man so braucht, den üblichen kleinen Fläschchen voll scharf riechendes Haarshampoo und Duschgel, an einem Haken ein Fön. Alles da, aber alles sieht billig aus, Luxus suggerierende Artikel für die hygienische Erstversorgung. Du trittst ans Fenster und schiebst die Gardine beiseite, die gelblich ist und nach Nikotin riecht. Zimmer 385 geht nach hinten: unten ein Parkplatz, viele BMW und Mercedes, und ein Altglascontainer. Ein Blick zur Uhr, es ist halb acht. Noch eine Stunde, denkst du, dann kommt Harri. Du nimmst ein Fläschchen Riesling aus der Minibar, und der Schraubverschluß knirscht. Manchmal donnert jemand etwas in den Altglascontainer. Kurz vor acht klingelt das Telephon auf einem der beiden Nachttischchen. »Ich fahre jetzt los«, sagt Harri, »meine Frau ist weg.«

Du sitzt auf der Bettkante mit deinem halbvollen Rieslingglas und sagst, daß du nervös bist. Harri sagt: »Du brauchst doch nicht nervös zu sein, ich bin doch nur der Harri, und du bist die Marina.«

»Das ist es ja gerade«, sagst du, »ich bin ja gar nicht die Marina.«

»Also, ich fahre jetzt los«, wiederholt Harri, »eine Flasche Schampus habe ich dabei, eisgekühlt.«

Du legst auf und bleibst träge auf der Bettkante sitzen. Der Riesling schmeckt künstlich, ein wenig nach Traubenzucker. Du schaltest das Radio an, es ist acht, und die Nachrichten laufen. Ein Minister ist zurückgetreten, die Regierung wackelt, und die kleine Jennifer aus Niedersachsen wird noch immer vermißt. »Regnen«, sagt die Frauenstimme aus dem Lautsprecher, »regnen wird es auch in den nächsten Tagen.« Du denkst an den Mann, der gegangen ist, es ist die Zeit, da auch er aus dem Haus geht. Du kannst ihn sehen: Siehst einen Schatten, aus dem ein Gesicht tritt. Du wolltest vergessen: Das ist dir mit dem abwesenden Menschen aus der virtuellen Welt besser gelungen als mit der jetzt greifbaren Nähe eines Fremden, den du dir so vertraut glaubtest. Du brauchtest etwas, das deine Gedanken beschäftigte, deine Phantasie in Atem hielt, du überlegst einen Augenblick, ob du einfach wieder gehen sollst, warum eigentlich nicht?

Wieder klirrt es in den Altglascontainer. Ein Auto fährt auf den Hof, ein Motor heult auf und wird abgestellt. Du siehst aus dem Fenster: ein schwarzer Audi, blank wie frisch aus der Waschstraße. Ein Mann steigt aus, untersetzt mit Ansatz zur Glatze, du siehst es von oben, er trägt einen langen, dunkelgrünen Lodenmantel und erinnert an einen Förster. Nur erfundene Männer sind makellos, du hast es doch gewußt. Alle behaupten sie, daß sie gut aussehen, sie sagen, daß sie groß und schlank sind, und dann stehen sie vor dir und haben eine Himmelfahrtsnase, ein anatomisches Detail, nach dem du vergessen hast zu fragen; oder sie haben buschige, über der Nase zusammengewachsene Augenbrauen, was du haßt, ganz zu schweigen von der Stimme, die quietscht oder poltert und dir in den Ohren weh tut. Laß es nicht Harri sein, denkst du, und es ist schließlich auch nicht Harri, sondern Martin, also laß es nicht Martin sein, denkst du, lieber Gott, mach, daß es nicht Harri ist und nicht Martin, und überhaupt, daß gar keiner kommt!

Es klopft an der Tür von Zimmer 385. Du stehst von der Bettkante auf und öffnest: Da steht dein Cyrano. Du denkst, da hat sich einer in der Tür geirrt: Er ist ein Bild von einem Mann. Er ist groß, vor allem der Mund; schwarze Haare, Zweitagebart. Er trägt eine dunkelbraune Lederjacke und Jeans. Ist ein wenig außer Puste.

»Ich bin mit dem Fahrrad gekommen«, sagt der Schöne, »Sport muß sein.«

Mit dem Champagner in der linken Hand stürzt er an dir vorbei ins Zimmer. Du siehst sein Profil: perfekte Adlernase, energisches Kinn. Sein Körper, ganz Sportler. Du stellst fest: Er gefällt mir. Es sieht nach mehr aus als nach Trost. Da steht er dicht neben dir, zu attraktiv für dieses Zimmer. Und weil du nicht weißt, was du zu diesem Fremden sagen sollst, der da im Raum steht, läßt du es dir einfach gefallen, daß er dich in den Arm nimmt und dich auf den Mund küßt. Er hat dich noch gar nicht angesehen, denkst du und sagst, »jetzt aber erst mal einen Schluck Champagner«, hoffst, daß er sich erst einmal sexuell beruhigt, aber gerade um der Enthaltsamkeit willen ist er schließlich nicht gekommen, und du selbst weißt längst überhaupt nicht mehr, warum du hier bist. Der Typ gefällt dir, aber du weißt es genau: Er interessiert dich nicht. Eigentlich hast du auch kein Interesse an Sex. Du fragst dich, was das alles zu tun hat mit dir, was ist eigentlich Sex, aber schließlich machen es alle.

Der Champagner spritzt durchs ganze Zimmer. »Gut durchgeschüttelt auf dem Weg«, sagt Harri, zieht ein Päckchen Papiertaschentücher aus seiner Hosentasche, du holst ein Handtuch aus dem Badezimmer, beide wischt ihr auf der Tischplatte herum. Du stürzt das erste Glas Champagner runter. »Trink nicht so schnell, Marina«, sagt Harri und gießt gleich nach. Dann sieht er dich lange an, mustert deinen Körper von oben bis unten und sagt: »Du bist aber doch ganz schön gut beieinander.«

Fast bist du erleichtert: Vielleicht vergißt er wirklich, weswegen er hier ist. Draußen dämmert es. Die Sonne ist gerade hinter den Häusern verschwunden, der Himmel nimmt eine transparentblau flirrende Färbung an. Im Zimmer macht sich Zwielicht breit, heure bleue. Harri steht von seinem Sessel auf und macht sich an den Vorhängen zu schaffen. Dann knipst er das Deckenlicht an.

»Laß es aus, bitte«, sagst du.

»Ich will dich sehen«, sagt er.

»Ich hasse Kunstlicht«, sagst du, »das weiße Neonlicht von Operationssälen«, und du siehst es schon kommen, von der Decke auf deine Haut, so schlecht für den Teint.

Tatsächlich, er zieht die Vorhänge gehorsam wieder auf und löscht das Licht. Die Dämmerung kriecht zu euch hinein. Ihr trinkt den Champagner oder das, was noch in der Flasche ist, und du sagst zu ihm: »Einen blöderen Namen als Harri hättest du dir nicht ausdenken können.«

Harri lacht und sagt: »Dann bin ich eben Martin. Der Martin aus Bielefeld.«

»Bielefeld hat durchaus seine Reize«, sagt Martin sogleich. »Am Wochenende gehen wir oft in den Teutoburger Wald. Joggen.«

»Ich hasse Mittelgebirge«, sagst du, »ich liebe die Berge, wenn sie hoch sind, und das blaue Meer.«

»Ach, das Steinhuder Meer ist doch sehr schön«, sagt Martin, und du: »Meer ist glatt gelogen, das ist ein Binnensee.«

»Bielefeld hat alles, was man so braucht, gute Stadt zum Einkaufen, schön übersichtlich«, fährt Martin unbeirrt fort.

»Ich hasse Mittellagen«, sagst du beharrlich, »ich liebe die Metropolen, den Dschungel der Großstadt, den man sich immer wieder aufs neue erobern muß, den Markt der Möglichkeiten.«

Inzwischen ist es dunkel geworden, nur das hereinfallende Licht der Straßenlaternen bescheint die Szene. Jetzt spricht er wieder, spricht mit der vertrauten Stimme vom Telephon, du schwenkst die Champagnerflasche, sie ist schon leergetrunken, und Martin kramt in der Minibar nach Piccolos. Ihr seht euch an, seht durch die Dunkelheit, ahnt nur den Blick des anderen. Er will, daß du ihn anfaßt, und du kriegst dumme Hände.

Sagst: »So was tun doch nur andere Leute.«

Er fragt, ob er etwas Musik im Radio suchen soll, du schweigst, und dann kommt wieder diese Art Gedudel wie draußen auf dem Gang durch die Lautsprecher, diese Geräuschmusik. Sie schläfert dich ein. Eine Viertelstunde später liegt ihr nebeneinander auf dem breiten Hotelbett.

Eigentlich weißt du es immer schon im voraus: Es ist nicht richtig. Sie riechen nicht gut, oder du riechst sie nicht gern. Aber du suchst und suchst, suchst nach einem Ereignis, einer Erklärung, die du nicht finden kannst, weil die Erklärung immer noch eine Geschichte sein soll, mit glücklichem Ende, einem Aufgang, an dem einer, der gegangen ist, wieder zu dir zurückkehrt.

Sein Zweitagebart kratzt an dein Gesicht. Du erinnerst dich wieder an das ganze Gewicht eines Männerkörpers.

»Ohne Kondom mache ich es nicht«, sagst du schnell und denkst, so oder so mache ich es nicht.

»Mit den Dingern kann ich es aber nicht«, sagt er.

»Dann geht es eben gar nicht«, sagst du, und er fällt widerspruchslos von dir ab wie eine satte Raupe.

»Wir haben nicht den Willen zur Romantik«, sagt Martin.

»Vielleicht, weil wir eigentlich Romantiker sind«, sagst du, und dann unterhaltet ihr euch weiter, leise, im Dunkeln. Die Stimme, die auf kurzem Wege an dein Ohr dringt, gehört zu der des Mannes am Telephon. Sie ist tief und männlich, sie ist selbstbewußt und irgendwie traurig.

»Was macht deine Frau«, fragst du, und Martin sagt, daß sie schon mal vorgefahren ist, in die Berge, nach Südtirol, wo sie in den nächsten drei Wochen gemeinsam Skifahren wollen. Er hat ihr gegenüber was von einem Geschäftstermin gefaselt.

Er erzählt: »Ganz märchenhaft hat es angefangen, wir haben uns kennengelernt auf einer kleinen Pazifikinsel, als während eines Monsunregens sämtliche Gäste des überschwemmten Hotels evakuiert wurden, und als wir aus dem Urlaub wiederkamen, war Ingeborg schwanger, und wir beschlossen, unverzüglich zu heiraten.«

Es gefällt dir, wie er über seine Frau spricht, so sanft, und du sagst: »Was für ein Auftakt zu einem gemeinsamen Urlaub; du belügst die Frau, mit der du ab morgen was Schönes vorhast. Ich glaube, das einzige, was dir fehlt, ist eine Person, der du von deinem Eheglück erzählen kannst. Du betrügst gerade diese wundervolle Frau«, sagst du zu Martin, und er wendet ein, daß doch noch gar nichts war zwischen euch. »Spielt das eine Rolle?« fragst du, »du liegst nackt neben einer fremden Frau im Bett; stell dir vor, ich wäre so eine, die sich nur ein Kind wünscht, jetzt noch schnell ein Kind, auf den letzten Drücker, egal von wem, deine tolle Ehe wäre im Eimer, eigentlich könnte ich dich auch jetzt schon erpressen, die Adresse, die du mir gesagt hast, stimmt, ich habe im Telephonbuch nachgesehen.«

»Kann sein«, sagt Martin, »das habe ich überhaupt nicht bedacht«, und, nach einer Pause: »Mädchen, so was ist ganz schön gefährlich. Mach so was auch lieber nicht noch einmal.«

»Hast du so was denn schon mal gemacht?« fragst du ihn, und er sagt: »Nein, noch nie.«

»Warum tust du es gerade jetzt?« fragst du weiter, und er wiederholt, was du vorhin gesagt hast: »Ich weiß es nicht, so was tun doch eigentlich nur andere Leute.«

Dann ziehst du es generalstabsmäßig durch, wie immer, wenn du getrunken hast, kriegst du diesen eisernen Blick, und du wirst leichtsinnig. Und da ergreift dich plötzlich eine Zuneigung, jedenfalls bist du jetzt fest entschlossen, Zuneigung zu empfinden und Lust, und du denkst, faß ihn noch einmal an, er ist doch wirklich ein schöner Mann, er ist wahr. Aber es bedeutet nichts, denkst du. Und nichts ist so flüchtig, wie die Erinnerung an Sex. Jedenfalls für den, der nichts daran knüpft. Wenn du nichts damit verbindest, ist es die pure Gegenwart. Es ist eine fensterlose Monade, so wie der Kasten, in dem du ihn gefunden hast, diese Dunkelkammer, in der sich wenig entwickelt. Ein gelöstes Kreuzworträtsel. Du tastest dich voran auf dem fremden Körper, dann nimmt Martin deine Hand und hält sie fest. Deine Hand liegt auf seiner Brust, du spürst, wie sein Herz schlägt, und du hörst, wie er sagt: »Du liebst ihn noch immer.«

Ihr liegt nebeneinander auf dem breiten Hotelbett, und du weißt, Martin hat recht, nichts ist vorbei. Er hat seinen Arm in deinen Nacken geschoben. »Ich habe das wirklich noch nie gemacht«, sagt er, »vielleicht war es diese Langeweile, wir sind schon so lange zusammen, Ingeborg und ich, aber wir gehören zusammen, kein Zweifel. Vielleicht ist es diese Zweifellosigkeit, die manchmal nicht zu ertragen ist: Als würde das Leben stehenbleiben.«

Und da steht dir schlagartig wieder die Erinnerung groß im Raum, du denkst an den, der sich nicht festlegen kann und gegangen ist auf dem Königsweg dessen, der sich darüber im klaren ist, daß das Glück mit der Dauer langweilig wird.

»Wenn wirklich der Richtige kommt, ist es anders«, sagt Martin zu dir, und du antwortest: »Genau da bin ich mir überhaupt nicht mehr sicher, es gibt einen Gefühlsvorrat, der sich verbraucht, der Abrieb des Gummireifens, und das Auto kommt nicht mehr so schnell voran oder ist unfallgefährdeter. Ich fürchte, heiraten, das tun die anderen; ich bleibe meiner Sehnsucht treu.«

Die Leuchtziffern auf der HiFi-Anlage sagen, daß es zwei Uhr ist, und Martin sagt, daß er jetzt lieber gehen würde, er muß noch Koffer packen für die Reise nach Südtirol und morgen in aller Herrgottsfrühe die Skier festschnallen auf dem Autodach. Du siehst ihm vom Bett aus dabei zu, wie er sich wieder anzieht, die Unterhose, die Socken und den ganzen Rest, und das, was du siehst, all diese Gesten mit Schnürsenkelbinden und Manschettenknopfschließen, ist fast intimer als seine Blöße eben noch. Dann steht er da wieder in seiner dunkelbraunen Lederjacke, so wie er gekommen ist, bloß ohne den Champagner. Er zieht sein Portemonnaie aus der Innentasche seiner Jacke und blättert vier Hundertmarkscheine auf den Tisch, auf dem die leeren Sektgläser und die leere Flasche stehen. »Mehr war es doch nicht, oder?« fragt Martin. Es ist der Preis für das Hotelzimmer, von ihm das Geld, auf deinen Namen die Rechnung am Morgen, so ist es abgemacht, Bielefeld ist klein, die Leute reden. »Viel Glück, Mädchen«, sagt er, »und gute Reise.« Er zwinkert dir noch einmal zu. »Paris, die Stadt der Liebe.«

Jetzt ist er aus der Tür. Du stehst im Türrahmen der 385 und im Morgenmantel und siehst ihm hinterher, wie er sich auf dem langen Gang entfernt, die Musik haben sie abgestellt jetzt mitten in der Nacht, seine Schritte werden vom Teppichboden geschluckt, dann biegt er um die Ecke, und es ist totenstill. Dann hörst du den Fahrstuhl, hörst, wie die Tür sich aufschiebt, wie er sich nach unten entfernt, und dann bist du wieder allein. Er hat sich nicht noch einmal umgedreht. Du liegst in diesem großen Bett und dein Blick fällt auf die Hundertmarkscheine auf dem Tisch, sie liegen da wie schnell verdient. Viel Geld für soviel Trostlosigkeit, ein Hotelzimmer mit Blick auf einen Parkplatz und einen Altglascontainer. Martin ist fort und Harri schon länger. Morgen früh geht dein Zug. Die Liebe ist nichts ohne die Liebe.

Du bittest den Nachtportier darum, am Morgen geweckt zu werden. Du schläfst schwer und traumlos und wachst noch vor dem Anruf auf, als der Altglascontainer geleert wird. Hunderte von Champagnerflaschen gehen gerade in Scherben. Du benutzt das scharf riechende Haarshampoo und das Duschgel und nimmst den Fön vom Haken, du ziehst dich an und nimmst die Hundertmarkscheine vom Tisch, raffst deine Sachen zusammen, siehst dich noch einmal im Zimmer um und ziehst dann die Tür hinter dir zu. Unten an der Rezeption gibst du die Magnetkarte ab, zahlst, denkst, daß du die Rechnung vielleicht absetzen kannst, sie ist auf deinen Namen ausgestellt, und gehst mit deiner Reisetasche in den Frühstücksraum. Es riecht nach Kaffee, nach warm gehaltenem Rührei und gebratenem Speck, aber das große Büffet, auf dem sonst noch alles mögliche angeboten wird, vom Müsli bis hin zum Roastbeef, läßt du unberührt, trinkst nur hastig einen Kaffee und einen Orangensaft. Um dich herum sitzen lauter einzelne Männer, die alle Kaffee trinken und ein Brötchen essen, mit Aktenkoffern neben sich und einem Handy neben dem Frühstücksteller, du siehst sie dir der Reihe nach an und denkst: Sie heißen alle Martin.

Später stehst du in einem Bahnhofsimbiß und löffelst eine Suppe. Bis du sie aufgegessen hast, dauert es eine Weile, sie hat die spitze Hitze von Essen, das aus der Mikrowelle kommt, und du pustest auf den Löffel, aber am Ende hast du immer noch etwas Zeit bis zur Abfahrt deines Zuges. Du blätterst in der Westfälischen, darin steht, daß der zurückgetretene Minister bereits durch einen neuen ersetzt worden ist; das vermißte Mädchen aus Niedersachsen ist wie durch ein Wunder am späten Abend wieder aufgetaucht; mit dem Wetter haben sie sich mal wieder gründlich geirrt, denn die Sonne scheint hochgemut vom Himmel, schon am Abend zuvor das zitternde, blaue Dämmerlicht hätte dir das verraten können. Du läufst noch ein bißchen vor dem Bielefelder Hauptbahnhof herum, an einer Ladenzeile entlang, prima Stadt zum Einkaufen, hatte Martin gesagt. Du wartest auf den Zug, studierst Auslagen. Im Schaufenster eines Geschäfts für zweckmäßi-

ge Sport- und Berufskleidung wippt ein einzelner Wander-
schuh auf und ab in eine Wasserpfütze. Darunter auf einem
Schild: ›Trockenen Fußes durch die Welt mit Imprä-Go.‹
Du stehst wie hypnotisiert vor diesem wippenden Schuh,
auf und ab, auf und ab, diesem Schuh, der jeder Feuchtig-
keit trotzt und für tagelange Wanderungen in Regenwäl-
dern wie geschaffen zu sein scheint. Das ist der Reiz von
Bielefeld, auf und ab, auf und ab in einer Wasserpfütze, die
vielleicht gar kein richtiges Wasser enthält, sondern Glyze-
rin oder eine ähnliche Substanz, die am Leder des Schuhs
abperlt, dank einer dir unbekannten chemischen Formel.
Nach einer Weile auf und ab, auf und ab, wird es höchste
Zeit. Du nimmst die Tasche auf und gehst durch die Unter-
führung, steigst die Treppe hinauf zum Bahnsteig, Stufe für
Stufe, Gleis vier. Ein anderer Zug ist gerade hinaus. Ein
Buchstabensalat rasselt auf der Anzeigetafel herunter, bis
alle Felder weiß bleiben. Dann rattert die Automatik von
neuem los, das Ziel wird neu gemischt. Als die Buchstaben
nach einer Weile zum Stillstand kommen, bilden sie die
Kombination PARIS-NORD. Du fragst dich, warum du
gestern eigentlich nicht gleich sitzen geblieben bist in diesem Zug nach Paris, warst doch schon unterwegs, denn
es sind diese neun Buchstaben, die in dir endlich jenes Gefühl auszulösen vermögen, das du, unter Aufbietung all deiner Willenskraft, in der Nacht zuvor gesucht und nicht gefunden hast.

Karen Duve
Besuch vom Hund

Ich bin zu einer Party eingeladen, und der Reißverschluß hinten an meinem Kleid geht nicht zu. Es klingelt. Viel zu früh. Ich streife schnell die Handschuhe über und öffne die Tür.

»Du bist viel zu früh«, sage ich, aber vor der Tür sitzt bloß ein dicker, zitternder Collie. Es regnet wie verrückt.

»Komm rein, du armer Hund«, sage ich. Der Collie zokkelt herein, und ich mache die Tür wieder zu.

»Danke«, sagt der Hund, »aber ich bin gar kein Hund.«

»Ach – nicht?«

Er stinkt wie nasser Hund.

»Nein«, sagt der Collie und lächelt. Sein Zahnfleisch hat die Farbe von Regenwürmern – mit Leopardenflecken. Ich setze mich ihm gegenüber – gerade weit genug entfernt, daß mich der faulige Geruch aus seinem Maul nicht mehr erreicht.

»Und . . .«, sage ich.

»Ich bin ein magerer Wolf und heule nachts an den Mauern eurer Stadt. Dann binden die Jäger ihre Hunde fester. Die fettglänzenden Jagdköter werden unruhig, aber sie verstehen das Lied des Wolfes nicht mehr. ›Usch!‹ sagen ihre Herren, ›Usch! Wer gibt dir dein Futter?‹ Und nachdem die Hunde etwas gefiept und gewinselt haben, legen sie ihre schweren Köpfe auf die Pfoten und schließen die Augen. Dann heule ich lauter, und die Hunde zittern und sträuben ihr Fell.«

Ein pathetischer Collie – das hat mir gerade noch gefehlt.

»Was redest du denn? Hier gibt es seit dreihundert Jahren keine Stadtmauern mehr. Und besonders mager siehst du auch nicht aus.«

»Stimmt. Ich bin gar kein magerer Wolf. In Wirklichkeit ... in Wirklichkeit bin ich dein verlorener Hund. Hallo, da bin ich wieder! Reiß die Arme auf! Wie wäre es, wenn du mir zur Begrüßung einen Napf mit Doko-Hundeflocken hinstellst?«

»Bleib mir vom Leib, hörst du! Drei Meter Abstand. Ich habe keinen Hund. Nie gehabt.«

»Wie? Du verleugnest mich? Sieht so meine Heimkehr aus? Du verleugnest mich und trägst schwarze Handschuhe, damit man nicht sieht, daß deine Nägel herausgerissen sind? Aber ich merke es doch, weil Blut heraustropft. Das sieht übrigens sehr sexy aus – die Handschuhe, meine ich.«

Ich sehe auf meine Hände herunter, auf die Handschuhe. Tatsächlich tropft Blut heraus. Am Nachmittag habe ich Blumenstengel gekürzt und mir dabei in alle Finger geschnitten.

»Warte, ich leck' dir das Blut ab«, sagt der Collie.

»Weißt du was«, sage ich, »wenn du mir wirklich helfen willst, dann sei so gut und geh jetzt. Jeden Moment kommt ein netter und überaus gutaussehender Mann vorbei, um mich zu einer Party mitzunehmen, und außerdem kriege ich meinen Reißverschluß nicht zu. Also bitte: Geh, geh geh!«

»Heißt das, daß ich alles allein tun soll?«

Er sieht mich aus blutunterlaufenen Augen an.

»Was denn?« sage ich, streiche mein Kleid glatt und angele nach dem Reißverschluß auf meinem Rücken. »Was willst du denn? Einen Knochen? Hab' ich nicht. Guck in meinen Kühlschrank – alles leer. Warum klingelst du nicht nebenan? Frau Dabelstein ist eine reizende alte Frau, die sich immer langweilt und bestimmt über Besuch freut.«

»Er geht um die Hundefrage«, beharrt der Collie. »Du mußt uns helfen. Schließlich bist du Dichterin.«

»Schriftstellerin«, sage ich fest.

»Dichterin«, sagt der hysterische Collie.

»Und wenn schon. Was soll euch das helfen?«

»Du bist der Lärm unserer stummen Schreie. Du bist die Wahrheit unserer schlimmen Träume. Du bist das Messer für unsere eitrigen Wunden.«

»Na ja«, sage ich, »man gibt sich Mühe.«

Draußen hält ein Auto. Wir gehen ans Fenster. Der Collie stemmt die Vorderpfoten auf die Fensterbank, und wir sehen hinaus.

»Das ist der nette Mann, der mich abholt. Sieht gut aus, nicht?«

»Nur äußerlich«, sagt der Collie.

»Natürlich äußerlich. Wo denn sonst? Der andere Mann ist übrigens sein Freund. Ein Idiot, ein Trottel. Wenn er auf Reisen ist, schleppt er immer seinen alten Stoffbären mit sich herum. Ich kann Männer, die niedlich sein wollen, nicht ausstehen. Männer sind nicht niedlich.«

»Wer ist die Frau?«

»Die Freundin vom Freund. Wenn du mich fragst: etwas zu scharf auf den Mann dressiert.«

Ich öffne die Tür.

»He«, sagt der nette Mann, »hast du jetzt einen Hund?« Der Collie nickt, und ich sage ja.

»Aber warum denn ausgerechnet so einen alten Lassie?«

»Warum keinen Collie? Die sind lieb und zuverlässig.«

»Ziemlich häßliches Vieh«, sagt der blöde Freund, und seine blöde Freundin kichert.

»Warum bist du noch nicht fertig?« sagt der nette Mann. »Willst du so mitkommen?«

»Klar«, sage ich, »oder stimmt irgend etwas nicht mit mir?«

»Du könntest dich wenigstens kämmen«, sagt die blöde Freundin, und ich sage: »Vielleicht komme ich gar nicht mit. Vielleicht habe ich etwas Besseres vor.«

Der Mann, den ich einmal für nett gehalten habe, packt mich am Handgelenk.

»Was glaubst du eigentlich, wer du bist?«

Ich schaue den Collie an. Er nickt aufmunternd, und ich sage: »Ich bin ein magerer Wolf. Ich heule nachts an den Mauern eurer Stadt. Aber die Hunde verstehen mein Lied nicht mehr. Und dann kommen die Jäger und binden sie fester und ...«

Der Mann, den ich einmal für nett gehalten habe, stößt mich von sich.

»Du bist verrückt. Vollkommen verrückt. Mit so etwas will ich nichts zu tun haben.«

»Na ja«, räume ich ein, »du mußt das natürlich im übertragenen Sinn verstehen. Es geht um Wahrheit. Nicht um philosophische Wahrheit – kriminalistische ...«

»Verrückt bist du«, sagt der Mann, den ich einmal nett gefunden habe und der sehr gut aussieht. »Ich hatte schon einmal etwas mit einer Verrückten. Die hielt sich für Adolf Hitler. Das mache ich kein zweites Mal mit.«

»Wirklich? Sie hielt sich für Adolf Hitler? Das ist interessant«, bemerkt der Collie.

Ich fange an zu weinen.

»Ha«, sagt der blöde Freund, »es ist doch jedesmal das gleiche. Gerade die Frauen, die immer so stark tun, sind nachher immer ganz klein und schwach.«

Ich weiß nicht, was ich darauf antworten soll. Der Collie drückt seine feuchte Nase gegen mein Knie.

»Das ist die Sorte, die zum Treten kommt, wenn einer am Boden liegt«, flüstert er. »Wahrscheinlich hat er jetzt einen stehen.«

»Na, und?« schreie ich den blöden Freund an. »Hast du jetzt einen stehen, oder was?«

Seine Freundin rümpft die Nase.

»Du bist so klein. In Wirklichkeit bist du soooo klein.«

Sie zeigt mit Daumen und Zeigefinger, wie klein ich bin.

»Du miese Schnalle«, sage ich. »Du weißt doch gar nicht, was klein ist. Du denkst, ich bin klein, weil ich weine. Aber es bedeutet nichts, wenn ich weine. Ich weine ständig.«

»Billy the Kid hat einmal über die Schönheit eines Gedichtes geweint, und direkt danach stand er auf und erschoß zwei Männer, ohne daß seine Hand zitterte«, sagt der Collie.

»Jawohl«, sage ich, »ich weine sogar auf Bahnhöfen und bei Tierfilmen. Es bedeutet nichts, wenn ich weine. Hinterher stehe ich auf und erschieße zwei Männer, ohne daß mir die Hand zittert.«

»Außerdem ist sie eine Dichterin«, sagt der Collie, »und Dichter und Dichterinnen müssen empfindsam sein.«

»Ja«, sage ich. »Du kannst mich gar nicht verachten. Ich bin der Lärm deiner stummen Schreie.«

»Was bist du?« fragt der Mann. Wie habe ich ihn je nett finden können? Er geht aus der Tür, und mit ihm der Freund und die Freundin.

»Macht bitte die Tür auch wieder zu! Wir heizen schließlich nicht für die Eichhörnchen«, sagt der Collie.

Die Tür knallt ins Schloß. Dann das Geräusch des startenden Autos. Der Motor säuft ab. Erneutes Starten. Sie fahren weg. Ich lehne mich mit dem Rücken gegen die Wand und rutsche daran herunter, bis ich auf dem Boden sitze. Ich vergrabe mein Gesicht im stinkenden, feuchten Fell des Collies und weine.

»Jetzt ist er weg«, sage ich. »Was soll ich bloß tun?«

»Du könntest aufstehen und jemanden erschießen«, sagt der Collie. »Geweint hast du ja schon.«

»Heute nicht mehr. Meine Hände zittern so.«

»Ist dein Kühlschrank wirklich leer?« fragt der Collie.

»Ja, aber wir können zur Esso-Tankstelle gehen. Es ist nicht sehr weit.«

Ich ziehe meinen Wollmantel an, stecke die nackten Füße in Gummistiefel und setze meine Waschbärmütze auf.

»Hast du keine Leine?« frage ich den Hund.

»Die brauche ich nicht. Wir Collies sind lieb und zuverlässig.«

Es hat aufgehört zu regnen. Alles ist voller Pfützen. Ich lege eine kleine Step-Nummer in Gummistiefeln hin, und der Collie kläfft anerkennend.

Ein einzelner Stern steht am Himmel.

Thomas Meinecke
Ein Student verirrt sich

Extra zum Studium der Technischen Wissenschaften war Roman Rollo Ende der siebziger Jahre aus dem Niederbayrischen in die Landeshauptstadt gekommen, wo er ein gewissenhaftes und sogenanntes Studentenleben führte. Er reihte sich schnell und unauffällig in das Heer seiner Kommilitonen ein: der gepflegte Bart war bald gewachsen, Skijacke und Aktenkoffer besaß er bereits seit der gymnasialen Oberstufe in Niederbayern, und Adidas-Schuhe waren schon immer die bequemsten gewesen.

Roman Rollo hatte anfänglich stark unter der Unübersichtlichkeit der Großstadt zu leiden. So blieb er abends meistens allein in seiner Bude des Studentenwohnheims, und wenn er Besuch von seiner Sandkastenfreundin Erika bekam, drängte er bereits um einundzwanzig Uhr zum Aufbruch der Freundin, mit der ihn nichts weiter als ein sprödes sexuelles Verhältnis verband. Sandkastenfreundin? Tatsächlich hatten Roman und Erika bereits vor fünfzehn Jahren in einem niederbayrischen Sandkasten unweit von Mühldorf am Inn zusammen gespielt, nun hatten sie sich im Oberbayrischen auf einem Faschingsball der Technischen Universität zufällig wiedergetroffen und waren, darauf legt Roman Rollo Wert, allein aus biologischen Erwägungen eine Beziehung eingegangen. Wir wollen mit dieser Anekdote jedoch auf etwas ganz anderes hinaus:

Eines Abends im Frühling 1979, und ausgerechnet, als er

eigentlich wegen der Sportschau ganz schnell nach Hause mußte, blieb Roman Rollo auf dem Weg durch die Fußgängerzone der Münchner Innenstadt vor einem Schaufenster stehen und war sonderbar erregt. Die Schaufensterpuppe, in die sich Roman Rollo gleich auf den ersten Blick so hoffnungslos verliebt hatte, war wirklich von einer makellosen Schönheit. Er mußte sich eingestehen, daß er nie zuvor eine derart schöne Frau gesehen hatte. Den Reiz ihrer Anziehungskraft konnte sich Roman Rollo, dessen Lebens- und also Denkweise zu einer Verfeinerung der Nerven nicht geführt hatte, jedoch nicht näher erklären: Waren es ihre unergründlich schönen Augen, mit denen sie ihn so geheimnisvoll musterte? Oder ihr wunderbarer Körper, der unter dem Kleid, das man ihr angezogen hatte, so verführerisch zur Geltung kam? Vielleicht auch waren es die Haare, welche so weich auf ihre Schulter fielen, oder diese unvergleichliche Haarfarbe, die Roman Rollo in der Natur noch nie gesehen hatte, oder der sinnliche Mund mit jenen dunkelrot glänzenden, halbgeöffneten Lippen, hinter denen ihre perlweißen Zähne zum Vorschein kamen. Von diesen Zähnen wollte Roman Rollo, so träumte er, gern einmal sanft gebissen werden.

Später versuchte er sich vorzustellen, wie sie wohl ungeschminkt aussähe, ohne all das Rouge, das ihre Wangenknochen so stark hervorhob, und ohne das Augen-Make-up, das ihre Augen so katzenhaft erscheinen ließ, und ohne die schimmernde Lippenpomade. Zu Hause saß Roman Rollo oft stundenlang vor den Fotografien, die er heimlich von ihr gemacht hatte, und erging sich in den wildesten Phantasien.

Schließlich trieb er sich tagelang in der Fußgängerzone herum, in der Hoffnung, daß die Schaufenster ja irgendwann umdekoriert werden mußten und er somit die Gelegenheit erhielt, seine Göttin einmal unbekleidet, wie die Fabrik sie erschuf, sehen zu können. Elf Tage verbrachte er mehr oder weniger auf diese Weise, ohne daß etwas geschah. Vorlesungen, Seminare und Praktika hatte er seit über zwei Wochen sausen lassen, und der gepflegte Kinnbart begann sich in einen ungepflegten Vollbart zu verwandeln. Roman Rollo war plötzlich alles egal, und am zwölften Tag endlich sollte sein Wunsch in Erfüllung gehen.

Schon morgens um neun Uhr hatten zwei weißbekittelte Dekorateure das Schaufenster betreten. Zuerst entfernten sie alle Dekorationen, welche dem Schaufenster die Atmosphäre einer Frühlingswiese verliehen hatten, auch die beiden weißgestrichenen Fahrräder wurden entfernt. Roman Rollo stand mit klopfendem Herzen vor dem Schaufenster und beobachtete die beiden Männer nicht ohne Haß bei ihrem Tun. Und er wurde von wütender Eifersucht gepackt, als er sah, wie unachtsam die Männer der schönen Teilnahmslosen das Kleid vom Leib rissen. Als sie nun so unbekleidet dastand, mit jenen furchtbaren und so entstellenden Nahtstellen am Rumpf und mit jener so abstoßend neutralen Glätte ihrer Scham, wurde es Roman Rollo plötzlich ganz kalt ums Herz. Und als die Männer zurückkamen und der Puppe die Perücke vom Kopf nahmen, rannte er in heller Verzweiflung davon.

Und während er so rannte, fühlte er eine grenzenlose Enttäuschung in sich aufsteigen. Am Abend betrank er sich. Und den nächsten Tag verbrachte er fiebernd im Bett. Von nun an ging er wieder regelmäßig in Vorlesungen, Seminare und Praktika. Der Bart wurde gestutzt, und am Wochenende ging er gleich zweimal mit seiner Sandkastenfreundin zum Tanzen in die Olympia-Diskothek. Nach einer qualvollen Woche jedoch hielt er es nicht länger aus und nahm direkt vor der Mensa und zum Erstaunen seiner Kommilitonen eine Taxe in die Innenstadt.

Die letzten hundert Meter rannte er, dann stand er wieder vor ihr, und wieder schaute sie ihn so an. Man hatte ihr eine blonde Perücke aufgesetzt und ein schwarzes Satinkleid angezogen, und überhaupt hatte man das Schaufenster völlig umdekoriert: Es sollte nun den Eindruck einer Diskothek erwecken, weshalb auch diverse Lichteffekte installiert worden waren, die das Schaufenster abwechselnd in den verschiedensten Farben aufstrahlen ließen und wodurch die gesamte Szenerie eine nervöse Note erhielt. Roman Rollo war sofort wieder von Kopf bis Fuß verliebt, vergessen waren die Nahtstellen und Schrauben, vergessen die Demütigungen beim Umdekorieren, vergessen der Schock, vergessen auch Sandkastenfreundin Erika, mit der er um diese Zeit zum Abendessen verabredet war. Die Schönheit war wiederhergestellt und Roman Rollo grenzenlos verzückt von dem neuen Charakterbild seiner Angebeteten. Sofort fuhr er nach Hause und kam bald mit seinem Fotoapparat zurück.

Doch groß war sein Erschrecken, als er bei seiner Rückkehr feststellen mußte, und er wunderte sich selbst über diese späte Erkenntnis, daß seine Geliebte sich in achtzehnfacher Ausführung in den verschiedenen Schaufenstern des Kaufhauses befand: es war überall das gleiche Gesicht, das gleiche Make-up, die gleiche Figur, nur hatte man ihr verschiedene Perücken aufgesetzt und unterschiedliche Kleider angezogen, ein Schaufenster zeigte sie gleich dreifach in verschiedener Unterwäsche, welche war da überhaupt die Seine?

Die Erkenntnis, daß sämtliche Schaufenster des Kaufhauses mit nur drei verschiedenen Puppentypen ausgestattet waren, versetzte Roman Rollo zuerst in außerordentliches Erstaunen und erweckte in ihm die unterschiedlichsten, sowohl schmerz- als auch lustvollen Erregungen, später jedoch machte sich wieder jene deprimierende Enttäuschung in ihm breit, die ihn bereits befallen hatte, nachdem er das Ding unbekleidet gesehen hatte. Er machte dennoch Fotografien von allen achtzehn Ausführungen seiner Geliebten, und nachts träumte er von achtzehnmal dem gleichen sinnlichen Blick.

Seiner Freundin, der Sandkastenfreundin Erika, verweigerte er jede Zärtlichkeit.

Nach einigen Wochen jedoch konnte Roman Rollo ein deutliches Nachlassen seiner Lust auf das geliebte Artefakt verzeichnen. Bald besuchte er die Schaufenster nur noch zweimal wöchentlich, und schließlich stellte er auch das Fotografieren ein. Bis er eines Tages in einer Illustrierten las, daß alle Schaufensterpuppen nach lebenden Modellen gefertigt werden. Sofort setzte er sich mit dem Chef jenes Kaufhauses in Verbindung und erfuhr schließlich auf vielen Umwegen und nach lästigem Briefwechsel, daß es sich bei dem Modell für seine Puppe um die fünfundzwanzigjährige Mireille Cassou handelte, eine Französin, die aber mit ihrem Mann in London lebe. Sofort buchte Roman Rollo einen Wochenend-Einkaufsflug nach London.

Vom Gatwick Airport nahm er eine Taxe in die Innenstadt, wo seine Angebetete, nicht weit vom Hyde Park entfernt, wohnen sollte. Der niederbayrische Student, der in seinem Leben lediglich das österreichische Ausland bereist hatte und dem schon das gemütliche Treiben der bayrischen Landeshauptstadt großstädtisch vorgekommen war, geriet naturgemäß während dieser Taxifahrt auf der linken Straßenseite durch die gewaltige Metropole Englands in heillose Verwirrung, gepaart mit einer geradezu irrsinnigen Vorfreude auf seine Geliebte.

Als die Taxe jedoch bei der angegebenen Adresse hielt, befand sich dort lediglich eine große Baustelle. Soviel Roman Rollo auch herumfragte, niemand konnte ihm sagen, wo Mireille Cassou sich befände, die meisten hatten ihren Namen nie gehört, mit dem Vorzeigen seiner Puppenfotos erntete er lediglich befremdete Blicke, und in einem Fotoatelier erfuhr er schließlich, daß es sich bei Mireille in Wirklichkeit um das uneheliche Kind einer Polin handele, deren unaussprechlichen wahren Namen niemand wisse, und daß sie seit ihrer Scheidung von dem Engländer wie-

derholt in Malta, beziehungsweise New York City, gesehen
worden sei. Völlig niedergeschlagen flog Roman Rollo
dann am Sonntag wieder nach Deutschland zurück.

Am nächsten Wochenende bereits gab er die Verlobung
mit seiner langjährigen Freundin Erika bekannt.

Alles ist möglich,
eine Liebe oder eine Katastrophe

Wolfgang Koeppen
Joans tausend Gesichter

Die Familie des Photohändlers stand bestürzt. Der Mann war gegen Abend vom Parterre des Ladens atemlos in die Etage der Wohnung gerannt, hatte einige Sachen notdürftig in einen Koffer geworfen und war fortgestürmt, ohne auch nur mit einem einzigen Wort den besorgten und empörten Zurufen der Angehörigen zu begegnen. Als diese sich nach seinem Abgang in den Laden hinunter begaben, sahen sie die Tür zur Straße sperrangelweit offen stehen und in der Kasse eine größere Geldsumme liegen.

Was dann folgte, waren flüchtige Kartengrüße aus fernen Städten und zu Hause ein Wandel der Gewohnheiten. Die Frau trat aus ihrem Bridgeklub aus und hinter den Ladentisch. Die Kunden, denen sie Platten, Filme und Apparate verkaufte, sahen ihr Haar grau und ihre Züge alt werden. In der Dunkelkammer bemühten sich der Sohn und die Tochter um die Arbeiten der Amateure. Ihre Sportgeräte staubten im Schrank. Betrübnis herrschte im Haus. Über ein Jahr lang blieb der Mann fort.

Als er wiederkam, war er wie ein anderer. Sein Gesicht konnte ein Rennpferd getragen haben, so mager, nervös, gehetzt oder jagend war es. Man wußte nicht, ob er die Peitsche geschwungen oder zu fühlen bekommen hatte. Arme und Hände schienen ihm länger gewachsen zu sein. Die Finger waren greifender. Der Gang schneller und zuweilen springend. Auch konnte er bei einem Geräusch auffahren wie ein scheuer Verfolgter. Bei alledem aber lachte er das unbekümmerte Lachen eines Siegers und zeigte den Blick des Mannes, der Erfolg hatte. Und am Abend schon erzählte er seine Geschichte:

Am Morgen des Tages, an dessen Abend ich abreiste,
hatte ich meinen Laden wie immer um acht Uhr geöffnet.
Das ist für mein Geschäft viel zu früh, denn vor elf besucht
mich kaum ein Kunde. Aber ich hatte die frühen Stunden
gern. Ich liebte das Alleinsein unter den Geräten meines
Berufs. Ich staubte die schwarzen Kamerakasten ab, putzte
die blinkenden Objektive noch blinkender und ordnete
die Aufstellung des Schaufensters. Mein Leben drohte im
Gleichmaß der sicheren Tage flach zu werden. Ich wußte am Morgen, was es am Mittag geben würde, und nur
manchmal noch kam mir der Einfall zu einem Bild, zu einer
besonderen Art der Einstellung eines Apparates auf ein lokkendes Objekt hin, erlebte ich die Leidenschaft meiner
Jugend, die mir zum Beruf geworden war. In einigen verschlossenen Mappen ruhten die Bilder, die ich gemacht
hatte. Man konnte sie nicht im Fenster zeigen und sie gefielen den Photographierten nicht. Es lagen da Großaufnahmen von Augen, Stirnen und Mündern auf manchem Gesicht, die nicht von guten Taten sprachen.

Diese Bilder wollte ich wieder einmal in der Stille des
Morgens betrachten, als die Ladentür schellte und ein Herr
zu mir hereinkam. Er sagte mir gleich, daß er nichts kaufen,
sondern wissen wolle, ob ich bereit sei, einige Aufnahmen
zu machen. Ich nannte ihm die Adresse mehrerer mir bekannter Photographen; er meinte jedoch, daß er die Aufnahmen nicht in einem Atelier, sondern in einem Laden gemacht haben wolle.

»Wissen Sie«, sagte er, »im Atelier, da ist nur ein Apparat. Und jeder Apparat zeigt eine andere Frau. Ich besitze
schon viele Bilder von Joan. Sie sieht immer anders aus. Ich
weiß nicht, woran ich bin. Die, mit der ich lebe, ist nie von
den Photographen erfaßt worden. Nicht, daß Joan ein Photographiergesicht hätte, wie es Spiegelgesichter gibt. Wenn

meine Mutter sich puderte, war ihr Antlitz im Moment der Verschönerung Pastell. Nein, Joan hat keine Hemmung vor dem Akt der Aufnahme. Sie ist frei und willig. Ihre Züge leben. Aber wie sie leben ist das Unbegreifliche. Sie spielt, sie stellt Masken aus, sie ist alles vom Kind bis zur alten Frau. Auf jedem Bilde ist sie ein anderer Typ, aber eben nur ein Typ. Verstehen Sie, einer! Während sie neben mir, in jeder Sekunde die ganze Reihe der Möglichkeiten erfüllt. Wenn sie heute stirbt, bin ich ohne ein Abbild ihres Seins.

Von Ihnen wünsche ich dies: Sie kennen die Geschäfte der Uhrmacher. Sie kommen um die Mittagsstunde hinein. Der Meister beguckt Ihre Uhr, und während er arbeitet, schlägt es plötzlich im ganzen Laden zwölf. Von hinten, von vorn, von rechts und links kommen die Schläge, in Dur und Moll, sonor und schrill, der Kuckuck springt aus dem Nest, der Choral läuft über dem Türgesims ab, die Zeit erfüllt den Laden, sein Raum ist voll Klang, die Stunde dringt unmittelbar auf Sie ein. So sollen Sie Joan photographieren! Ziehen Sie die Zeitauslösung Ihrer Apparate wie Uhren auf. Stellen Sie die Objektive ein, hier auf diesen Kreis gerichtet, von nahe und von fern. Überall müssen Apparate sein. Am Erdboden, auf den Stühlen, den Tischen, den Regalen, den hohen Leiterstufen. Und alle Stative haben direkt im Kreis zu stehen. Fesselhöhe, die Hände, Arme, Hals, jede Falte der Haut im Gesicht, jeder Fall des Haares muß vom Aufblinken der Verschlüsse getroffen werden. Schalten Sie die Kohlenlampen ein, legen Sie die elektrischen Blitze zurecht, richten Sie alles aus, ich hole Joan, sie schläft noch drüben im Hotel, und hier haben Sie Geld für Ihre Mühe.«

Ich stand und starrte auf den Packen der Scheine in meiner Hand. Wenn die Mappe nicht vor mir gewesen wäre mit meinen Aufnahmen, ich hätte den Mann für wahnsinnig gehalten. So aber berührten mich seine Worte wie ein alter eigener Wunsch, der jetzt von anderen genannt wurde. Ich bemühte mich, ihn zu erfüllen. Ich rannte voll Eifer umher, legte in der Dunkelkammer Filme und Platten in die Kameras, richtete die Zeitstellung ein, besorgte das Richten der Objektive und das Legen der Kabel für die Lampen.

Ich war kaum fertig, als mein Kunde zurückkam. Ich hatte noch gar keine Zeit gehabt, mir über diese Joan, die ich in so vielfacher Form aufnehmen sollte, Gedanken zu machen. Als ich sie nun hinter dem Fremden eintreten sah, schien sie mir nicht mal schön. Ein schlankes Girl aus dem kalifornischen Film. Da aber die Lampen aufsummten, das Licht weiß und zitternd über sie herfiel und sich in jeder ihrer Poren verfing, da ihr Kleid von den Strahlen zerschnitten wurde, war sie im ganzen wie etwas Fließendes, das nicht als Erscheinung zu halten war, das immer sich fortwandelte und die Phantasie des Betrachters in eine Flucht greller Vorstellungen jagte. Ich glaubte mich zu erinnern an Bilder, Statuen und Träume. Derweilen geschah es schon, wir alle hatten es vergessen, daß die Verschlüsse knackten und die Linsen die Bilder schluckten.

Im Moment danach unterbrach ein Kurzschluß die durch die vielen Lampen überlastete Lichtleitung. Der Laden stand im natürlichen Schein des Vormittags, und Joan war wieder nur das Girl aus Kalifornien, das lachend über die optische Orgie sich freute, die ihretwegen geschah. Der Mann aber blieb ernst. Am liebsten hätte er die Bilder im selben Augenblick noch gesehen, und er und sie unterstützten mich antreibend bei der enormen Arbeit des Entwickelns.

Zu dritt standen wir in der engen Dunkelkammer. In den Tauchbädern berührten sich unsere Hände beim Spülen der Platten. Die des Mannes waren schiffstauig und nervös, ihre von einer trockenen felligen Kühle, wie meine sich anfühlten, wußte ich damals noch nicht. Ich mußte auf den Lauf der Arbeit aufpassen und spürte nur entfernt die wahnsinnige Sucht des Mannes, Joans ganzes Wesen in seine eine Hand zu schließen. Und als wir die Aufnahmen gegen das Licht hielten, erfaßte auch mich das Wunder. Das waren Gesichter, Schultern, Glieder und Gestalten, Ausschnitte, die wir da sahen, Masken und Torsos, blickrechte und solche von perspektivischer Verzerrung, aber die Frau, die zwischen uns stand und manchmal rief, »es ist doch ähnlich; es ist doch ähnlich«, die Frau war auf den Bildern nicht zu sehen. Und während der Mann Platte nach Platte an der Kante des Tisches zerbrach und die Filme zerschnitt, wurde mir klar, daß Joan in ihrer Schlankheit alles in sich gesogen hatte, was es an Frauenmöglichkeiten gab, und daß die Platte immer nur die eine Schicht, die im Sekundenbruchteil des Aufnahmemoments gerade außen lag, erfassen konnte.

Ich kann nicht sagen, daß Joan als Frau mich reizte. Als Objekt nur rief sie mich. Vor dem Scherbenhaufen der Platten und Filme fühlte ich mich beschämt und berufen. Was ich im Gleichlauf der Tage nicht mehr zu hoffen gewagt hatte, meiner Tätigkeit ein Ziel zu geben, ein neues Streben bot sich mir jetzt. Ich war der Jäger, der diese Frau, und so die Frau überhaupt, für die Ewigkeit zu fangen hatte.

Als das Paar von mir ging, wußte ich, daß sie abreisen würden. Ich folgte ihnen in keinem anderen als in meinem eigenen Auftrage. Ja, es kam so weit, daß ich mich vor ihnen, die meine Verfolgung als Last zu empfinden begannen, verstecken mußte. Das bekümmerte mich nicht. Ich wußte ja, daß die Aufnahme heimlich wie ein Mord geschehen müßte. Und ich entwickelte in mir alle Fähigkeiten des großen Verbrechers. Im Laufe eines Jahres war Joan keinen Tag ohne mich.

In tausend Verkleidungen beschlich ich sie. Ich photographierte hinter Zeitungen und Bücher, durch Knopflöcher und Fingerschlitze hindurch. Nachts erschreckte sie das Aufflammen meines Blitzlichtes. Ich bestach Ärzte, sie zu Röntgenaufnahmen zu schicken, die ich machte und so ihr Innerstes durchleuchtete. Die Ergebnisse waren Stückwerk. Nur Schritt für Schritt drang ich vor. In den Museen erkannte ich die Ursachen. Ich sah, wie sie aufnahm. Im Prado, im Louvre, in den Uffizien und den Galerien amerikanischer Millionäre sah ich sie vor den Gemälden der berühmten Frauen stehen, und ich beobachtete, wie ihre Haut das Bild trank, wie sie Mona Lisa wurde oder die Venus des Tizian, und wie sie Venus war und Mona Lisa. Die Aufnahmen, die mir in den Ausstellungen gelangen, bereiteten mich vor auf das Ziel, das ich auf einer Autostraße im Staate Kansas erreichte, wo Joan von dem Mann durch einen Herzschuß getötet wurde. Das schöne, stille Gesicht der Toten war die letzte Schicht, die über alle anderen kopiert nun die Erscheinung gab, die der Mann und später ich als Joan erkannt hatten. Mit dieser Aufnahme, hier in dieser Rolle liegend, konnte ich heimfahren.

Bärbel Reetz
Einspänner

Alles ist möglich, eine Liebe oder eine Katastrophe. In meinem Kopf ist alles möglich: Hamsun könnte dieses Café betreten mit Schnauzbart und Hut, oder irgendein Mann könnte durch den Filzvorhang kommen und sich an meinen Tisch setzen. Jeden Morgen sage ich mir, daß die Träume der Nacht ans Licht zu befördern sind. Du mußt nur wollen! Das hat meine Großmutter gesagt, wenn ich den Spinat herauswürgte, und meine Mutter, wenn bei Gleichungen mit Unbekannten die falschen Vorzeichen blieben.

Jeden Morgen nehme ich mir vor, die ganz große Geschichte zu schreiben. Alle Wörter liegen verpackt; ich muß sie nur aufschnüren. Toller Einfall wird buntes Bild, hier rot, da grün, dort blau, ein Haus, ein Baum, der Himmel. Mal Mond, mal Stern, mal Sonne, und meine Menschen laufen darin herum, die ich nur einfangen und in die richtige Position bringen muß. Schminke gibt es genug, ihnen Gesicht zu geben, und Kleider wie früher für die Anziehpuppen.

Das leere Blatt. Der leere Stuhl. Vielleicht beginne ich ohne Einleitung. Keinen Einspänner mehr. Wasser. Das verjagt den Pelzgeschmack aus dem Gaumen und hält den Kopf klar.

In diesem Café haben bedeutende Männer Bedeutendes geschrieben. Beim Einspänner. Das steht in meinem Reiseführer. Wenn es zu Hause nicht geht, dann eben auf Reisen. Ich habe mir diesen Hut gekauft und trage ihn tief in der Stirn. Mit Hut hat mein Gesicht etwas Interessantes. Setze ich ihn ab, fällt es blaß ins Spiegelglas, so daß ich mich selbst kaum erkenne.

Früher lasen sie hier Zeitungen. Und schrieben. Ihre Gedankenseiten stehen in meinem Bücherregal. Öffentlichen Büchereien. Und mir fällt nicht einmal der erste Satz ein. Aller Anfang ist schwer, sagte meine Großmutter. Ein neues Heft endete mit der Katastrophe eines Tintenkleckses auf Seite eins. Von der Feierlichkeit des unbefleckten Beginns ins Versagen von Rasierklingenlöchern vor der Entdeckung des Tintenkillers.

Die Leute redeten oder starrten in ihre Kaffeetassen. Sie hielten die großen Zeitungen so aufgefaltet, daß nur die schwarzbedruckten Seiten zu sehen waren und ihre Hände. Manche hatten kleine Telefone am Ohr: Nein, erst morgen ... bitte um Rückruf ... die Kurse werden sich verändern ... viel Arbeit ... Termine ... ich komme später. Und zwinkerten einer Frau zu. Logen lächelnd.

Vielleicht bin ich einfach zu satt. Auf Reisen esse ich immer zuviel, weil es mir leid tut, Bestelltes nicht aufzuessen. Ich muß es schließlich bezahlen. Großmutter sagte: Wenn du nicht aufißt, scheint die Sonne nicht. Dieses leere Heft macht mich verrückt. Ich habe es im China-Shop gekauft: Pink mit schwarzem Schriftzeichen wie der tanzen-de Schlittschuhseufzer bei Morgenstern.

Auf Seite eins mein Name: Victoria. Wie bei Knut Ham-sun oder besser wegen Knut Hamsun. Er ist, sagte mein Va-ter, einer der Großen. Mein Vater besaß alle seine Romane und hatte über seine Rechtfertigungsrede geweint. Wie kann er nur, hatte er gesagt, wie kann er nur. Mein Vater hatte für seine Entnazifizierung ein paar eidesstattliche Er-klärungen gebraucht: ... daß er weder ein aktiver Natio-nalsozialist gewesen noch mit den herrschenden Zustän-den einverstanden ... lediglich auf Drängen von Kollegen der Partei beigetreten ... auch wohl dem Druck gefolgt, daß keiner Beamter bleiben könne, der nicht Pg war ... Vic-toria heißt Sieg, hatte mein Vater gesagt, und dann hatte er aus den *Langerudkindern* vorgelesen. Marie Hamsun schrieb ihren Namen ins Buch. Das heb auf, sagte mein Va-ter feierlich, sie ist ihm viel gewesen. Ich durfte Marie Hamsun nicht sehen, weil ich noch zu klein war.

Victoria habe ich auch gelesen und *Pan* und *Hunger* und alle anderen Romane. Vielleicht hat er in Kristiania auch im Café gesessen, oder war das Ibsen, gezeichnet von Munch?

Gloria, Victoria, sangen die anderen Kinder, und ich wollte, daß sie Vicky sagten, und malte mir die Lippen rot. Großmutter sagte, daß die deutsche Frau sich nicht schminkt und warf den Lippenstift in den Mülleimer. Vik-ky fand ich toll zwischen Doris und Marlis und Helga. Bis irgendein blöder Bengel Ficky rief. Ficky. Und alle grölten. Nur ich hatte keine Ahnung, was das bedeutete.

Mir wurde heiß unter dem Hut. Ich hasse es, wenn mein Gesicht wie eine erntefrische Tomate aussieht. Wenn ich mich tiefer über das Heft beugte, sah es niemand. Jetzt ab-tauchen! In eine Geschichte! Der Stift in der Schwebe ließ den Kellner schon wieder nach meinen Wünschen fragen. Nichts, sagte ich, ohne aufzusehen, danke. Probierte Über-

schriften. Auch in der Schule stand zuerst das Thema an
der Tafel, und dann fing man an, sich eine Geschichte aus-
zudenken. Mein schönster Ferientag. Ein Thema, und im
Kopf entstehen ... Kopfgeburten. Das ist es: Kopfgeburten.

Die Geburt fand nicht im Kreißsaal, sondern im Kopfe
statt. Mein erster Satz. Kein Präsens. Das Präteritum signa-
lisiert einen langen Atem, viele Seiten, etwas Bedeutendes.

Die Geburt fand nicht im Kreißsaal, sondern im Kopfe
statt. Den Satz möchte ich laut sagen, mir auf der Zunge
zergehen lassen. Herr Ober, einen Einspänner. Nicht im
Kreißsaal. Kaffee für den Schreibvorgang. Fand im Kopfe
statt. Kopfgeburten. Das klingt rund. Kommt mir bekannt
vor. Irgendwie. Weil es von mir ist? Oder habe ich das gelesen? Kopfgeburten, ein Buchtitel? Verdammt nochmal,
mein Gedächtnis! Wie kann ich weiterschreiben, wenn das
unklar ist. Die Geburt fand nicht im Kreißsaal, sondern im
Kopfe statt. Ich starrte auf den Filzvorhang, der die Kälte
aussperren sollte. Und wenn er sich bewegte, hoffte ich,
daß jemand kommen und sich auf den leeren Stuhl setzen
würde. Ihr Einspänner. Kleiner Schluck. Glühend heiß.
Der Stift in meiner Hand.

Kopf hoch. Da hatte er sich doch tatsächlich an meinen Tisch gesetzt. Nicht alt, nicht jung. Hageres Gesicht.
Schnauzbärtchen. Sein Hut neben meiner Kaffeetasse. Einspänner, sagte er, und der Kellner wieselte davon. Voll war
es inzwischen. Zigarettenrauch zog um die Köpfe wie Ne-
belschleier um Waldgesträuch. Alle Tische besetzt. Hatte
er gefragt, ob er Platz nehmen darf?

Ein Tagebuch? Seine Hand auf der leeren Seite: schmal,
gerillte Nägel, nikotingelb zwischen Zeige- und Mittelfin-
ger. Victoria, murmelte er und lächelte. Sein Finger unter
meinem Namen. Victoria.

Ein Einspänner für den Herrn. Die Tasse klirrte auf der
Tischplatte. Er trank. Sollte ich ihn nach seinem Namen

fragen? Er lächelte noch immer und zog den Stift aus meinen Fingern. Eine kleine Kapelle hatte sich aufgebaut: Geige, Cello, Kontrabaß. Die blasse Blonde am Klavier, weißer Hals aus schwarzem Kragen, senkte den Kopf. Die Männer hoben die Bogen. Er hatte meine Hand gefaßt: Das Leben ist schön, Victoria. Er beugte sich vor und suchte meine Augen unter dem Hut. Wir fahren ins Granitgrau der Berge, da sind wir der Ewigkeit näher. Die Geige erzählte die Geschichte, Cello und Baß raunten. In die Wälder, flüsterte ich. Sein Mund ganz nah: am Bach entlang, unter hohe Buchen, wo die Pilze wachsen. Die Klavierspielerin ließ die Hände in den Schoß sinken. Im hellen Dunst der Lampen lasen die Leute ihre Zeitungen, blickten ins Nichts oder hielten sich an den Händen.

Die Streicher spielten. Er hielt meine Hand. Sein Mund an meinem Mund. Ich stürzte mich in seine Augen. Läufe in Moll. Sie spielte wieder. In einen Pilzgarten, murmelte er, einen üppigen, unverschämten Garten, in dem geheimnisvolle, freche Pilze stehn. Seine Hand auf meinem Knie, meinem Schenkel, unter meinem Rock. Ich schloß die Augen.

Klavierakkord. Ein letzter sirrend hoher Geigenton. Applaus. Fragende Frauenstimme. Seine Antwort. Kopfruck. Augen auf. Geblendet starrte ich sie an: die Frau neben dem Tisch, das Rot ihrer Jacke, das Rot ihrer Lippen. Er stand schon, faßte seinen Hut mit der Linken, den roten Jackenarm mit der Rechten, verbeugte sich knapp: War mir ein Vergnügen.

Bläulicher Rauch hüllte sie ein wie Nebel. Der Geiger hob den Bogen. Der Filzvorhang verschluckte die rote Jakke, seinen Rücken. Die Pianistin beugte ihren weißen Hals und begann erneut ihr Spiel. Ich hätte sie gern erwürgt, mit beiden Händen, oberhalb des schwarzen Kleiderkragens.

Noch einen Wunsch? Ich schüttelte den Kopf, zu erschöpft, meine Sachen einzusammeln, den Stift, das leere

Heft. Ich saß und sah, wie am Nachbartisch ein Mann eine Frau küßte. Die Musiker verbeugten sich, und der Kellner schob den leeren Stuhl zurecht, räumte die Tasse aufs Tablett und wedelte flüchtig mit seinem weißen Tuch über die Tischplatte.

Bohumil Hrabal
Emánek

Er hatte noch keine Lust, nach Hause zu gehen, und so sagte er sich: Trinkst noch einen Kaffee. Es wurde bereits dunkel, trotzdem sah er die alte Ziková vor sich herhinken. »Einen wunderschönen Nachmittag, Gnädigste«, grüßte er.

»Geh deiner Wege, Eman!«

Aber Emánek ließ sich nicht abweisen. »Wo sind Sie gestern gewesen, he? Sie haben doch nicht etwa wieder irgendwo mit dem Schornsteinfeger rumgeturtelt!«

»Na und wenn? Er ist ein braver Junge.«

»Ein Wüstling ist er, daß Sie's wissen!«

»Eman, mach mir keinen Zirkus auf der Straße. Die Leute kennen mich hier!«

»Ah, neuerdings geben Sie was auf die Leute? Aber ich weiß genau, ich brauch Sie nur mit dem Schornsteinfeger allein zu lassen ... ich seh's schon vor mir, wie Sie ihm schöne Augen machen.«

»Eman, die Leute drehn sich um!«

»Wie ich Sie kenne, würden Sie schwach werden!«

»Niemals!«

»Und ob, ich seh schon jetzt, wie das sündige Begehren nach dem Körperchen des Schornsteinfegers in Ihnen glimmt.«

»Na und wenn?« strahlte Frau Ziková.

»Dann würde ich Sie nicht zu dem Ausflug einladen, den ich mir nur für uns beide ausgedacht hab.«

»Du schmutziges Ferkel, hör auf!« jauchzte Frau Ziková.

»Sie«, flüsterte Emánek in die grauen Locken, »Sie würden mich umschlingen wie Efeu die Gartenlaube ...«

»Eman, die Leute! Ich hab wieder die Nachrede im ganzen Haus!«

»Na und! Die Leute können Sie beneiden, daß Sie noch jemand haben, der sich in Ihre zauberhaften Guckerchen versenken kann. Was für ein zartes Hälschen Sie haben!«

»Eman, ich sag's deiner Mama! Erzähl mir lieber was von dem Ausflug!« wimmerte Frau Ziková.

»Wir wandern Seit an Seit, natürlich barfuß, und Sie treten mit Ihrem Alabasterfüßchen in ...«

»Hält's Maul! Mein Gott, schrei wenigstens nicht so!«

»Und dann beginnt die Walpurgisnacht, die süße Nacht ...«

»Laß mich los, sag ich dir, du Halunke!«

»Ich laß Sie los, doch erst müssen Sie mich anhören. Wissen Sie, was ich heut nacht geträumt hab?«

»Ich bin nicht neugierig, mir ist jetzt schon klar, daß das wieder eine Lumperei sein wird. Reicht's nicht, daß sie dir im Reich den Kopf kaputtgeschlagen haben?«

»Darum geht es nicht, Frau Ziková, das alles kommt nur von der Liebe zu Ihnen. Ich hab nämlich leibhaftig von Ihnen geträumt ...«

»Kein Wort will ich hören!«

»Auch nicht den Traum vom Glück in der Kaninchenbucht?«

»Nein. Ein Kilo Schweinefleisch wär mir lieber.«

»Auch nicht den Traum von den Freuden im Stall?«

»Lieber ein Kilo Rostbraten«, rief Frau Ziková erbost, da ihr bewußt wurde, daß sie schon seit zwei Jahren auf Rente war.

»So eine bist du also, du Türkenweib! Das Schornsteinfegerchen, jawohl! Das wär nach deiner Nase!«

»Schon möglich; aber, Emánek, such dir für deine Ferke-
leien was Junges aus.«

»Aber Sie sind doch noch keine fünfzig.«

»Wieviel?« fragte Frau Ziková glücklich.

»Fünfzig.«

»Zweiundsechzig im Januar, aber laß mich los. Laß meinen Arm los. Ich muß mir jetzt was zu essen machen. Aber
wenn ich deine Mama seh, dann sag ich ihr alles.«

»Die wird Ihnen grade glauben!«

Emánek blieb stehen. Er wußte, daß Frau Ziková jetzt an
der Rokytka entlang nach Hause gehen würde, bis hinten
an den Stadtrand. Er gab ihr die Hand und wurde ernst.
»Gute Nacht, Frau ...«

»Nacht auch. Wenn wir uns wieder mal sehen, dann be-
gleit mich ein Stück, ich erhol mich bei dir, du Quassel-
kopp. Noch im Bett werd ich mir'n Ast lachen.«

Sie hielt treuherzig seine Hand, und ihre Augen sahen
plötzlich aus, als haben sie eben geweint. Dann hinkte sie
davon, den rauschenden Bach entlang.

Emánek überquerte die Hauptstraße, lief durch das Automatenrestaurant und ging sofort die Treppe hoch, zum
Tanzlokal. Obwohl man sich hier an der Peripherie befand,
war alles genauso wie im Stadtzentrum. Er setzte sich auf
einen hohen Barhocker, stützte die Ellbogen auf den Tresen
und sagte: »Wie immer, Gin und Soda. Aber was seh ich
da? Sie! Warum denn so traurig?«

»Ach, wissen Sie, Emánek«, seufzte die Bardame, hielt
das Glas gegen eine Glühbirne und schenkte das Destillat
ein.

»Olympia ... ist es das Herz?«

»Was denn sonst? Ich habe verspielt, Emánek, alles habe
ich verspielt ... er sagt, er will allein sein.«

»Er! Allein will er sein? Oho!«

»Ja. Geschrieben hat er mir, ich hätte ihm die Welt verekelt. Bin ich denn ein solches Scheusal?«

»Tja, Olympia, wenn ich Sie so angucke, was soll ich da sagen? Mit einem Wort, eine so hübsche Bardame hab ich schon in der ›Monika‹ und in der ›Barbara‹ gesehn, aber solche wunderschönen Augen noch nie, es ist, als blendete Sie dauernd was . . .«

»Da sehen Sie, und ich habe ihm die Welt verekelt. Aber ich verstehe ihn ja, es ist alles anders. Der Joska, der hat was von einem Charaktermenschen.«

»Oho! Was ist das, ein Charaktermensch?« fragte Emánek und gab sich gleich selber die Antwort. »Das ist jemand, der auf dem Bild beharrt, das er von sich selbst gemacht hat. Doch ich, ich war nie so. Sie wissen ja, wir vom Jahrgang vierundzwanzig, wir haben uns verdammt umstellen müssen. Dazu vielleicht ein Beispiel: Nach dem Luftangriff auf Düsseldorf, als wir uns ausgebuddelt hatten. Eine Asphaltchaussee, im Hintergrund die Ruinen der Stadt, und von dort kam ein Kind auf Rollschuhen gelaufen, eine Milchkanne in der Hand. Zweites Bild. Luftangriff auf Gleiwitz. Bomben fallen, ich gucke aus dem Bunkerfensterchen. Es war am Stadtrand, und da war der Zirkus Busch. Die Käfige hüpften, und als eine Löwin sah, wie sich die Sperrhaken lockerten, schob sie mit der Pranke die Tür auf, und acht Löwen rannten in die brennende Stadt. Dann wurden wir zu Rettungsarbeiten getrieben. Brennende Straßen, Löwen, Cäsar, der größte Löwe, hatte eine ohnmächtige Frau gepackt und war mit ihr über die Treppe bis ins oberste Stockwerk eines brennenden Hauses gerannt. Da stand er im Fenster, im Rachen die Frau und unter sich das brennende Gleiwitz . . .«

Emánek klopfte sich an die Stirn. »Und hier befinden sich tausend andere und mehr Bilder. Deshalb bin ich auch so ein Wesen, das sich fortwährend ändert. Hat sich was mit Charakter.«

»Aber ich, Emánek, bin immer die gleiche, ich leide immer auf die gleiche Weise.«

»Seinetwegen?«

»Ja. Haben Sie denn nie bemerkt, Emánek, daß ich unmodern bin?«

»Sie? Olympia, Sie, die Männer haben könnte ...«

»Könnte, an jedem Finger einen, doch wissen Sie, daß mir das wie eine Entweihung vorkäme? Wenn ich meinen Joska nur nicht so altmodisch lieben würde! Einen halben Liter Tränen hab ich heute bestimmt beim Brieflesen geweint.«

Emánek streichelte ihre Hand. »Aber, aber ... Olympia ...«

Doch das Mädchen schwamm in Tränen. »... er wartet drauf, daß ich eine Bekanntschaft anknüpfe, und gleich schreibt er mir: ›Siehst du, so sieht deine ganze Liebe aus!‹ Aber ich habe den Brief gelesen, er will mich ja nur auf die Probe stellen. Doch ich halte aus. Eher laß ich mich einmauern!«

»Olympia, Sie? Ein eingemauertes Mädchen?« sagte Emánek und wollte die Hand der Bardame erneut streicheln, unterließ es aber. Neben ihm nahm ein riesiger Kerl Platz, und Emánek erkannte ihn sogleich. Es war der Herr Spediteur Alfred Bér.

»Der Herr wünschen?« fragte die Bardame.

»Rum!« dröhnte die Männerstimme.

»Herr Alfred, was haben Sie denn?« fragte Emánek und sah zu, wie Olympia einschenkte.

»Mir gefällt das Leben nicht«, klagte Herr Alfred Bér, streckte die Hand aus und umschloß das Glas wie ein Vögelchen, als die Bardame ihm den Rum hinstellte. »Mir, Herr Alfred, auch nicht«, sagte Emánek. »Aber jeder Mensch liebt doch etwas, oder?«

»Ich sage, daß mir heute nichts gefällt!« erklärte der Riese, stürzte den Rum in die Kehle und hieb das Glas auf den Tresen. Dann öffnete er die Hände und blickte stumpf auf die Handteller, die zwei Landkarten asiatischer Gebirge glichen.

»Olympia, sehen Sie auch mal, solche Menschenhänd-
chen, ist das nicht eine Pracht?« sprach Emánek und flüsterte, als er Herrn Alfred Bérs traurigen Augen begegnete:
»Wissen Sie, daß ich gern Ihre Hände haben möchte?«

»Wozu denn? Und wer erkennt so was heut noch an?«
Der Spediteur schüttelte den Kopf.

»Wozu? Nur so, um den Leuten zu zeigen, wie ich mit diesen Händen geliebte Dinge zu tragen und zu ertragen ver-
mag. Jeder Mensch liebt doch etwas . . . Ist doch so?«

»Und was liebst du, Eman?« fragte Herr Alfred Bér mit
hochgezogenen Brauen.

»Ich liebe mein Klavier. Jetzt spiele ich nicht mehr drauf,
denn alles, was ich gespielt hab, hat mir nicht gefallen, und
was ich gern spielen wollte, dafür hat's bei mir nicht ge-
reicht. Aber ich möchte das Klavier gern zu meiner Schwester nach Vysočany bringen. Sie hat einen Jungen, soll also
der Junge auf dem Klavier spielen. Aber, unter uns, Herr
Alfred . . . Kann ich das Instrument unbekannten Spediteu-
ren anvertrauen? Ein so wertvolles Georgswalde-Klavier?«

»Dir ist die Sache also wichtig?« Herr Alfred Bér wurde
munter und lachte. »Weißt du was, ich transportier dir dein
Klavier mit diesen Händen! Und du wirst dabeisein, damit
du siehst, was diese Hände zustande bringen! Wann soll ich
zu euch kommen?«

»Olympia, zwei Rum, und auf meine Rechnung!« rief
Emánek, überlegte und sagte: »Also morgen. Um vier
komm ich aus Kladno von der Schicht, also um Viertel
fünf. Einverstanden?«

»Einverstanden!« rief Herr Alfred Bér und umfaßte mit
seiner Pranke Emáneks Hand. »Du wirst mit eigenen Augen sehen, wie vorsichtig ich mit diesen Händen und auf
dem Rücken dein Piano auf die Straße trage!«

Als sie ausgetrunken hatten, erhob sich der Spediteur
vom Hocker und sagte mehr zu sich als zu Emánek: »Jeder
Mensch liebt etwas . . .«

»Jeder«, sagte Emánek lachend und sah Herrn Bér nach, der über das Parkett schwankte, wo noch keiner tanzte, da die Musik erst um neun zu spielen begann.

»Emánek«, begann Olympia. »Emánek, Sie sind ein gebildeter Mensch.«

»Hm. Ich bin in der Quarta durchgerasselt.«

»Das ist egal, aber Sie wissen immer, worum es geht, und Sie haben Gefühl. Joska sagt, irgendwo drinnen wär bei Ihnen eine Lerche an einem Faden angebunden ... Da fällt mir ein, wie Joska mal am Wasser etwas mit Maschine Geschriebenes aus der Tasche nahm und sagte: ›Sieh her, Olympia, das hat ein Kamerad von mir geschrieben, ich werde es dir vorlesen.‹ Und ich lag da, guckte in den Himmel, und er las mir allerlei Geschichten vor.«

»Was für Geschichten?« fragte Emánek und leerte sein Glas.

»Vielleicht bring ich eine davon zusammen.« Die Bardame hauchte ins Glas und rieb es mit einer Serviette blank. »Wie die Deutschen gegen Kriegsende einen Zug voller Frauen aus Oranienburg fortschafften, Frauen aus dem Konzentrationslager. Ein Flugzeug von den Amerikanern zerschoß die Lokomotive, beharkte auch den Zug, und die SS-Männer verschwanden. Die Frauen rannten weg, und zwei Jüdinnen, die von den Splittern verwundet waren, schleppten sich in ein Wäldchen, dort scharrten sie sich unter den Fichten Gruben, krochen hinein und deckten sich mit Fichtenzweigen zu. Dann hörten sie, wie Soldaten mit Hunden durch den Wald liefen, doch keiner fand sie. Die Jüdinnen blieben bis zum nächsten Tag liegen, und als sie schon glaubten, sie müßten im Wald sterben, hörten sie tschechische Laute. Sie schrien, und es waren Jungs von der Nothilfe. Die zogen sie raus, verbanden sie und versteckten sie unter einem Bett im Lager. Als die Front näher kam und alles floh, lud ein Tscheche, er hieß Pepík, eine der verwundeten Jüdinnen auf einen Handwagen und schleppte sie bis

Bautzen. Dort ließen sie sich in einem Keller von der Front überrollen, und dann zog der Pepík den Handwagen mit der Jüdin bis nach Haida . . .«

»Olympia, Olympia, wie ist das geschrieben? Wie über jemand anders, oder meint man, daß der, der das geschrieben hat, es auch erlebt hat?«

»Es ist so, als wenn einer erzählt, dem das selber geschehen ist . . . Aber ich blöde Gans! Jetzt weiß ich es! Daß ich nicht gleich darauf gekommen bin!« Sie schlug sich an die Stirn. »Das hat er doch selbst geschrieben!«

»Bestimmt war er's«, sagte Emánek spöttisch. »Aber ich werde Ihnen die Geschichte zu Ende erzählen, ja? Von Haida zog Pepík das jüdische Mädchen nach Česká Lipa, und dort nahm sich das Rote Kreuz ihrer an. Und dann wartete die Jüdin zu Hause ganze vier Jahre, daß ihr Held endlich erschien, doch Pepík kam nicht, und so hat sie geheiratet. Ich zahle.« Emánek verstummte und sah Olympia nicht mehr an.

»Aber Emánek, was haben Sie wieder? Also, Emánek!« Sie nahm seine Hand, doch er spürte, daß sie ihn nur aus Mitleid berührte. Er war drauf und dran, ihr zu verraten, daß dieser Pepík er, Emánek, war und daß er das jüdische Mädchen von Hoyerswerda bis Česká Lipa geschleppt hatte und die ganze Geschichte Joska erzählt hatte, doch als er Olympia ansah, wußte er, daß sie womöglich noch trauriger werden würde, wenn er ihr das sagte. Und so erwiderte er, so fröhlich er nur konnte: »Wenn Sie wieder mit Joska sprechen, sagen Sie ihm, ich laß ihn grüßen!«

Emánek lief den Gang entlang und stieg die Treppe ins Automatenrestaurant hinunter. Er bestellte sich eine Grenadine und setzte sich zu einer alten Frau, die er schon als kleiner Junge in Liberi gekannt hatte.

»Na, Oma, wie geht's uns so?«

»Gut, gut!« sagte sie. »Die Suppe ist gut heute. Aber heiß. Sag mal, Emánek, fährst du immer noch nach Kladno?«

»Ja, Oma, immer noch.«

»Und was gibt's jetzt bei euch zu essen?«

»Ach, du meinst in der Werkküche?«

»Wo sonst? Was für 'ne Speisenkarte habt ihr?«

»Nun, Oma, am Montag gibt's Suppe à la Poldi-Hütte, Bœuf Stroganoff und hinterher Butterzöpfchen in Schoko-ladentunke. Dienstags haben wir immer LPG-Suppe und Beuschel auf Wiener Art mit Knödeln.«

»Hm. Also bessert sich's schon. Du weißt, ich hab's nicht so gut gehabt. Sieben Kinder habe ich großgezogen und mußte außerdem Zeit finden, Leichen waschen zu ge-hen.«

»Das weiß ich ja gar nicht, Oma.«

»Na ja. Kleine Kinder und Sterbende, das ist ein und das-selbe. Manchmal bemachen sie sich aus Angst vor dem, was kommt. Aber was kriegt ihr am Mittwoch?«

»Ochsenzunge in polnischer Soße. Am Donnerstag Gu-lasch à la Graf Eszterházy und am Freitag den beliebten Hauskaffee und böhmische Buchteln. Und Sie, Oma, haben Sie keine Angst vor den Toten gehabt?«

»Oh, Mann, als junges Ding hab ich vor nichts auf der Welt Angst gehabt. Ich hab mir ein Beil genommen und bin damit ins Dunkle gegangen, wo sogar Räuber waren. Aber einmal hab ich mich doch erschrocken. Da war draußen hinterm Dorf eine einsame alte Frau gestorben, es war knackender Frost. Wir fahren hin, stellen den Sarg auf die Bank, und der Bestatter, Franta hieß er, schlägt das Deck-bett auf und sagt: ›Mädchen! Hol mir einen Hammer!‹ Ich geh also raus, und in dem Augenblick kommt unser Chef mit dem Fahrrad an. Ich nehme den Hammer aus der Kiste, da stürzt auf einmal unser Chef raus und schreit: ›Sie steht auf!‹ Und haut querfeldein ab ... Ich hielt den Hammer fest, und das gab mir Mut. So ging ich rein, und da packte mich das Grauen. Um ein Haar wär mir der Hammer aus der Hand gefallen. Aber was gibt's am Sonnabend bei euch?«

»Feines Frikassee mit Kartoffeln und Linzer Schnitten. Aber Oma ...«

»Und als Suppe? Emánek, was als Suppe?«

»Kuttelfleck. Aber wie ging's weiter, Oma?«

»Ich ging also rein, unser Franta hatte sich übers Bett gebeugt und drückte der Leiche die Knie runter, und das sah aus, als ob sie aufstand.«

»Und was haben Sie gemacht, Oma?«

»Ich hab nur geschrien. Da drehte sich Franta um, machte einen Satz, stieß mich aus der Tür, und weg war er. Doch ich hatte den Hammer, und das gab mir Kraft.«

»Oma, Sie waren ein Haudegen.«

»Das hat man mir auch schon gesagt, aber was kriegt ihr zur Sonntagsschicht?«

»Wann, Oma, was, Oma? Ach so, am Sonntag! Da gibt's butterweichen Kartoffelbrei, Pariser Schnitzel ...«

»Und was für Suppe?«

»Nudelsuppe, wie an Feiertagen, und darin schwimmen Fleischstückchen. Essen Sie, Oma, Ihre Suppe wird kalt!«

»Sieh einer an ... Nudelsuppe? Die eß ich gern. Und Fleischstückchen schwammen drin, sagst du?«

»Ja, Fleischstückchen.«

»Machst du dich auch nicht lustig über mich, Emánek?«

»Aber wo. Fleischstückchen ...«

»Gut, ich glaub dir. Und damals bin ich ans Bett gegangen und hab der Toten ins Gesicht geguckt. Da sah ich, sie war wie eine Wiege, die Beine an den Leib gezogen. So was gibt's, wenn ein verlassener Mensch bei Frost stirbt. Du rollst dich zusammen, und wer richtet dich grade, Emánek? Mir wird's genauso gehen, wenn ich bei Frost sterbe, dann richtet mich keiner grade. Ich bin auch so allein ...«

»Aber Oma, um Sie ist doch dauernd jemand rum. Sie haben gesagt, Sie haben sieben Kinder!«

»Das stimmt, aber kein einziges läßt sich mehr sehen.«

»Wissen Sie was, Oma? Ich sag's meiner Mama, die guckt mal ab und zu bei Ihnen rein.«

»Na, das ist aber nett von dir, Emánek, daß du dich zu mir gesetzt und mir vom Essen erzählt hast. Du weißt, das Leben hat mich Dinge gelehrt, über die man nicht mal in den Büchern schreiben kann. Na, wie ich dich kenne, bist du ein Schlawiner, aber du hast die Menschen wenigstens ein bißchen gern ... Also deine Mama will mal nach mir gucken?«

»Ich sag's ihr, Oma. Ehrenwort, ich sag's ihr. Und gute Nacht.«

»Nacht auch, Nacht...«, murmelte die Alte und aß langsam weiter.

Philemon und Baucis

Mercè Rodoreda
Liebe

Es tut mir leid, daß Sie die Tür noch mal aufmachen müssen, wo Sie sie eben geschlossen haben, aber Ihr Kurzwarenladen ist der einzige auf meinem Weg, wenn ich von der Arbeit komme. Ich gucke schon seit einigen Tagen ins Schaufenster ... Es ist zum Lachen, glaub ich, daß ein Mann in meinem Alter, schmutzig vom Zement und müde vom Herumklettern auf dem Bau ... Ich will mir nur mal den Schweiß vom Nacken wischen: der Zementstaub dringt in die Hautfalten ein, und die entzünden sich wegen dem Schweiß. Ich hätte gern ... In Ihrem Schaufenster haben Sie alles, nur nicht, was ich gern hätte ... vielleicht deshalb, weil man so was nicht ins Schaufenster tut. Sie haben da Halsketten, Nadeln, alle möglichen Sorten Garn. Garn scheint wirklich was zu sein, wonach die Frauen ganz närrisch sind ... Als ich klein war, kramte ich immer im Garnkörbchen meiner Mutter herum und steckte die Röllchen auf eine Stricknadel und hatte meinen Spaß daran, sie tanzen zu lassen. Es ist zum Lachen, daß ein Kerl, wie ich einer war, sich mit solchen Sachen vergnügte, aber eben, so ist das Leben nun einmal. Heute hat meine Frau Namenstag, und sicher denkt sie schon, ich werd ihr nichts schenken, würde nicht daran denken. Was ich gern hätte, das haben die Frauen von den Kurzwarenläden manchmal in so großen Kartonschachteln drin ... Was meinen Sie, soll ich ihr eine Halskette schenken? Aber die gefallen ihr nicht. Als wir heirateten, hab ich ihr eine aus Glas gekauft, mit lauter Glaskugeln in der Farbe von Dessertwein, und ich fragte sie, ob sie ihr gefalle, und sie sagte: ja, sehr. Und sie hat sie kein einziges Mal umgehängt. Und wenn ich sie fragte, hin und wieder bloß, um sie nicht zu langweilen: Hängst du nicht mal die Kette um?, sagte sie, sie sei zu auffällig für sie, sie käme sich wie ein Schaukasten vor, wenn sie sie umhängen würde. Und davon konnte ich sie nicht abbringen. Der kleine Rafael, unser erster Enkel, der ganz behaart und mit sechs Zehen an jedem Fuß auf die Welt kam, nahm dann die Kette zum Klickerspielen. Ich seh schon, ich halte Sie auf, aber manche Sachen sind einfach so schwierig für einen Mann. Ich lass' mich gern zum Einkaufen schicken, für alles, was Eßwaren sind, ich bin keiner von denen, die sich schämen, mit dem Marktkorb herumzulaufen, im Gegenteil, ich suche gern Fleisch aus, der Fleischer und ich, wir sind seit frühester Kindheit befreundet; und Fisch aussuchen auch. Die Fischhändlerin, also ich meine, ihre Eltern verkauften schon meinen Eltern Fisch. Aber was anderes kaufen als Eßwaren ... da bin ich Ihnen hilfloser als ein Käuzchen bei Tag. Raten Sie mir. Was meinen Sie denn, was ich ihr schenken könnte? Zwei Dutzend Spulen Garn? ... in verschiedenen Farben, aber vor allem schwarz und weiß, die Farben braucht man immer. Vielleicht würde ich ihren Geschmack treffen, doch wer weiß! Vielleicht würde sie sie mir an den Kopf werfen. Es kommt drauf an, aber manchmal, wenn sie schlecht gelaunt ist, behandelt sie mich wie ein kleines Kind ... Ein Mann und eine Frau, nach dreißig Jahren Ehe ... Die allzu große Vertrautheit ist schuld. Das sag ich immer. Aber all die Stunden gemeinsamen Schlafs, all die Todesfälle und Geburten, alle Tage derselbe Trott ... Und ein paar Stück Band? Natürlich nicht. Ein Spitzenkragen? Ein Spitzenkragen, das geht an. Mir scheint, wir kommen der Sache näher ... ein Spitzenkragen. Sie hatte mal einen ganz aus Rosen, mit Knospen und Blättern. Es fehlen dir nur noch die Dornen dran, habe ich jedesmal zum Scherz gesagt, wenn sie ihn sich auf ein Kleid nähte. Aber jetzt zieht sie sich nicht mehr schön an, sie lebt nur fürs Haus. Sie ist ein richtiges Hausmütterchen. Wenn Sie sehen würden, wie bei ihr alles glänzt ... Die Gläser im Büffetschrank, du lieber Himmel, ich glaube, sie staubt sie dreimal täglich ab, und zwar mit einem Tuch aus Leinen. Sie nimmt sie unendlich behutsam in die Hand, stellt alle auf den Tisch, und dann geht's los, immer innen rundherum mit einem Tuchzipfel. Dann stellt sie sie wieder schön hin, die einen neben die andern, wie Soldaten, die einen großen Hut aufhaben. Und erst die Pfannenböden!... Man könnte meinen, sie koche das Essen draußen statt drinnen. Zu Hause riecht alles sauber. Was glauben Sie wohl, was ich mache, wenn ich heimkomme: hinter die Zeitung hocken oder die Nachrichten hören?... Da steht dann schon eine Wanne mit Wasser auf der Galerie, von der Sonne vorgewärmt; ich muß mich einseifen, und sie spült mich mit einer Gießkanne ab. Wir haben extra einen Vorhang, grünweiß gestreift, damit die Nachbarn mich nicht sehen. Und im Winter muß ich mich in der Küche waschen. Das ist vielleicht eine Arbeit nachher, bis sie das Wasser wieder aufgewischt hat, das auf den Boden geflossen ist. Und wenn meine Haare zu lang sind, schimpft sie ein bißchen mit mir. Und jede Woche schneidet sie mir die Nägel ... Ach ja, wegen des Kragens, ich weiß nicht ... Und Wollknäuel für einen Pullover?... Aber ich weiß nicht, wieviel sie brauchen würde ... Und dann bei dieser Hitze Wolle kaufen und ihr etwas schenken, was ihr Arbeit macht ... Lassen Sie mich mal lesen, was da auf den Schachteln steht. Vergoldete Knöpfe, silberne Knöpfe, beinerne Knöpfe, matte Knöpfe. Klöppelspitzen. Kinderhemdchen. Gemusterte Socken. Schnittmuster. Kämme. Mantillen. Ich sehe, ich muß mich entscheiden, denn wenn ich es nicht tue, werfen Sie mich am Ende noch mit Gewalt hinaus. Wo wir jetzt miteinander geredet haben und ich schon ein bißchen Zutrauen hab, wissen Sie, was ich eigentlich gern hätte? Eine Damenunterhose ... Eher lang. Mit gekräusel-

ter Spitze unten wie ein Volant und einem Bändchen, das
vor dem Volant durch lauter Löcher gezogen ist, und die
beiden Enden zu einer Doppelschleife gebunden. Haben
Sie solche?... Hat mich ganz schön Überwindung gekostet, Ihnen das zu sagen. Sie wird sich wahnsinnig freuen.
Ich werd sie ihr heimlich aufs Bett legen, eine Überra-
schung wird das! Ich werde zu ihr sagen: geh mal das Bett
frisch beziehen, und sie wird sich schrecklich wundern,
geht das Bett beziehen, und was findet sie: die Unterhose.
Oje, da hat sich der Deckel verklemmt. Solch große Schachteln lassen sich schlecht auf- und zumachen. Schon in Ordnung. War nicht der Aufregung wert. Mir gefallen die mit
der noch stärker gekräuselten Spitze, weil das dann zuun-
terst wie Schaum aussieht ... Blau das Band? Nein. Rosa
sieht hübscher aus. Zerreißen die auch nicht so schnell?
Wo sie doch so geschäftig ist und nie ruhig sein kann ... wenigstens verstärkt sollten sie sein. Ich glaub schon, daß sie
haltbar sind, und außerdem, wenn Sie's mir sagen ... Und
der Stoff ist Baumwolle? Sehr schön gewoben. Das wird sie
schon merken, klar. Und sagen wird sie's mir auch. Sie gefällt mir, wird sie sagen. Sonst nichts. Sie macht nämlich
nicht viel Worte, gerade soviel, wie nötig sind. Welche Größe?... Da weiß ich nun wirklich nicht Bescheid. Falten Sie
sie doch mal auseinander ... Wissen Sie, sie ist so rund wie
ein kleiner Kürbis. Fürs Bein braucht sie mindestens die
Bundweite von diesen da. Und das ist die größte Nummer,
die Sie haben, sagen Sie? Als sie zwanzig Jahre alt war, da
hätten sie ihr prima gepaßt ... doch wir sind alt geworden.
Natürlich, Sie können da nichts machen. Ich auch nicht.
Ich sehe bloß gar nichts anderes, was ihr gefallen könnte.
Sie hat sich immer nützliche Sachen gewünscht. Was mach
ich denn jetzt? Ich kann doch nicht mit leeren Händen da-
herkommen. Außer ich kaufe was beim Konditor an der
Ecke ... Aber klar, das ist natürlich nicht das gleiche. Ein
Mann, der arbeitet, hat so wenig Zeit, um bei so was gute
Figur zu machen ...

Andrzej Stasiuk
Maryśka

Bei der Hitze wird man ganz meschugge. Haben Sie mal gesehen, wie im August die trockenen Wiesen brennen, wie der Südwind das Feuer treibt und nur schwarze Erde übrigbleibt, schwarzer Staub, Vogelknochen und Skelette von dummen Ringelnattern, die aus der Erde gekrochen sind? Die kann man zwischen den Fingern zerreiben. Sie haben das nie erlebt, aber so muß es ausgesehen haben. Hitze, die Luft wie ein Blechdach, ein Streichholz genügt, wenn Wind weht. So muß das gewesen sein. In der Nacht, aber trotzdem. Ich sag Ihnen: die Hitze ist in sie gefahren wie der Wodka. Da genügt ein Streichholz, ein Wort. Die Wahrheit erfährt man nie, nicht einmal, wenn man dabei gewesen ist. Sie sind ja nicht von hier. Ich hab alle drei gekannt, wie man sich hier so kennt. Aber das ist am Tag. Dann kommt die Nacht, und alles ist ganz anders. Gacek, Edek, Maryśka ... Maryśka, Edek, Gacek. Wo fängt das alles an? Maryśka – ich weiß noch, wie sie sechzehn war und ein weißes Kleidchen anhatte, bis übers Knie. Anfang Juni, und die Beine schon braun. Vielleicht, weil man sie nie in Hosen gesehen hat, und die anderen Mädels damals – immer lange Hosen. Hier, über den Marktplatz, ging man zum Fluß, ins Weidengebüsch. Die Jungs, dann die Mädchen, hinter ihnen, ein bißchen abseits, man weiß ja, wie das ist: sie wollten, aber sie hatten Angst. Nur sie hatte keine. Ich weiß noch, einmal im Frühjahr, im Mai vielleicht, da ging noch keiner ins Wasser, die anderen saßen am Ufer, hängten die Füße und die Haken rein, und sie zog sich einfach aus, machte die Knöpfe auf, das weiße Kleid fiel runter, sie stieg raus und ging ganz ruhig auf den Damm, wissen Sie, auf den, den die Deutschen im Krieg aus jüdischen Grabsteinen gebaut haben. Da ist es ganz still geworden. Alle Köpfe drehten sich nach ihr um. Nein, nackt war sie nicht. Irgendwas hatte sie an, aber es war windig, und ihre schwarzen Haare wehten, vielleicht sah sie deshalb so nackt aus. Eine Stille war das ... Sie ging bis zur Mitte des Damms. Das Wasser war grün, es muß am Tag davor geregnet haben, ganz grün das Wasser, es reichte ihr bis zu den Knöcheln, und sie war braun, als hätte sie das ganze Leben in der Sonne gelegen. Sie schaute die Jungs an, als wollte sie sie auslachen, und dann stieß sie sich von den Steinplatten ab und sprang. Mit dem Kopf voraus. Und dort war es gar nicht tief. Gleich hinter dem Damm wurde es flacher, und Steine, ich sag's Ihnen, größer als Pferdeschädel. Aber sie tauchte wieder auf. Und als sie aus dem Wasser stieg, naß, alles angeklebt, da haben alle gesehen, das ist das, wovon die Jungs nachts träumen. Wie 'ne Schlange hat sie geglänzt. Dann hat sie das Kleid angezogen, die aufgerissenen Mäuler hat sie gar nicht beachtet, und ist gegangen. So war das, ich sag's Ihnen, wenn Sie auch nicht von hier sind. Wenn Sie 'ne Flasche Wein holen, erzähl ich weiter.

Sie hatte sechs Schwestern, arm wie Kirchenmäuse. Bei ihrer Mutter ist unlängst das Haus abgebrannt, da hat der Blitz eingeschlagen. Und die Schwestern – alle so farblos, das heißt blond, und wäßrige Augen hatten die, wie Eis. Und sie – als sie älter geworden ist, da hat sie wohl was gespürt, und dann bestimmt auch gehört, denn die Leute sind wie sie sind, die können den Mund nicht halten. Sechs blaß wie der Mond, und sie das schwarze Schaf. Sie hat nur drauf gewartet, sich auf und davon zu machen, ab in die Welt, einmal wegen der Leute, aber auch, weil sie so ein Temperament hatte. Sie fuhr zu einer der älteren Schwestern, die verheiratet war und Kinder hatte, nach Krosno, glaub ich. Aber sie ist schnell wiedergekommen. Bestimmt hat der Schwager ein Auge auf sie geworfen. Da ist sie in dieses Kaff zurückgekommen, ein Holzhaus, mit Pflöcken befestigt, wo sich die Füchse gute Nacht sagen, die Mutter fix und fertig, und die Mädchen wie schlafende Prinzessinnen, am hellichten Tag liefen sie im Nachthemd im Hof rum, mit Federn im Haar. Der Vater? Der Vater hat seine Schuldigkeit getan und ist gestorben. Er ist ertrunken, kurz nachdem die Jüngste geboren war. Man hat sich erzählt, er wär auf dem Heimweg gewesen und im Bach eingeschlafen. Und kein Mensch hat ihn geweckt.

Was hätte sie da tun sollen? Wieder ist sie weggefahren, abgehauen. Zu einer anderen Schwester, in die Nähe von Rymanów, auch schon verheiratet. Wissen Sie, so eine wie die sollte einen Bruder haben. Damit sie irgendwohin kann. So eine hat unter Weibern nichts zu suchen, deshalb ist sie hierhergekommen, nach Żłobiska, obwohl hier nichts los ist.

Haben Sie 'ne Zigarette? Beim Wein kriegt man Lust zu rauchen.

Hier war immer einmal im Monat Tanz. In der alten Remise. Jetzt gibt's die nicht mehr. Sie stand gleich hinter der Polizei. Einmal im Monat ein Buffet und eine Band, Akkordeon, Schlagzeug, Gitarre, und vom Boden kam so ein Staub hoch, daß man schon deswegen ständig trinken wollte. Dunkel, ein paar Birnen in Krepp, in der Mitte war's zuerst leer, weil alle noch an den Wänden standen, die Jungs für sich, die Mädchen auf der anderen Seite, und erst als ein paar Stücke gespielt waren, als man ein paarmal am Buffet war, da haben die Paare, die sich besser kannten, die ersten Schritte gewagt. Zuerst abseits, im Schatten, dann mehr in der Mitte, zur Bühne hin, bei der Trommel. Sie ist auch immer dort gewesen. Ganz allein, mit niemandem, in diesem weißen Kleid, sie ist von einer Bekannten zur anderen geschwirrt, aber eigentlich hat sie nur auf ein Stück gewartet, bei dem sie mitten im Saal rumwirbeln und zeigen konnte, was sie zu bieten hat, sie hat gewartet, daß die Musiker warm werden, daß sie richtig in Fahrt kommen und locker werden, denn am Anfang hat es, egal, was sie spielten, immer wie ein Marsch geklungen. Und dann ist sie mittenrein gesprungen, zwischen die Pärchen, die, die sie kannten, haben ihr Platz gemacht, und sie hat mit ihrem Tanz angefangen. Nur sie, ganz allein. Manchmal ist ein Fremder oder ein ganz Mutiger aufgetaucht und hat sie aufgefordert, aber nach zwei oder drei Runden hatte er genug. Dann stand er mit rotem Gesicht da, erhitzt, benommen, mit runtergerutschter Hose und raushängendem Hemd. Und sie hat angefangen sich zu drehen, rumzuwirbeln, daß ihre schwarzen Haare sich um den Hals wickelten und das weiße Kleid um die Beine und die Hüften, und manchmal standen alle auf, und die Musiker spielten nur noch für sie, immer lauter und immer schneller, sie standen da und guckten, wie sie schließlich die Schuhe auszog und sich barfuß, die Hände über dem Kopf, auf der Stelle drehte, als wär sie an 'nem Faden an der Decke aufgehängt, denn die nackten Fersen haben wohl nicht mal den Boden berührt. So war das. Ich hab damals selbst an der Wand oder am Buffet rumgestanden und hab's gesehen. Und das war noch die Zeit, als man nicht einzeln getanzt hat, und deshalb haben sie sie angeglotzt wie 'ne Verrückte, aber sie konnten nicht aufhören zu glotzen. Die Mädchen vor Wut, und die Jungs wahrscheinlich, weil sie dann was hatten, woran sie nachts denken konnten. Und mit wem hätte die auch tanzen sollen.

Aber bis zum Schluß ist sie nie geblieben. Wenn es dann angefangen hat, das, warum man den Tanz überhaupt veranstaltet, daß sich die Pärchen verdrücken, das Kichern im Dunkeln, hinter der Remise, in den Weiden am Damm, wenn dann nach Mitternacht die Nacht erst richtig anfing, dann ist sie verschwunden. Niemand hat sie jemals mit einem gesehen, obwohl so mancher gern gewollt hätte. Was heißt da so mancher. Jeder. Und vielleicht, weil sie nie mit jemand was hatte, haben die Leute getratscht, daß sie mit jedem was hätte. Sie muß das gewußt haben. Hier weiß man alles. Und sie hat nie was gesagt. Wie 'ne Königin. Sie ist gekommen, hat getanzt, keiner hat sich an sie range-traut. Vielleicht aus Angst? Denn sie war von hier und nicht von hier.

Sehen Sie, das ist die Straße nach Dukla. Da geht's raus in die Welt. Irgendwann war es dann soweit. Sie war viel-leicht zwanzig. Ein Rzeszówer Kennzeichen, dunkler An-zug, dunkle Brille, Bahama yellow, wie man damals sagte, ein Fiat. Sie saß neben ihm, nicht mehr in dem weißen Kleid, sondern in einem anderen, und sie betrachtete Żło-biska, als würde sie es zum letzten Mal sehen. Mindestens drei Mal sind sie um den Marktplatz gefahren. Langsam, ganz langsam, damit alle zugucken konnten, damit jeder sehen konnte, daß sie es geschafft hat und daß sie ihr sonst-wohin rutschen können.

Es wird heiß. Kommen Sie in den Schatten.

Und später hat sie keiner wiedererkannt. Wieviel Jahre mögen es gewesen sein? Fünf? Sechs? Sie sah aus, als wären es fünfzehn gewesen. In die Breite gegangen, angemalt, so-gar die Stimme war anders. Ein richtiges Weibsbild. Ihre schönen Haare, schwarz wie ein Trauerfähnchen in der Kirche, hat sie sich rot gefärbt. Später hat sich rausgestellt, daß sie sich geschämt hat, weil sie grau geworden sind. Überhaupt war sie nicht mehr wie früher, nicht so über-zwerch. Jetzt war sie still und bescheiden, und man konnte sie mit diesem und jenem sehen. Vielleicht nicht gleich das, aber abends mal auf dem Marktplatz, auf der Bank, am Fluß. Na, und da sie bescheidener war, haben die anderen sich auch mehr getraut. Maryśka hier, Maryśka da, komm mit, Maryśka, und schließlich: Stell dich nicht so an, Ma-ryśka, du bist doch nicht aus Zuckerwatte. Sie war anders jetzt, sie war nicht mehr die von früher. Sie lachte aus vol-lem Hals, grölte, warf den Kopf nach hinten, die roten Haa-re fielen auf die Schultern und der Goldzahn blitzte, und früher hatte sie ganz gleichmäßige, weiß wie 'ne Perlenkette. Und jetzt gluckste sie, wenn sie lachte, aber wenn man sie rief, ging sie mit, wenn man sie einlud, kam sie, wenn man ihr was anbot, schlug sie's nicht ab. Immer öfter saß sie in der Kneipe, obwohl bei uns die Frauen da nicht hingehen, wissen Sie, höchstens 'ne ganz junge mit 'nem Verehrer. Und sie ist sogar allein gegangen. Um zu trinken. So sieht's aus. Zuerst vorsichtig, daß man denken konnte, sie wär in Begleitung, und dann ganz offen. Ein Jahr verging, und sie war ein Bild des Jammers. Im Sommer schlief sie in Heuhaufen. Da geht man morgens vorbei und sieht die Füße rausstehen. Manchmal zwei, manchmal vier. Sicher denken Sie, die hat keine Ehre im Leib, nicht? Vielleicht stimmt das auch, aber das hat sie extra gemacht. Das hat man gemerkt. Ganz demonstrativ hat sie das gemacht. Einmal hat in der Kneipe ein Mädchen was über sie gesagt. Ganz laut. So, daß alle es hören konnten. Die hat sich aber verrechnet. Maryśka hat sie am Schopf gepackt und mitten in den Saal gezogen. Mit einer Hand hat sie sie an den Haaren gehalten, mit der anderen hat sie ihr das Kleid hochgerissen und gebrüllt: »Schaut nur, schaut nur! Die denkt nämlich, daß sie was anderes da hat, daß sie ein Engel ist und keine Frau! Schaut nur!« Man hat sie kaum auseinanderbekommen. Gacek war auch da. Damals hat alles angefangen. Denn er, verstehen Sie, er hat Maryśka als einziger noch von früher gekannt. Und für ihn hatte sie sich gar nicht verändert. So muß das gewesen sein. Vielleicht hat er nur drauf gewartet, daß alles sich so fügt, daß es sich ergibt, daß sie von allein mit ihm geht, daß sie nirgends anders mehr hingehen kann. Als sie die beiden auseinander hatten, ist die andere gleich abgehauen, und Maryśka hat noch getobt, wie 'ne Hexe, und geflucht, und dann ist sie auf dem Stuhl zusammengeklappt und hat geheult. Weiß der Geier, vielleicht hat sie das erste Mal im Leben geheult, die Gläser haben gewackelt, und allen ist fast das Herz stehengeblieben. Sie saß mit hängenden Armen da und zitterte am ganzen Leib, aus der Nase lief ihr Rotz, aus den Augen Tränen und Wimperntusche. Schlimmer kann's nicht kommen, hätte man denken können. Und da ist Gacek aufgestanden und zu ihr hingegangen, hat sie am Arm genommen und zur Tür gebracht. Als würde er eine Blinde führen, sie hat sich gar nicht gewehrt.

So hat er sie noch so manches Mal weggebracht. Aus der Kneipe, von anderswo . . .

Und schließlich diese Nacht. Morgens kam der Krankenwagen mit Blaulicht und fuhr mit Vollgas gleich wieder los. Edeks Auto war schon weg. Vielleicht hat er den Arzt gerufen, vielleicht ist er auch vorher aus Angst abgehauen. Als sie die Trage hinaustrugen, ist Gacek hinterhergerannt, hat geschrien, wollte mitfahren, aber der Arzt und der Sanitäter haben ihn nicht gelassen. Er hat sich noch an die Tür geklammert, und schließlich mußten die Leute ihn festhalten, damit die anderen fahren konnten. Er hat schrecklich ausgesehen, haben sie erzählt, leichenblaß. Der Krankenwagen fuhr weg, und sie ließen ihn los. Aber er dachte nicht daran, dazubleiben. Er ist in seinen Star gesprungen und im Hof rumgekurvt. Die Leute sind auseinandergelaufen, er ist völlig durchgedreht. Er hat's nach vorne probiert, nach hinten, rumgeschaltet, Gas gegeben, er war so außer sich, daß er alles vergessen hat, was er in zwanzig Jahren Fahrpraxis gelernt hat. Schließlich kam er irgendwie raus und fuhr aufs Tor zu. Ein paar Typen standen da, aber keiner kam auf die Idee, ihn aufzuhalten. Alle guckten, was passieren würde. Aber es passierte nichts mehr. Als er hinterm Tor über den Graben fahren wollte, kippte er auf die Seite. Er stand ganz schief, der Motor heulte auf, die Räder gruben sich in den Schlamm, und schließlich saß er mit dem Fahrgestell fest. Jemand ist gekommen, hat die Tür geöffnet und das Auto ausgemacht. Er saß da, die Arme auf dem Lenkrad, und starrte ins Blaue. Die Leute standen noch eine Weile rum und gingen dann. Und er saß da, wartete und wußte, daß sie ihn gleich mitnehmen würden.

Ja. Die Hitze macht einen ganz meschugge, bei der Hitze will man doppelt soviel trinken, in den Leuten brennt ein Feuer. Die Wahrheit wird man nie erfahren, auch nicht, wenn man dabeigewesen ist. Wenn die Wiesen brennen, im August, in der Nacht ... Da steigt so ein roter Rauch zum Himmel.

Angeles Mastretta
Neben dir will ich nicht begraben werden

Hundertdrei Jahre war Rebeca Paz y Puente alt geworden, ehe sie zum ersten Mal im Leben krank wurde, aber dieses eine Mal sah von Anfang an so aus, als sollte es auch ihr letztes werden.

Von den dreizehn Kindern, die sie zwischen ihrem achtzehnten und dreißigsten Lebensjahr geboren hatte, waren nur fünf noch am Leben. Ihren Mann hatte sie schon vor einem knappen halben Jahrhundert zu Grabe getragen, und an ihrem Bett saßen jetzt abwechselnd immer ein paar von ihren insgesamt zweiundsiebzig Enkeln. Schon sechs Monate war sie nun so schwer krank, daß es jeden Abend hieß, sie werde den nächsten Morgen nicht mehr erleben, jeden Morgen, sie werde spätestens vier Uhr nachmittags sterben und jeden Nachmittag, es sei ein Wunder, wenn sie noch bis Mitternacht durchhielte. Von der rüstigen alten Dame mit dem blühenden Lächeln war nur noch ein hautumspanntes bleiches Gerippe übriggeblieben. Sie war schön gewesen, in der Juárez-Zeit die Schönste der Schönen, aber daran konnte sich, da alle ihre Altersgenossen schon vor der Revolution gegen Porfirio Díaz gestorben waren, inzwischen kein Mensch mehr erinnern. Nur noch sie selber wußte, wie selbst ihre Erscheinung liberalen Geist ausgestrahlt hatte, wenn sie während der französischen Belagerung Nacht für Nacht aus dem Haus gelaufen war und bis zur Kapitulation der Stadt todesmutig ihre Pistole abgefeuert hatte.

Jetzt machte sie zehn Atemzüge in der Minute und war schon seit Wochen geistesabwesend. Irgendeine Kraft aber war noch in ihr und hielt sie am Leben, dank deren sie dem Tod immer noch ausweichen konnte, als sei er ein schlimmerer Zustand als ihr jetziges Leben.

Ihre Kinder sprachen sie gelegentlich noch an, sie gingen dazu ganz dicht an ihr Ohr, neigten sich zu ihrem mageren, immer kleiner gewordenen Schädel, um den der weiße Haarwald dafür um so mächtiger wurde.

»Warum gönnst du dir nicht endlich Ruhe?« fragten sie erschöpft und mitfühlend.

»Was willst du noch? Worauf wartest du?«

Sie erhielten keine Antwort. Die Greisin blickte unverwandt auf die bleigefaßten bunten Scheiben des hohen Balkonfensters am Fußende ihres Bettes und lächelte, als ob sie fürchte, mit Worten nur zu verletzen.

Unter ihren Enkelkindern war eine junge Frau, die sich jeden Abend zu ihr setzte und ihr wie im Selbstgespräch erzählte, was sie bedrückte.

»Du kannst mich nicht mehr hören, Großmutter. Eigentlich das Beste, was du tun kannst. Es gibt schließlich nur Unangenehmes zu hören, da ist taub sein schon besser. Oder hörst du doch noch? Manchmal bin ich mir fast sicher, daß du mir zuhörst. Habe ich dir schon erzählt, daß er weg ist? Habe ich. Aber für mich ändert sich dadurch gar nichts, weil ich ihn ja doch mit mir herumschleppe. Stimmt es, daß du deinen Liebsten im Krieg verloren hast? Mir wäre auch lieber, meiner würde umgebracht, als daß er mich jetzt langsam umbringt. Anstatt ihn zu hassen, könnte ich dann stolz darauf sein, an der Seite eines furchtlosen Kämpfers gelebt zu haben. Dein Liebster war doch ein furchtloser Kämpfer, oder, Großmutter? Wie hast du es nur fertiggebracht, nachdem du ihn verloren hast, noch so lange zu leben? Wie konntest du weiterleben, nachdem dein Liebster umgebracht wurde und mein Großvater dich da weggeprügelt hat, wo er verblutete? Zu der Heirat mit Großvater bist du doch gezwungen worden, oder? Wieso habe ich mich eigentlich nicht schon früher einmal getraut, dich danach zu fragen? Du warst immer so wortgewandt und so schön! Jetzt nützt es nichts mehr, jetzt erfahre ich nie mehr, ob es stimmt, was über dich gemunkelt wurde – daß du deine ganze Familie verlassen hast und einem General der Juárez-Truppen hinterher bist. Und ob er kurz vor dem Ende der Belagerung von der Hand der Franzosen oder von der deines Mannes gestorben ist.«

Die alte Frau antwortete nicht. Sie hatte mit dem Atmen genug zu tun und atmete in langen, unregelmäßigen Zügen.

Zweimal war der Bischof schon zur Beichte geholt worden und viermal zur letzten Ölung, doch inzwischen sahen ihre Kinder und Kindeskinder ihrem Todeskampf schon so lange zu, daß sie sich daran gewöhnt hatten, neben einer Sterbenden zu leben.

»Es geht ihr schon besser«, behauptete ihre Enkeltochter. Der Gedanke, daß ihre Großmutter sterben könne, war für sie entsetzlich. Sie würde eine treue Zuhörerin verlieren, und wer nicht geliebt wird, kann nur mit jemandes Hilfe geheilt werden, der bereitwillig zuhört.

»Ach Großmutter«, sagte sie eines Abends. »Ich verdorre. Meine Augen sind trocken, mein Mund ist trocken, und unten bin ich auch trocken. Wenn das so weitergeht, sterbe ich lieber.«

»Dummchen«, fiel die alte Frau sich da in ihr eigenes einjähriges Schweigen. »Du weißt ja nicht, was du redest.« Ihre Stimme hörte sich so brüchig an, als ob sie schon aus einer anderen Welt komme.

»Weißt du denn, was Sterben ist, Großmutter? Doch, du weißt es, oder?«

Statt zu antworten, versackte Doña Rebeca in einem Sturzbach des Geschnaufs und Geröchels.

»Warum kämpfst du dich so ab, Großmutter? Warum kannst du nicht sterben? Soll ich dir dein Medaillon bringen? Möchtest du dein Testament ändern? Was hast du noch zu erledigen?«

Die alte Frau winkte die junge mühsam zu sich heran, und ihre Enkeltochter hielt das Ohr an die sich schwach bewegenden Lippen.

»Was hast du?« fragte sie die Kranke und streichelte sie. Die blieb so liegen und spürte der Hand nach, die über ihre Haare, ihre Wangen, ihre Schultern hinstrich.

Endlich sagte sie mit ihrer gesprungenen Stimme:

»Ich will nicht neben dem da begraben werden.«

Eine halbe Stunde später versprachen die versammelten Kinder Doña Rebeca Paz y Puente, sie gemäß ihrem Wunsch mit ausreichend Platz um sich in einem Einzelgrab zu bestatten.

»Ich bin dir etwas schuldig«, sagte sie zu ihrer Enkeltochter, bevor sie zum letzten Mal daran ging zu sterben.

Schon am Tag darauf mußte sie wohl ihre Beziehungen zu den Himmlischen haben spielen lassen, denn der Mann ihrer Enkeltochter kam wieder nach Hause. Er ließ sich ein ganzes Defilee von Rosensträußen vorantragen und erging sich in einer Litanei von Entschuldigungen, Trauergesängen, Liebesschwüren und Bitten um Verzeihung.

Er hatte geglaubt, und so war es ihm von allen Seiten berichtet worden, er werde eine gebrochene Gestalt vorfinden, seine Frau habe tiefe Ringe unter den Augen, ihr Busen sei schlaff vom Heulen, sie blicke aus Fischaugen und sei vor Kummer so mager wie ein Straßenköter geworden. Statt dessen begegnete er einer zwar schlanken, aber schimmernden Erscheinung, deren Augen zwar traurig, aber um ein vielfaches lebendiger als vorher waren und die um den Mund ein an Zauberei grenzendes Lächeln hatte. Und diese selbstsichere Frau trat ihm souverän entgegen, sah ihn so an, wie es eine Mutter von vier Kindern eigentlich nicht konnte, und sagte:

»Mußt du ausgerechnet zu einem Begräbnis erscheinen? Du kannst deine Blumen mitnehmen und gleich wieder gehen. Neben dir will ich nicht begraben werden.«

Quellenverzeichnis

Isabel Allende. 1942
Verdorbenes Kind
In: Isabel Allende. Geschichten der Eva Luna. Aus dem Spanischen
von Lieselotte Kolanoske. S. 26-45
© Suhrkamp Verlag Frankfurt am Main 1990

Samuel Beckett. 1906-1989
Der Liebesbrief der Smeraldina
In: Samuel Beckett. Mehr Prügel als Flügel. Aus dem Englischen von
Christian Enzensberger. S. 169-174
© Samuel Beckett 1934
© der deutschen Ausgabe Suhrkamp Verlag Frankfurt am Main 1989

Thomas Bernhard. 1931-1989
An der Baumgrenze
In: Thomas Bernhard. Erzählungen. Kurzprosa. Herausgegeben von
Hans Höller, Martin Huber und Manfred Mittermayer. Werke. Band
14. Herausgegeben von Martin Huber und Wendelin Schmidt-Deng-
ler. Suhrkamp Verlag Frankfurt am Main 2003. S. 99-107
© 1969 Residenz Verlag, Salzburg und Wien

Peter Bichsel. 1935
San Salvador
In: Peter Bichsel. Eigentlich möchte Frau Blum den Milchmann ken-
nenlernen. S. 50-52
© Walter-Verlag AG, Olten 1964. Alle Rechte beim Suhrkamp Verlag
Frankfurt am Main

Marica Bodrožić. 1973
Der kalte Atem der Liebe
In: Marica Bodrožić. Tito ist tot. Erzählungen. S. 32-36
© Suhrkamp Verlag Frankfurt am Main 2002

Julio Cortázar. 1914-1984
Beleuchtungswechsel
In: Julio Cortázar. Die Erzählungen. Aus dem Spanischen von Fritz
Rudolf Fries, Wolfgang Promies, Rudolf Wittkopf. Mit einem Vor-
wort von Mario Vargas Llosa. S. 843-853
© der deutschen Ausgabe Suhrkamp Verlag Frankfurt am Main 1998

Karen Duve. 1961
Besuch vom Hund
In: Karen Duve. Keine Ahnung. Erzählungen. S. 47-52
© Suhrkamp Verlag Frankfurt am Main 1999

Jürg Federspiel. 1931
Eine Geschichte über Rache
In: Jürg Federspiel. Eine Halbtagsstelle in Pompeji. Erzählungen.
S. 95-115
© Suhrkamp Verlag Frankfurt am Main 1993

Marieluise Fleißer. 1901-1974
Heimkehr
In: Marieluise Fleißer. Erzählungen. Herausgegeben und mit einem
Nachwort versehen von Günther Rühle. S. 147-153
© Suhrkamp Verlag Frankfurt am Main 1972, 1989, 1995, 2001

Anna Katharina Hahn. 1970
Hier ist es still
In: Anna Katharina Hahn. Kavaliersdelikt. Erzählungen. S. 83-90
© Suhrkamp Verlag Frankfurt am Main 2004

Hermann Hesse
Von den zwei Küssen
In: Hermann Hesse. Liebesgeschichten. Herausgegeben und mit
einem Nachwort versehen von Volker Michels. S. 11-18
© Suhrkamp Verlag Frankfurt am Main 1995

Unda Hörner. 1961
Blaue Stunde Bielefeld
In: Unda Hörner. Flüchtige Männer. Erzählungen. S. 35-52
© Suhrkamp Verlag Frankfurt am Main 2003

Bohumil Hrabal. 1914-1997
Emánek
In: Bohumil Hrabal. Bambini di Praga. Erzählungen. Aus dem Tsche-
chischen übersetzt von Karl-Heinz Jähn. S. 61-72
© Bohumil Hrabal 1963, 1964
© der deutschen Übersetzung Verlag Volk und Welt, Berlin 1981
© der deutschen Ausgabe Suhrkamp Verlag Frankfurt am Main 1982

James Joyce. 1882–1941
Arabia
Die Pension
In: James Joyce. Dubliner. Übersetzt von Dieter E. Zimmer. S. 27-34,
62-70
© 1967 by the Estate of James Joyce
© der deutschen Ausgabe Suhrkamp Verlag Frankfurt am Main 1969

Marie Luise Kaschnitz. 1901-1974
Lange Schatten
In: Marie Luise Kaschnitz. Gesammelte Werke. Herausgegeben von
Christian Büttrich und Norbert Miller. Band 4.
Die Erzählungen. S. 168-175
© Insel Verlag Frankfurt am Main 1983

Wolfgang Koeppen. 1906-1996
Joans tausend Gesichter
In: Wolfgang Koeppen. Gesammelte Werke in sechs Bänden. Heraus-
gegeben von Marcel Reich-Ranicki in Zusammenarbeit mit Dagmar
von Briel und Hans-Ulrich Treichel. Band 3.
Erzählende Prosa. S. 105-109.
© Suhrkamp Verlag Frankfurt am Main 1986

Else Lasker-Schüler. 1869-1945
Mein Liebesbrief
In: Else Lasker-Schüler. Der Prinz von Theben und andere Prosa. Her-
ausgegeben von Friedhelm Kemp. S. 75-76.
© Suhrkamp Verlag Frankfurt am Main 1996

Angeles Mastretta. 1949
Cristina Martínez
Tante Carmen
Neben dir will ich nicht begraben werden
In: Angeles Mastretta. Frauen mit großen Augen. Aus dem Spanischen
von Monika López. S. 31-36, 49-53, 129-133
© Suhrkamp Verlag Frankfurt am Main 1992

Thomas Meinecke. 1955
Ein Student verirrt sich
In: Thomas Meinecke. Mode & Verzweiflung. S. 13-17
© Suhrkamp Verlag Frankfurt am Main 1986 und 1998

Cees Nooteboom. 1933
Stockholm – Barcelona – Stockholm
In: Cees Nooteboom. Gesammelte Werke Band 2. Romane und Erzäh-
lungen I. Aus dem Niederländischen von Helga van Beuningen und
Hans Herrfurth. S. 162-167
© für die Gesammelten Werke: Suhrkamp Verlag Frankfurt am Main
2003
© Cees Nooteboom 2003

Silvina Ocampo. 1903-1993
Geliebte im Geliebten
In: Silvina Ocampo. Die Furie und andere Geschichten. Aus dem Spa-
nischen übersetzt und mit einem Nachwort versehen von René Strien.
S. 136-143
© der deutschen Ausgabe Suhrkamp Verlag Frankfurt am Main 1992

Juan Carlos Onetti. 1909-1994
Die Küsse
In: Juan Carlos Onetti. Willkommen, Bob. Gesammelte Erzählungen.
Aus dem Spanischen von Jürgen Dormagen, Wilhelm Muster und Ger-
hard Poppenberg. S. 428
© der deutschen Ausgabe Suhrkamp Verlag Frankfurt am Main 1999

Bärbel Reetz. 1942
Einspänner
In: Bärbel Reetz. Abgetaucht. Erzählungen. S. 125-130
© Suhrkamp Verlag Frankfurt am Main 2004

Mercè Rodoreda. 1909-1983
Jene Mauer, jene Mimose
Liebe
In: Mercè Rodoreda. Der Fluß und das Boot. Erzählungen. Aus dem
Katalanischen und mit einem Nachwort versehen von Angelika
Maass. S. 45-50, S. 87-91
© der deutschsprachigen Ausgabe Suhrkamp Verlag Frankfurt am
Main 1986

Andrzej Stasiuk. 1960
Maryśka
In: Andrzej Stasiuk. Galizische Geschichten. Aus dem Polnischen von
Renate Schmidgall. S. 97-105.
© der deutschen Ausgabe Suhrkamp Verlag Frankfurt am Main 2002

Lisa St Aubin de Terán. 1953
Diamanten-Jim
Garter
In: Lisa St Aubin de Terán. Der Marmorberg und andere Geschichten.
Aus dem Englischen von Ebba D. Drolshagen. S. 41-50, 99-109
© Suhrkamp Verlag Frankfurt am Main 1997

Regina Ullmann. 1884-1961
Ende und Anfang einer bösen Geschichte
In: Regina Ullmann. Ausgewählte Erzählungen. Herausgegeben und
mit einem Nachwort versehen von Friedhelm Kemp. S. 145-155.
© 1978 by Kösel Verlag GmbH & Co., München
Alle Rechte vorbehalten durch den Suhrkamp Verlag Frankfurt am
Main

Robert Walser. 1878-1956
Das Ehepaar
In: Robert Walser. Liebesgeschichten. Zusammengestellt und mit
einem Nachwort versehen von Volker Michels. S. 51-54
© Suhrkamp Verlag Zürich 1978